Wat verloren is

CATHERINE O'FLYNN

Wat verloren is

Vertaald door
Jeannet Dekker

Artemis & co

ISBN 978 90 472 0035 2
© 2007 Catherine O'Flynn
© 2008 Nederlandse vertaling Artemis & co,
Amsterdam en Jeannet Dekker
Oorspronkelijke titel *What Was Lost*
Oorspronkelijke uitgever Tindal Street Press
Omslagontwerp Janine Jansen
Omslagillustratie © Trevillion Images/Pawel Piatek

Verspreiding voor België:
Veen Bosch & Keuning uitgevers n.v., Wommelgem

Voor Peter,
en ter nagedachtenis aan
Donal van Hillstreet en
Ellen van Oylegate

Inhoud

1984

Falcon Investigations

1

Er was misdaad. Onopgemerkt, ongezien. Ze hoopte dat ze niet te laat zou zijn. De buschauffeur hield zich aan een constante snelheid van veertig kilometer per uur en remde voor elk groen verkeerslicht totdat het op rood sprong. Ze deed haar ogen dicht en zette de reis in gedachten voort, zo langzaam als ze kon. Ze deed haar ogen weer open, maar de bus bleef nog steeds achter bij haar ergste verwachtingen. Voetgangers haalden hen in, de buschauffeur floot.

Ze keek naar de andere passagiers en probeerde te bedenken wat zij die dag gingen doen. De meesten waren bejaard en ze zag vier keer dezelfde gigantische boodschappentas met blauwe ruiten. Ze maakte een aantekening van dat verschijnsel in haar notitieboekje; ze wist als geen ander dat ze niet in toeval moest geloven.

Ze las de advertenties op de bus. De meeste waren reclame voor reclame: 'Als u dit leest, lezen uw klanten dit ook.' Ze vroeg zich af of er onder de passagiers iemand was die weleens advertentieruimte op een bus huurde, en waarvoor die dan reclame maakte.

'Kom eens kijken naar mijn grote blauwgeruite boodschappentas, hij zit vol kattenvoer.'

'Ik praat met iedereen, over alles. Ik eet tevens koekjes.'

'Meneer en mevrouw Roberts, officieel erkende zetters van de sterkste thee ter wereld. "Wij knijpen in het zakje".'

'Ik ruik ongewoon, maar niet onaangenaam.'

Kate zou best reclame voor het bureau willen maken. Met een afbeelding van haar en Mickey, gezien door de lens van een vergrootglas, en daaronder de tekst:

FALCON INVESTIGATIONS

Geen aanwijzing ontgaat ons, geen verdachte kan ontsnappen en geen misdrijf blijft onopgelost. Bezoek ons kantoor, wij werken met de modernste opsporingstechnieken.

Ze noteerde ook het telefoonnummer van de advertentie in haar boekje, zodat ze later, wanneer het bureau volledig in bedrijf was, zou kunnen bellen.

Ten slotte kwam de bus aan bij de speciaal aangelegde groenstroken en de troosteloze, wapperende vlaggen van de bedrijventerreinen rond het pasgeopende winkelcentrum Green Oaks. Ze schonk bijzondere aandacht aan loods 15 op bedrijventerrein Langsdale, waar ze ooit twee ruziënde mannen had gezien. Een van de twee had een grote snor gehad, en de ander had een zonnebril gedragen maar geen jasje, en dat op een koude dag – in haar ogen hadden ze er allebei crimineel uitgezien. Nadat ze erover had nagedacht en vervolgens herhaaldelijk een grote witte bestelbus voor het pand had waargenomen, was ze tot de conclusie gekomen dat de mannen illegaal in diamanten handelden. Vandaag was er niets te zien.

Ze sloeg haar boekje open bij een pagina die de titel 'Observatie loods 15' droeg en schreef naast de datum van die dag in het enigszins trillerige bushandschrift dat de pagina domineerde: 'Niets waargenomen. Halen weer een zending uit Nederland op?'

Een kwartier later was Kate omhuld door de kunstmatige ververste lucht van het Marktplein van Green Oaks. Het Marktplein was geen echt marktplein. Het was het ondergrondse gedeelte van het winkelcentrum waar de bushaltes aan lagen en was bedoeld voor goedkopere winkels met weinig aanzien: cadeauwinkeltjes, goedkope drogisten, verkopers van nepparfum, stinkende slagerijen en handelaren in ontvlambare kleding. De luchtjes van de winkels vermengden zich met de stank van verbrand stof die uit de verwarming boven de deuren kwam en maakten haar misselijk. De meeste van Kates medepassagiers kwamen niet verder dan hier. Dit kwam het dichtste in de buurt van de sjofele oude High Street, die sinds de opening van het winkelcentrum in hoog tempo achteruit was gegaan. Wanneer de bus nu door High Street reed, weigerde iedereen een blik te werpen op de verwijtende dichtgetimmerde panden waarvan de portieken vol lege fastfoodverpakkingen en bladeren lagen.

Het drong tot haar door dat het woensdag was en dat ze was vergeten de *Beano* van deze week bij de tijdschriftenwinkel te halen. Nu moest ze hem wel bij de morsige kiosk in het winkelcentrum kopen. Ze bleef na haar aankoop nog even staan en keek naar de nummers van *True Detective* die op de planken stonden. De vrouw op het omslag zag er niet uit als een detective. Ze droeg een slappe vilthoed en een regenjas, maar verder niets. Ze zag eruit alsof ze in een komische sketch meespeelde. Kate vond er niets aan.

Ze nam de roltrap naar de begane grond, waar echte winkels, fonteinen en plastic palmen zich aandienden. Het was schoolvakantie, maar voor echte drukte was het nog te vroeg. Haar klasgenootjes mochten geen van allen zonder hun ouders naar het winkelcentrum. Soms kwam ze een leeftijdgenootje tegen dat in het kielzog van familie ronddwaalde en begroetten ze elkaar op een ongemakkelijke manier. Het was haar opgevallen dat volwassenen het niet prettig leken te vinden dat zij er in haar eentje op uitging, dus wanneer een verkoopster, bewaker of ouder ernaar vroeg, deed ze altijd net alsof een niet nader te noemen volwassen familielid in een van de andere winkels rondhing. Het grootste deel van de tijd stelde echter niemand haar vragen – sterker nog: ze leek vrijwel nooit iemand op te vallen. Soms dacht Kate dat ze onzichtbaar was.

Het was halftien 's morgens. Ze haalde haar moeizaam op de schrijfmachine uitgetikte agenda uit haar achterzak:

9.30-10.45	Tandy: walkietalkies en microfoons bekijken
10.45-12.00	volledige surveillance van het winkelcentrum
12.00-12.45	lunch bij Vanezi
12.45-13.30	Midland Educational: kijken naar stempelkussens voor het nemen van vingerafdrukken
15.30	met de bus naar huis

Kate haastte zich naar Tandy.

Enigszins ontzet liep ze ruim twintig minuten na twaalven bij Vanezi binnen. Dit was niet de manier waarop een beroeps diende te handelen. Dit was slordig. Ze wachtte bij de ingang totdat ze kon gaan zitten, hoewel ze kon zien dat haar tafeltje nog vrij was. Dezelfde vrouw als altijd bracht haar naar dezelfde tafel als altijd, en Kate ging aan het oranje plastic tafeltje zitten met uitzicht over het belangrijkste binnenplein van het winkelcentrum.

'Wil je de menukaart nog zien?' vroeg de serveerster.

'Nee, dank u. Mag ik het kindermenu en een bananenmilkshake? En graag zonder komkommer op de hamburger, als het kan.'

'Dat is geen komkommer, schat, dat is augurk.'

Kate maakte daarvan een notitie in haar boekje: 'Augurk/komkommer – niet hetzelfde: onderzoek wat verschil is.' Ze wilde niet graag haar vermomming prijsgeven door zo'n stomme fout te maken.

Kate keek naar de grote plastic fles tomatensaus op haar tafeltje, die de vorm van een tomaat had. Zo'n fles was voor haar volkomen logisch, dat soort dingen vond ze fijn.

Tijdens het afgelopen trimester had Paul Roberts zijn opstel met de titel 'Mijn allermooiste verjaardag' voorgelezen, dat eindigde met het heuglijke feit dat hij met zijn grootouders en ouders bij Vanezi was gaan eten. Hij had verteld dat hij spaghetti met gehaktballetjes had gegeten, wat alle andere leerlingen om de een of andere reden heel erg grappig hadden gevonden. Hij was nog steeds opgewonden geweest toen hij in hoog tempo had verteld over de milkshakes met bolletjes ijs en de grote ijscoupe die hij had besteld. Hij zei dat het geweldig was geweest.

Kate begreep niet waarom hij er op een zaterdag niet gewoon zelf tussen de middag ging eten als hij het echt zo geweldig vond. Ze zou hem de eerste keer zelfs mee kunnen nemen en tegen hem zeggen waar je het best kon gaan zitten. Ze zou hem het luikje in de muur laten zien dat je naar achter kon duwen, zodat je alle vuile borden op een lopende band voorbij kon zien glijden. Ze zou hem vertellen dat ze hoopte op een dag een soort automatische camera op de band te monteren, zodat die ongezien het hele restaurant zou kunnen vastleggen alvorens terug te keren naar Kate. Ze zou hem de afwasser kunnen aanwijzen die volgens haar moordzuchtige neigingen had, en misschien kon Paul haar helpen met surveilleren. Ze zou hem zelfs kunnen vragen of hij voor het bureau wilde werken (mits Mickey het daarmee eens was). Maar ze zei niets. Ze vroeg het zich alleen af.

Ze keek even om zich heen om er zeker van te zijn dat niemand haar zou zien en stak toen haar hand in haar tas om Mickey tevoorschijn te halen. Ze zette hem naast zich, voor het raam, waar de serveerster hem niet zou zien, maar waar hij een goed zicht op de mensen beneden had. Ze was bezig Mickey ook tot detective op te leiden. Doorgaans deed Mickey alleen surveillances. Hij was klein genoeg om niet op te vallen, ondanks zijn tamelijk buitenissige voorkomen. Kate vond Mickeys outfit leuk, ook al was hij daardoor minder onopvallend dan hij had kunnen zijn. Hij droeg een gangsterpak met krijtstreep en slobkousen. De slobkousen deden nogal afbreuk aan het Sam Spade-effect, maar Kate vond ze evengoed leuk; sterker nog: ze wilde zelf ook wel zo'n paar.

Mickey was gemaakt met behulp van een handwerkpakket dat 'Maak uw eigen Charlie Chimp de gangster' heette en dat Kate van een tante had gekregen. Het grootste deel van haar jeugd had Charlie een kalm bestaan geleid te midden van haar andere knuffeldieren, maar toen ze vorig jaar het detectivebureau had opgericht, had ze bedacht dat hij wel een geschikt hulpje kon zijn. Alleen was Charlie Chimp een naam die nergens op sloeg. Nu heette hij Mickey Monkey. Kate nam elke morgen hun agenda met hem door en hij reisde met haar mee in de canvas tas van de legerdump.

De serveerster kwam de bestelling brengen. Kate at haar hamburger op en bladerde de eerste *Beano* van het nieuwe jaar door, terwijl Mickey een stel verdachte tieners beneden in de gaten hield.

2

Kate woonde een busritje bij Green Oaks vandaan. Haar huis bevond zich in het enige pand uit de victoriaanse tijd dat de buurt nog bezat, een drie verdiepingen tellende puist van rode baksteen die niet leek te passen tussen de grijze en witte blokken die door de gemeente waren neergezet. Kates huis stond ingeklemd tussen een tijdschriftenwinkel aan de ene kant en een slager en groenteboer aan de andere. Haar huis was duidelijk ook ooit een winkel geweest, maar nu hing er vitrage voor de etalageruit, en waar vroeger de winkelruimte was geweest, zat Kates oma nu de hele middag tv-quizzen te kijken.

Het huis was het enige in het blok dat niet als bedrijfsruimte diende (afgezien van Kates hypothetische detectivebureau), en het was ook het enige dat als woonhuis werd gebruikt. Geen van de winkeliers om hen heen woonde boven de zaak; elke avond sloten ze rond zessen hun winkels en vertrokken naar hun tweeonder-een-kap in de buitenwijken, waarna Kates kamer aan alle kanten door leegte en stilte werd omringd.

Kate kende de winkeliers goed en was op hen gesteld. De groentewinkel werd gedreven door Eric en zijn vrouw Mavis. Die hadden geen kinderen, maar ze waren altijd aardig tegen Kate en gaven haar elk jaar met Kerstmis een verbazingwekkend goed uitgekozen cadeau. Vorig jaar hadden ze haar een Spirograph gegeven, waarmee Kate een professioneel ogend logo voor op haar visitekaartjes had gemaakt. Nu al haar uren werden opgeslokt door het bureau en het aanhoudende surveillancewerk had ze minder vaak tijd om bij het stel langs te gaan, maar ze kwam nog steeds een keer per week een kopje thee drinken en zat dan achter de toonbank op een kruk met haar benen bungelend boven de grond, en luisterde naar Radio 2 en keek naar de klanten die enorme hoeveelheden aardappelen insloegen.

Naast Eric en Mavis zat meneer Watkin, de slager. Meneer Watkin was oud; Kate schatte hem op een jaar of achtenzeventig. Hij was een aardige man met een aardige vrouw, maar er kwamen niet langer veel mensen vlees bij hem kopen. Kate vermoedde dat dat misschien iets te maken had met het feit dat meneer Watkin bij het raam van zijn winkel met een grote spatel de vliegen van het vlees stond te slaan. En misschien ging het ook van kwaad tot erger: hoe minder klanten meneer Watkin had, des te minder vlees hij in voorraad had, en hoe minder hij op een slager leek, des te meer hij weg had van een gekke oude man die stukjes vlees verzamelde en die in de etalage uitstalde. Toen Kate vorige week langs de winkel was gelopen, had ze niet meer zien liggen dan een enkel konijn (en Kate was er zeker van dat de enige sterveling die nog steeds konijn at meneer Watkin zelf was), een paar niertjes, een kip, een stuk varkensfilet en een streng worstjes. Op zich was dat voor meneer Watkin niet eens zo uitzonderlijk, maar wat Kate had doen stilstaan, was een klaarblijkelijk nieuwe verkooptactiek waartoe de slager zijn toevlucht had genomen. Blijkbaar schaamde hij zich enigszins voor zijn schamele uitstalling, en mogelijk teneinde het aanbod minder vreemd te doen lijken (en Kate had het gevoel dat hij hierbij de plank had misgeslagen) had hij alles op een koddig bedoelde manier neergelegd. En dus leek het alsof de kip met het konijn een wandelingetje ging maken, achter de streng worstjes aan, over een heuveltje van varkensvlees onder een zon van donkerrode niertjes. Kate keek op van het gruwelijke tafereel en zag dat meneer Watkin verbaasd naar haar knikte, zijn duimen opgestoken, alsof zijn eigen vernuft hem van zijn stuk bracht.

Aan de andere kant van Kate had meneer Palmer zijn tijdschriftenwinkel. Meneer Palmer werkte samen met zijn zoon Adrian, die voor Kate nog het dichtst in de buurt kwam van een beste vriend en die tevens de eerste en tot nu toe enige cliënt van Falcon Investigations was. Adrian was tweeëntwintig en had gestudeerd. Meneer Palmer had graag gezien dat Adrian na zijn afstuderen een 'echte baan' had gezocht, maar Adrian koesterde dergelijke ambities niet en was er tevreden mee de hele dag achter de toonbank te zitten lezen en te helpen bij het uitbaten van het zaakje. De familie Palmer woonde in een moderne halfvrijstaande woning aan de rand van het stadje, maar de moeder en de zus kwamen zelden in de winkel – de verkoop werd aan de mannen van de familie overgelaten. Adrian behandelde Kate alsof ze een volwassene was, maar eigenlijk deed Adrian tegen iedereen hetzelfde. Hij kon niet bij iedere klant een ander gezicht opzetten, zoals zijn vader wel kon. Meneer Palmer kon binnen een paar tellen overschakelen van een vaderlijk 'Zeg het maar, jongeman' naar een uiterst oprecht 'Is het niet schokkend wat er vandaag in de krant staat, mevrouw Stevens?'.

Adrian nam aan dat iedereen zijn interesses deelde, of dat zou doen als hij erover vertelde. Hij kon hele middagen verdiept zijn in muziekbladen als de NME of boeken over muzikanten. Hij raadde zijn klanten volkomen oprecht bepaalde cd's aan, zonder te beseffen dat de kans nihil was dat mevrouw Doherty opeens Foster en Allen zou verruilen voor MC5, of dat Debbie Casey en haar giechelende pubervriendinnen ooit enige betekenis aan het werk van Leonard Cohen zouden hechten. Zodra meneer Palmer zijn zoon alleen in de winkel achterliet, werd het radioprogramma van Jimmy Young uitgezet en schoof Adrian een cassette in de blikkerige radiocassetterecorder. Hij geloofde dat verlegenheid klanten ervan weerhield hem te vragen wat hij draaide en hing daarom een handgeschreven briefje aan de toonbank: 'U luistert nu naar Captain Beefheart met "Lick My Decals Off, Baby". Voor meer informatie kunt u zich tot het personeel wenden.'

Met Kate praatte Adrian echter graag over het oplossen van misdrijven, over klassieke detectivefilms, over klanten die mogelijke moordenaars waren, over de plaatsen waar ze de lijken van hun slachtoffers hadden verborgen. Adrian wist altijd met de meest vergezochte plekken op de proppen te komen. Soms ging Kate met Adrian mee naar de groothandel en vertelde ze hem welk snoepgoed hij moest kopen, en dan sloegen ze samen de gezette werknemers gade en probeerden te raden wie er een strafblad hadden.

Andrew wist van Falcon Investigations, maar hij wist niets van Mickey. Mickey was topgeheim. Omdat meneer Palmer zich steeds meer ergerde aan schoolkinderen die snoepjes stalen, had Adrian Falcon Investigations gevraagd de beveiliging van de winkel onder de loep te nemen. Kate had hem verteld dat haar tarief een pond per dag bedroeg, plus onkosten. Ze had gezegd dat ze verwachtte dat de opdracht haar hoogstens een halve dag zou kosten en dat ze geen onkosten zou maken omdat ze naast de winkel woonde, en ze stelde een factuur op ter waarde van vijftig pence. Kate was ongelooflijk blij met deze 'echte' opdracht. Ze nam zelfs de moeite een echt kwitantieboekje aan te schaffen waarmee ze bonnen in tweevoud kon maken. Die aankoop zorgde voor een tekort van 75 pence op de balans, maar het was een investering in de toekomst. Kate vroeg aan Adrian of hij zich net zo wilde gedragen als hij altijd deed wanneer hij aan het werk was en speelde zelf de rol van winkeldief. Ze zei dat ze alleen zo kon bepalen waar de zwakke plekken zaten. Na twintig minuten verliet Kate de winkel en ging terug naar kantoor om een rapport te schrijven, dat ze een paar uur later aan Adrian overhandigde, tezamen met wat snoepgoed ter waarde van 73 pence dat ze had weten te ontvreemden. Het rapport bestond uit twee delen; het eerste had betrekking op haar verblijf in de winkel, het tweede bestond uit aanbevelingen voor hoe hij 'de misdaad een halt kon toeroepen'. Die behelsden onder andere een nieuwe plek voor de goedkope losse snoepjes, een complete herinrichting van het rek met zakjes chips en het plaatsen van twee spiegels op strategische punten.

Adrian behandelde haar rapport met evenveel ernst als waarmee het was opgesteld en volgde de aanbevelingen tot in detail op. Meneer Palmer was erg te spreken over de resultaten, van diefstal was nagenoeg geen sprake meer. Kate vroeg meneer Palmer of hij iets positiefs over haar dienstverlening op papier wilde zetten, omdat ze had gezien dat andere bedrijven uitspraken van klanten als reclame gebruikten. Ze stelde zich haar reclame op de bus voor, compleet met loftuitingen:

'We konden rekenen op snelle, professionele service voor een scherpe prijs.'

'Onze detective was discreet, tactvol en vooral SUCCESVOL.'

'Sinds we Falcon Investigations in de arm hebben genomen zijn de misdaadcijfers gekelderd.'

Ze was enigszins teleurgesteld toen ze van meneer Palmer het volgende ontving: 'Goed zo, Kate. Je bent een slimme meid!!'

3

Tijdens elk bezoek aan Green Oaks wipte Kate even binnen bij Midland Educational, de grote kantoorboekhandel. Vandaag deed ze dat zogenaamd om de verschillende stempelkussens te bekijken, maar Kate wist altijd wel een goed excuus te bedenken. De uren vlogen daar voorbij.

Hoewel Sam Spade op geen enkel moment in The Maltese Falcon kantoorartikelen aanschaft, wist Kate dat een goede detective niet zonder schrijfwaren kon. Kantoorartikelen begonnen zelfs een beetje een probleem voor haar te worden. Aan het begin van het afgelopen trimester was haar voor het eerst de schrijfwaren-kast op school getoond. Mevrouw Finnegan had tegen Kate ge-zegd dat zij voortaan verantwoordelijk was voor het schrijfgerei en wees haar op gedegen wijze op haar aanstaande verplichtingen en verantwoordelijkheden. Mevrouw Finnegan begreep niet waarom Kate, die altijd zo goed oplette, daarbij helemaal in haar eigen wereldje leek op te gaan.

Mevrouw Finnegan: Je mag niet vergeten dat je pas een nieuw boek met oefeningen mag overhandigen wanneer je een afgete-kend en afgeknipt hoekje van het oude exemplaar in ontvangst hebt genomen. Die hoekjes dien je te bewaren in dit Tupperwa-re-doosje, en aan het einde van de week wordt gekeken of het aantal hoekjes exact overeenstemt met de afname van boeken met oefeningen zoals jij die in het register hebt bijgehouden. Is dat allemaal duidelijk, Kate?

Kate: ...

Mevrouw Finnegan: Kate?

Kate was niet voorbereid geweest op de enorme rijkdom van de schrijfwarenkast. Ten eerste was het geen kast, maar een kamer. Ten tweede was duidelijk dat al het schrijfgerei dat zij en haar klasgenootjes tot nu toe hadden gebruikt slechts een onbeduidende fractie was geweest van de overvloed die in de kast aanwezig was. Er waren luxeartikelen als meerkleurenpennen, metalen puntenslijpers, complete dozen viltstiften, maar ook serieuze, dure dingen als hangmappen en nietmachines voor grote aantallen. Kate hoorde geen woord van wat mevrouw Finnegan zei omdat een onvervalste lichamelijke shock haar verlamd had.

Sindsdien liet de gedachte aan de kast haar niet meer los. Ze wist dat een detective als een crimineel moest leren denken, maar het baarde haar zorgen dat haar verstand telkens weer nieuwe manieren leek te bedenken om het register te vervalsen. Ze was bang dat ze corrupt zou worden.

Vandaag had Kate eerst een halfuur lang in Midland Educational naar stempelkussens gekeken en tevergeefs geprobeerd een reden voor aanschaf te verzinnen, en nu hield ze, zoals ze wel vaker deed, de banken en hypotheekverstrekkers in de gaten. Ze was al een uur te posten. Op de tweede verdieping van het winkelcentrum, naast de kinderspeelplaats, bevonden zich twee banken en drie hypotheekverstrekkers naast elkaar. De winkelruimtes waren omgeven door een oase van kunstplanten, met oranje plastic stoeltjes eromheen. Kate was daar gaan zitten, Mickey stak onopvallend uit de tas naast haar.

Als er ooit een misdaad van betekenis in het centrum zou worden gepleegd, dan zou dat hier gebeuren, had ze altijd gedacht. Daar twijfelde ze niet aan. De bewakers hadden het te druk met winkeldieven en spijbelaars, maar Kate had oog voor het grote geheel, en op een dag zouden alle uren die ze erin had gestoken lonend blijken. Soms gaf ze zich over aan dagdromen over de lof die de bevolking over haar zou uitstorten wanneer ze voor het eerst een grote roofoverval zou verijdelen. In de *Beano* was de beloning voor een goede daad steevast een 'super de luxe maal', dat onveranderlijk bestond uit een berg aardappelpuree waar aan alle kanten worstjes uitstaken. Kate hoopte eerder op iets als een medaille of een penning, en mogelijk een vaste samenwerking met volwassen speurders.

Radio Green Oaks kwetterde op de achtergrond, zij keek naar de onbewogen gezichten van de mensen die de banken in en uit liepen. Ze zag klanten als in een voes honderden ponden opnemen. Een jong stel, ieder met vijf of zes uitpuilende plastic tassen van modezaken, nam honderd pond per persoon op en liep langzaam terug naar de winkels. Hun verdwaasde uitstraling was een onlosmakelijk onderdeel van het allesomvattende gevoel van onwerkelijkheid dat in het winkelcentrum hing. Niemand hier leek echt een doel te hebben; de mensen kruisten Kates pad en bleven dan in de weg staan, ze leken niet echt van hun plaats te komen. Soms werd ze daar bang van en geloofde ze dat ze misschien wel het enige levende wezen in Green Oaks was. Op andere momenten dacht ze dat zij misschien wel de geest was die ronddwaalde door de gangpaden en op de roltrappen.

Ze wist dat ze op een dag iemand bij de banken zou zien die een ander gezicht trok. Die angstig keek, of sluw, of een blik vol haat of verlangen had, en dan zou ze weten dat het om een verdacht persoon ging. Ze liet haar blik over alle gezichten glijden, zoekend naar iets wat afweek. Haar ogen gingen naar het speelplaatsje, waar een paar kinderen van haar eigen leeftijd zaten, niet bepaald onder de indruk van het gebodene. Ze waren te oud voor het klimrek en de ballenbak, maar in tegenstelling tot Kate leken ze niet te beseffen dat het hele winkelcentrum één grote speeltuin was. Ze voelde de doffe pijn van eenzaamheid in haar buik, maar die drong niet door tot haar hersens. Ze was eraan gewend.

In Kates lievelingsboek, *Het grote detectivehandboek* (uit de reeks

Kennis voor kinderen), stond vrij duidelijk vermeld dat misdaadbestrijding zere voeten en onvermijdelijke verveling met zich meebracht. Je moest elke dag, alle dagen, uren maken:

> De beste detectives staan altijd paraat, dag en nacht. Op hen kan elk moment van de dag een beroep worden gedaan wanneer het erom gaat misdaden te onderzoeken of verdachten te volgen. Schurken zijn berekenend en houden zich graag in het donker op.

Niemand mocht het weten, het was uiterst vertrouwelijk en geheim, maar Kate had ooit een nacht in Green Oaks doorgebracht. Ze had voor thuis een briefje getikt over een schoolreisje met overnachting en was met Mickey, haar thermosfles en haar notitieboekje op pad gegaan. Ze was kort voor sluitingstijd bij het winkelcentrum aangekomen en had zich verstopt in het plastic huisje midden op de kinderspeelplaats. Daar had ze zitten wachten totdat het personeel naar huis was gegaan en de muzak werd uitgezet. Ze had geprobeerd de hele nacht wakker te blijven en de banken vanuit het huisje in de gaten gehouden; af en toe had ze het verlaten om haar benen te strekken en de toestand beter in ogenschouw te kunnen nemen. Ze moest vlak voor zonsopgang in slaap zijn gevallen, want toen ze wakker werd, waren de banken al open en liepen de eerste klanten rond. Gelukkig was Mickey, professioneel als altijd, alert gebleven en hadden ze dus niets gemist. Haar gebrek aan uithoudingsvermogen had haar teleurgesteld. Ze had zich voorgenomen het nogmaals te proberen en dan de hele nacht wakker te blijven.

De man die twee stoeltjes verder zat, stond op en liep weg, en Kate besefte vol ergernis dat hij daar een hele tijd had gezeten, maar dat ze niet eens zijn gezicht had gezien. Misschien beraamde hij een overval op Lloyds, misschien had zijn gezicht een uiterst geconcentreerde uitdrukking vertoond. Ze stond op en wilde hem volgen, maar bedacht toen dat ze beter naar huis kon gaan. Ze noteerde de bevindingen van haar surveillance in haar notitieboekje, duwde Mickeys kop in haar tas en liep naar de bushalte.

4

Donderdag 19 april

Zongebruinde man met geruit jasje was weer in Vanezi. Hij heeft
nieuwe donkere bril met stalen montuur. Volgens mij Ameri-
kaan, lijkt op slechteriken uit *Columbo.* Denk dat hij een huur-
moordenaar is die zijn doelwit schaduwt. Misschien wel die serveerster zonder nek. Hij zat een hele tijd naar haar te kijken. Moet
nog uitzoeken wat motief voor moord zou kunnen zijn, maar zal
morgen gesprek met haar proberen aan te knopen en haar zo nodig waarschuwen, maar heb eerst meer bewijzen over meneer
'Bruin' nodig.

Toen hij wegging en langs mijn tafeltje liep, liet hij zijn aansteker vallen, volgens mij omdat hij stiekem mijn aantekeningen
wilde lezen. Ik schoof mijn notitieboekje snel onder de menukaart en hij probeerde niet te laten merken hoe gefrustreerd hij
was. Misschien begint hij te beseffen dat ik een waardig tegen-
stander ben.

Vrijdag 20 april

Geen meneer Bruin vandaag, maar wel een vrouw met een opvallend slechte pruik. Hebben ze iets met elkaar te maken??? Ze was

uitermate kalm en vertoonde geen tekenen van onrust toen ze aan haar Schwarzwalder Kirschtorte zat.

Serveerster zonder nek nergens te bekennen – vroeg de serveerster die me bediende waar ze was en kreeg te horen dat ze een vrije dag had. Interessant.

Zaterdag 21 april

Vandaag weer terug naar Vanezi. Meneer Bruin zoals altijd op een stoeltje achterin. Mevrouw Pruik eveneens aanwezig, maar neem inmiddels aan dat er geen enkel verband met Bruin is. Zag haar een heleboel pillen uit verschillende flesjes slikken – pruik is mogelijk om medische i.p.v. criminele redenen.

Wederom vrouw in blauwe regenjas op bankje voor Mothercare zien zitten. Vandaag met wandelwagentje, maar nog steeds geen kind.

Dinsdag 24 april

Vandaag niets te melden. Zag man gekonfijte sinaasappelschillen uit bruine papieren zak eten. Veertig minuten lang gevolgd, maar geen verder afwijkend gedrag vastgesteld.

Twee uur voor de banken doorgebracht – zag niets bijzonders.

Woensdag 25 april

Man van middelbare leeftijd met sjofele jas aan verloor iets in een van de afvalbakken. Zag hem zijn arm erin steken en er iets uit halen. Dacht dat de bewakers hem kwamen helpen, maar ze leidden hem alleen maar naar buiten. Merkte dat hij in de war raakte en een oude hamburger die iemand had weggegooid in zijn zak stak.

Besloot zoektocht niet alleen voort te zetten.

Donderdag 26 april

Zag vandaag lange blanke man die zich tussen tropische planten in centraal atrium had verstopt. Leek een blad te plukken. Geen duidelijk crimineel motief voorhanden, waarop Mickey en ik ons snel verwijderden.

Vrijdag 27 april

Tijdens posten bij banken beende eenzame man langs me heen en ging bij Barclays naar binnen. Twijfelde er niet aan dat dit een overval was. Liep met mijn camera achter hem aan, maar hoorde toen dat hij tegen personeel achter balie over tarieven stond te schreeuwen. Hij vloekte heel erg veel, maar hij was ongewapend en leek niet van plan bank te overvallen. Wel een goede oefening, we waren in slaap gevallen.

5

Mevrouw Finnegan had voor groep 6 een baanbrekende verdeling van de zitplaatsen bedacht. Niet op alfabetische volgorde, zoals bij meneer Gibbs; het was niet de 'rode tafel, blauwe tafel'-methode waaraan mevrouw Cress de voorkeur gaf, en het was zeker niet 'ga maar naast je vriendje of vriendinnetje zitten', waar ieder kind van droomde (mevrouw Cress had dat voorstel 'bespottelijk' genoemd).

Nee, dit was een methode die voor een volmaakt evenwicht moest zorgen. Intelligente, ondeugende, onwelriekende en luidruchtige kinderen zouden per tafeltje van twee zo gelijkmatig mogelijk over het lokaal worden verdeeld. Een luidruchtig kind naast een zwijgzaam, een ondeugende leerling naast een voorbeeldige.

Mevrouw Finnegan hoopte ongetwijfeld wantrouwen en wanhoop op te wekken en een klas vol klikspanen en stiekemerds te creëren, maar voor het grootste deel van de kinderen betekende het dat ze gewoon naast hun vriendjes mochten zitten. De meesten onderscheidden zich namelijk niet door bijzondere karaktertrekken of eigenschappen en moesten dus worden gekoppeld aan al even onopvallende leerlingen om te voorkomen dat er een gevaarlijk overwicht of gebrek aan evenwicht zou ontstaan.

Voor de paar die niet onder de grootste gemene deler vielen, was het systeem een straf. Kate gold als slim, beleefd, rustig en schoon, en werd daarvoor beloond met een plekje naast Teresa Stanton.

Op de eerste dag had Teresa zich tot Kate gewend, 'Kijk eens!' gezegd en terstond een muntje van vijf pence ingeslikt. Daarna had ze haar mond opengedaan en haar tong uitgestoken om te laten zien dat ze het echt had doorgeslikt. Kate had een gilletje geslaakt en haar gezicht in haar schrift verborgen, maar Teresa was overgegaan tot het produceren van een reeks walgelijke boerende geluiden, met als slotakkoord een bijzonder heftige oprisping, die het muntje vanuit een of andere onuitspreekbare natte holte direct op Kates werk lanceerde.

Het verhaal ging dat Teresa, die na de paasvakantie bij hen in de klas was gekomen, van haar vorige school was weggestuurd, en haar komst had de vaste hiërarchie en onderlinge verhoudingen, die al in het eerste jaar van de kleuterschool waren vastgelegd, danig verstoord. Voorheen was er een meisje geweest dat als het ondeugendste van de klas werd beschouwd en slechts het ondeugendste jongetje voor zich in de rangorde hoefde te dulden, en zo was er ook de smerigste jongen en het smerigste meisje, en de gekste... Om welke categorie het ook ging, – ondeugend, luidruchtig, gewelddadig – de jongens gingen steevast aan kop.

Nu moesten deze voormalige medaillewinnaars vanaf de zijlijnen toekijken hoe Teresa Stanton hen allemaal voorbijstreefde en bij alle onderdelen als eerste de finish bereikte. Er moesten nieuwe definities worden bedacht. Een klas van dertig kinderen had vanaf hun vijfde in de veronderstelling verkeerd dat niemand ondeugender was dan Eamon Morgan. Op een keer, toen de alom gevreesde mevrouw Finnegan de klas even alleen had gelaten omdat ze iets uit de schrijfwarenkast moest halen, had Eamon haar plaats voor de klas ingenomen, een niet geheel accurate maar onvoorstelbaar dappere imitatie van haar ten beste gegeven en vervolgens onder begeleiding van de ontzette kreten van negenentwintig naar adem happende kinderen een krijtje gepakt en 'kutwijf' op het bord geschreven. Toen mevrouw Finnegan weer binnenkwam, dacht Kate dat ze flauw zou vallen van angst. Niemand zou ooit die lange middag vol ontzetting, kruisverhoren en dreigementen vergeten die ten slotte was geëindigd met de bekentenis die Eamon had gedaan om de rest van de klas te redden en die mevrouw Finnegan met een vreselijk lachje had aangehoord.

Tijdens haar eerste dag op school had Teresa, die mevrouw Finnegans voordracht over het prinsdom Wales blijkbaar saai vond, luidruchtig en uitgebreid zitten gapen. Vervolgens had ze, zich schijnbaar onbewust van al de ogen die op haar waren gericht, met veel herrie haar boeken in haar laatje gestopt, dat met een klap dichtgeschoven en was ze simpelweg het lokaal uit gelopen. Onmiddellijke chaos was het gevolg. De klas was, als een primitieve stam waarvan het wereldbeeld opeens op zijn kop wordt gezet door de komst van een doos cornflakes, niet in staat deze gebeurtenis te plaatsen in de context van de wereld die zij kenden. Het lokaal uit lopen? Ze werden 's morgens naar school gebracht en aan het einde van de dag weer opgehaald, ze moesten vragen of ze naar de wc mochten, ze speelden daar op het plein waar ze mochten spelen, ze gingen altijd netjes in de rij staan, ze liepen altijd aan de linkerkant. Op school heerste een ingewikkeld samenspel van onzichtbare krachtvelden en grenzen – hoe kon Teresa een grens overschrijden die de anderen niet eens konden zien? In de dagen daarna had Teresa groep 6 de ene na de andere onvoorstelbare schok bezorgd, en de grootste was misschien wel dat de woede van mevrouw Finnegan haar koud leek te laten.

Kate was tijdens haar eerste dag in de klas van mevrouw Finnegan gedwongen geweest het moeilijke besluit te nemen in haar broek te plassen in plaats van te vragen of ze naar de wc mocht. Het was een beslissing die was vergemakkelijkt door het feit dat ze het woedende geschreeuw van mevrouw Finnegan al vijf jaar door de gangen had horen echoën. En sinds ze bij mevrouw Finnegan in de klas zat, was er niets geweest wat haar oordeel dat mevrouw Finnegan niet goed bij haar hoofd was had kunnen beïnvloeden. Het was voor de klas maar moeilijk te bevatten dat mevrouw Finnegan voor hen allemaal verachting leek te voelen. Elk woord dat ze zei, droop van een duister, venijnig sarcasme. Mevrouw Finnegan zei elke dag: 'Goedemorgen, kinderen', maar wist die eenvoudige begroeting met zoveel betekenis, spot en bitterheid te kleuren dat Kate er beroerd van werd.

Wrede humor was waar de klas op rekende en meestal ook op hoopte, want de enige andere optie was dat mevrouw Finnegan haar geduld verloor. Alleen al het volume van haar stemgeluid kon leerlingen onpasselijk maken, een felheid als in haar toon werd zelden in het openbaar gehoord, en vaak was er zelfs sprake van geweld. Toen John Fitzpatrick zijn haar had laten knippen en mevrouw Finnegan er niet langer aan kon trekken, gaf ze hem gewoon een stomp.

Teresa bleef onder dit alles echter onbewogen. Ze vertoonde niet de bravoure van een Noel Brennan, die zelfvoldaan probeerde te lachen toen mevrouw Finnegan hem in zijn gezicht sloeg – dit was oprechte onverschilligheid. Het was alsof mevrouw Finnegan en de rest van de leerlingen simpelweg niet binnen Teresa's blikveld vielen. Toen mevrouw Finnegan tegen Teresa begon te schreeuwen en haar porde om elke lettergreep kracht bij te zetten, staarde Teresa nietsziend voor zich uit, alsof ze naar een oud tekenfilmpje keek, met het geluid zacht.

En toen ontdekte mevrouw Finnegan op een dag waar de volumeknop zat. Ze trok tegen Teresa van leer omdat die op elke bladzijde van haar schrift gekke bekken had getekend, maar Teresa staarde uit het raam. Nadat de stroom krachttermen was opgedroogd, zei mevrouw Finnegan, die geheel tegen haar aard in haar nederlaag leek te gaan erkennen: 'Het zal niet lang duren voordat je weer van school wordt gestuurd, en uiteindelijk zal geen enkele school je willen hebben, en dan zit je de hele dag alleen thuis...'

Voordat mevrouw Finnegan haar zin kon afmaken, schonk Teresa haar voor het eerst haar volledige aandacht. Haar ogen vulden zich met tranen en ze bleef een halfuur lang onbedaarlijk zitten snikken. Mevrouw Finnegan en de rest van de klas keken vol verwondering toe.

In de pauze was Teresa's overgave het gesprek van de dag. De jongens die vroeger de titel van ondeugendste hadden gedragen, probeerden aan geloofwaardigheid te winnen door te beweren dat zij om een dergelijk dreigement zouden hebben gelachen. En het was voor mevrouw Finnegan inderdaad een bijzonder onwaarschijnlijk dreigement geweest, dat even weinig hout sneed als het veelvuldig gehoorde: 'Eet de korsten van je boterham op, anders gaat je haar krullen.'

Kate begreep het echter wel, want zij zat naast Teresa. Zij had de blauwe plekken en de brandwonden op Teresa's armen en benen gezien – zoiets had ze nog nooit bij iemand gezien – en begreep waarom Teresa wel graag naar school ging. Soms zat Teresa 's middags uit het raam te kijken en gleed Kate weg in een trance, terwijl ze naar de randen van de blauwzwarte wolkjes staarde die onder Teresa's mouwen uit piepten.

6

Op een regenachtige donderdag zat Kate na school aan de tafel in de woonkamer en deed haar uiterste best iets boeiends voor in haar werkstuk over de Vikingen te verzinnen. Ze keek naar onduidelijke foto's van verroeste stukken metaal en scherven aardewerk in haar lesboek en merkte dat haar gedachten afdwaalden. Ze dacht eraan dat ze een tijdje geleden op dezelfde plek had zitten werken, maar toen aan iets wat wel belangrijk was. Ze had met haar liniaal en potlood een keurig raster getekend terwijl Ella Fitzgerald op de achtergrond had gezongen dat de *lady* een *tramp* was. Haar vader stond in de keuken vissticks en patat te bakken en zong met het liedje mee.

'Wat zijn *crab games*, pap?' had Kate geroepen. Dat vroeg ze zich al een tijdje af.

'Wat zei je?'

'*Crab games*. Ze zegt: "*Don't play crab games with barons and earls.*"' Kate stelde zich mannen met monocles voor, in lange gewaden, die zich als krabben voortbewogen.

'Het is geen *crab games*, maar *crap games!*' riep hij.

Kate begreep er niets van.

'Dat is een dobbelspel, snap je? *Shooting craps* noemen ze dat. Dat spelen boeven wanneer ze niet achter de lekkere mokkels aan zitten of aan de maffia proberen te ontkomen. *Ain't it right, sugar?*' Haar vaders imitatie van een Brooklyns accent was vreselijk.

'Klinken alle mensen in New York als eenden, pap?'

Bij wijze van antwoord werd haar door het serveerluikje een theedoek in het gezicht gegooid.

'Ja, dat doen ze, ze klinken als eenden en lopen als krabben. Het is me een stad. Ben je al klaar met je grafiek?'

'Nee, ik ben nog steeds met de tabel bezig.' Kate gebruikte haar liniaal om alle vakjes van het raster even groot te maken.

Ze waren net klaar met hun nieuwste verslag. Deze week hadden ze uitgebreid onderzoek naar perendrups verricht. Kate en haar vader waren er allebei gek op en hadden vijftien verschillende snoepwinkels bezocht om formaat, suikerlaagje (of gladheid), prijs per ons en zuurgraad te vergelijken. Frank was een gepensioneerd statisticus en Kate en hij besteedden een groot deel van hun tijd aan het vervaardigen van keurig opgestelde rapporten en grafieken, over de beste tearoom in Warwickshire, de beste chips met *salt and vinegar*-smaak, de chagrijnigste serveerster aller tijden. Voor komende maand stond een ultieme vergelijking tussen puntzakken gemengd snoep voor tien pence op het programma.

Frank was eenenzestig en daarmee veel ouder dan de ouders van Kates klasgenootjes, maar ze zat er niet mee. Ze hadden het samen altijd leuk. Kate had het vermoeden dat haar vader wel honderd keer leuker en interessanter en slimmer was dan andere ouders die ze kende. Sommige kinderen in haar klas hadden alleen een moeder en geen vader, maar Kate was het enige kind met een vader en zonder moeder. Haar moeder was ervandoor gegaan toen Kate nog maar een peuter was, en ze kon zich haar helemaal niet herinneren. Kate vroeg zich weleens af of er ruimte voor nog iemand in hun leven zou zijn geweest; er was gewoon geen plaats die een moeder kon innemen. Elk weekend en alle vakanties werden van tevoren gepland. Uitstapjes naar interessante begraafplaatsen, gashouders, fabrieken, vergeten delen van de stad. Frank bevolkte de plaatselijke geschiedenis met verzonnen personages met gekke namen en bespottelijke levensverhalen. Door de week zat Kate 's avonds op zijn schoot en keken ze samen tv, waarbij ze altijd hoopten op een oude Amerikaanse zwart-witfilm op BBC2: gangsters, politiemannen, slechteriken, femmes fatales, schaduwen en geweren. Ze waren gek op Humphrey DeForest Bogart en moesten elke keer lachen wanneer ze zagen dat hij Elisha Cook jr. en Peter Lorre te slim af was. Frank gaf vreselijk slechte imitaties ten beste en Kate probeerde haar zinnen met gepeperd Amerikaans slang te kruiden.

'Schiet op, pap, de *Rockford Files* beginnen zo.'

'Schiet op? Schiet op? Wil je soms verschillende vissticks? Denk je dat het gemakkelijk is om ze allemaal aan alle kanten precies even lichtgevend oranje te krijgen? Weet je wel hoe moeilijk het is "ongelijkmatige verkleuring" te vermijden, zoals ze dat in de beste restaurants noemen? Doe me alsjeblieft een lol en geef me in de keuken de vrije hand.'

'Zijn telefoon gaat... Je mist van alles!'

'Dat is nu eenmaal het offer dat een groot kunstenaar moet brengen. Ik neem aan dat Michelangelo ook wel een paar klassieke afleveringen van *Columbo* heeft gemist toen hij de Sixtijnse Kapel aan het voltooien was. Picasso had zelfs nog nooit van *Quincy* gehoord. Maar goed, het zijn toch herhalingen, dat zijn het altijd.'

Ten slotte schoof Frank de borden door het serveerluik en zagen ze vanaf hun plek aan tafel dat Jim Rockford ontdekte dat een dagje vissen meer inhield dan alleen maar een hengel uitgooien.

Na de uitzending zei Frank tegen Kate dat ze in de la in de voorkamer moest kijken. Ze kwam terug met een pakje in gestreept cadeaupapier.

'Wat is dat?'

'Een cadeautje voor jou.'

'Van wie?'

'Van mij. Van wie denk je dan?'

'Waarom?'

'Ik zei toch dat ik iets voor je zou kopen als we klaar waren met de perendrups?'

Kate zat te grinniken. Natuurlijk was ze die belofte niet vergeten, maar ze had niet de indruk willen wekken dat ze op een cadeau rekende. Ze maakte het pakje open en zag dat er een boek in zat. *Het grote detectivehandboek.* Kate lachte weer. Het beviel haar wel, zoals het boek eruitzag.

'Ik dacht dat we misschien wel samen misdaden zouden kunnen oplossen. Dan ben ik Sam Spade en kun jij zijn assistent zijn... Hoe heet hij ook alweer... Miles Archer.'

'Hij wordt aan het begin van de film gedood.'

'O, ja, dat is waar ook, maar hij had dit boek niet, jij weet meer dan hij. We kunnen beginnen met uit te zoeken wie toch de yoghurt steelt die de melkboer naar eigen zeggen elke vrijdag voor ons neerzet.'

Kate zat al met grote ogen door het boek te bladeren, zich verbazend over alle mogelijkheden die zich plotsklaps aandienden.

'Pap, we kunnen veel meer doen. We kunnen echte boeven vangen... Bankovervallers, kidnappers... Kijk eens, hier staat hoe je je kunt vermommen, zodat je een verdachte beter kunt naderen... Kijk, een "toerist" – geweldig, dan merkt niemand dat je eigenlijk foto's van de verdachten maakt.'

'Ik denk dat een toerist hier wel zou opvallen. Dit is immers Birmingham.'

'Of een glazenwasser... Pap, dit boek is geweldig. We kunnen buiten op straat de misdaad bestrijden.'

Maar zo was het niet gegaan. Een paar maanden later was Kate op een ochtend wakker geworden en had ze gezien dat het zonlicht haar kamer binnenstroomde. Opstaan was nooit haar sterkste kant geweest en ze was blij dat ze nu eens haar vader kon verrassen door wakker te zijn wanneer hij haar het eerste kopje thee van de dag kwam brengen. Ze bleef in bed zitten wachten totdat ze hem in de keuken zou horen scharrelen, met de kalme country van Radio 2 op de achtergrond, maar ze hoorde niets. Ze las nogmaals het hoofdstukje over alibi's natrekken uit *Het grote detectivehandboek* en stond ten slotte toch maar op, uit haar hum omdat haar verrassing nu was bedorven, en liep de trap af naar de keuken. De deur van de koelkast stond open, en in de koelkast zag ze een van haar vaders wandelschoenen op de margarine staan. Ze riep hem, maar er kwam geen antwoord. Toen zag ze in de gootsteen een stapeltje papier liggen, half verbrand en daarna in het water gegooid. Daar lagen zijn buskaart, oude aantekeningen, reclamefolders en een artikel over statistische onderzoeksmethoden. Toen ze van de keuken naar de woonkamer liep, viel het haar op dat er nog meer dingen waren die niet op hun plaats lagen, dat er heel veel kleine dingetjes niet in orde waren. Dit was een heel raar spelletje.

Ze vond haar vader op de grond in de slaapkamer. Toen ze de deur opendeed, leek hij haar dringend te roepen, maar toen ze naar hem toe rende en naast hem neerhurkte, leek hij haar niet te zien en sprak hij telkens hetzelfde onverstaanbare woord, terwijl zijn hand zich keer op keer om iets onzichtbaars in de lucht sloot waaraan hij zich leek te ergeren. Kate schudde hem huilend door elkaar en zei: 'Word wakker, papa, word wakker', maar ze wist dat hij niet sliep. Hij leek niet op de vader die ze kende. Zijn gezicht stond kwaad en hij keek dwars door haar heen, leek haar zelfs weg te willen slaan. Ze besefte dat ze iemand moest bellen, maar ze kon zich niet voorstellen dat ze de telefoon zou pakken. Ze wist niet hoe ze moest zeggen dat het leek alsof hij er niet was.

Ten slotte kwamen de sirenes, en haar oma kwam ook. Haar vader leek zich vooral te ergeren aan de stropdas van de chauffeur van de ambulance, hij probeerde die telkens vast te pakken en riep een nieuw woord dat nog het meest leek op 'Harry'. Dat was het laatste geluid dat ze hem hoorde maken. Vier dagen later overleed hij in het ziekenhuis. Haar oma zei dat hij een hersenbloeding had gehad. Kate begreep er niets van. Je hersens zaten in je hoofd, hoe konden die nu bloeden? Ze zat op de gang in het ziekenhuis en staarde naar de deur waarachter hij was verdwenen en wou dat hij haar over haar bol aaide, zoals hij altijd deed wanneer ze niet kon slapen.

Sindsdien was haar leven veranderd. Kates oma was bij haar komen wonen. Ivy was een weduwe wier enige dochter acht jaar eerder naar Australië was vertrokken en Frank en Kate in de steek had gelaten. Door de jaren heen had Ivy kaarten gestuurd en Frank heel af en toe bezocht, maar Kate en zij waren min of meer vreemden voor elkaar.

Ivy stelde zichzelf aan Kate voor en zei: 'Ik sta niet toe dat ze je naar een kindertehuis sturen. Ik kom bij je wonen, dan zal dat niet gebeuren. Dat wens je niemand toe. Ik zal voor je koken en kom bij je wonen. Voor mij maakt het niet meer uit waar ik woon. Ik vind het zo erg van je vader, zo erg. Jij kon er niets aan doen dat hij zo oud was, maar ik kan je mama niet zijn. Ik ben niet goed in dat soort dingen. Ik heb het al eens geprobeerd, en moet je eens zien wat daarvan terecht is gekomen. Je moeder is een dom mens. Het spijt me dat ik het moet zeggen, maar het is zo. Ze trouwde met een man die twee keer zo oud was als zij en liet je toen achter, en nu mag ik de scherven bij elkaar rapen... voor de tweede keer. Ik weet dat je een slimme meid bent, een lieve meid, en we kunnen vast wel met elkaar opschieten. Het enige wat je van me hoeft te weten, is dat ik graag naar quizzen kijk en naar de bingo ga.'

Kate knikte, maar haalde in gedachten haar schouders op bij het horen van deze informatie.

Ze merkte dat de avonden lang en leeg waren, en de nachten waren nog erger. Ze zag op tegen het weekend. Ze leerde niet langer te denken aan hoe Frank die laatste avond moest zijn geweest, zijn hersens aangetast door de druk van het bloed in zijn hoofd, eenzaam en alleen, zwijgend alles in huis door elkaar gooiend. Ze had gemerkt dat het zoveel pijn deed daaraan te denken dat het gevaarlijk was.

Ze vond de vergeten knuffelchimpansee in een kast en richtte Falcon Investigations op. Ze zette haar hersens aan het werk met lijstjes, observaties, verslagen, projecten. Ze deed goed haar best op school, ze was stil, ze zat een deur verder bij Adrian in de winkel, ze liep in het grote huis van de ene kamer naar de andere.

7

Kate rende over de top van de kunstmatig aangelegde heuvel. De hemel achter haar zag paars en een harde wind blies door de lelijke, dunne bomen, die doorbogen en hun takken lieten zwiepen. Zwerfvuil was uit de struiken ontsnapt en draaide nu kolkend rond in de portieken van de duplexwoningen. Er was onweer op komst en Kate voelde de lucht om haar heen gonzen en knetteren. De wind blies haar sneller voort toen ze langs de helling naar beneden rende, en ze bleef rennen. Met het gevoel dat ze onoverwinnelijk was rende ze langs het gebroken glas van het bushokje, over de aangelegde heuveltjes in de wijk, over het uitgestorven plein tussen de woningen. De was zwiepte nijdig heen en weer aan de waslijnen die over het plein waren gespannen en Kate rende er nietsziend tussendoor en ademde de bloesemgeur van wasverzachter in toen de lakens zich rond haar gezicht wikkelden. Lachend rende ze verder, langs de school, langs de sjofele, als een bouwpakket opgetrokken methodistenkerk; ze maakte sprongen terwijl ze rende, ze voelde zich ongetemd, ze hoopte dat de wind haar zou meevoeren. Toen de eerste dikke regendruppels op het wegdek uiteenspatten, rende ze net haar eigen straat in. Ze wilde zo snel mogelijk voor haar raam zitten, zodat ze de naderende bliksem over de kabels van de hoogspanningsmasten kon zien dansen.

Een kwartier later zat ze somber uit te kijken over de kletsnatte straten.

De kleur van de hemel was veranderd van paars in grijs en de geladen opwinding van de naderende bui was uitgedoofd tot de naargeestige werkelijkheid van een regenachtige namiddag. Ze zag de druppels langs de ruit naar beneden glijden, zodat het beeld van de lege straat erachter vervaagde, en ze voelde een bekende misselijkheid over zich neerdalen. Het zou nog urenlang licht zijn en ze zou hier maar voor het raam zitten.

De andere kinderen uit de buurt kende ze niet. Meestal liet dat haar koud; ze zaten allemaal op de Cheatham Street School en zagen er gewelddadig uit, of als de producten van inteelt. Ze was gelukkig op haar kantoor, met Mickey en haar dossiers. Maar op zomeravonden zat ze soms naar de groepen van misschien wel dertig of veertig spelende kinderen te kijken. Ze kende hun spelletjes inmiddels, ze had vaak genoeg zitten kijken. Het waren spelletjes die ze ook op school deed, tikkertje en slagbal, maar het spel dat haar het meest boeide, werd 'In De Bak' genoemd: het was een vreemde variant op verstoppertje die geen regels leek te hebben. De hele wijk was speelterrein, en door tegen een vat te schoppen konden gevangenen worden bevrijd. Ze had een keer gefascineerd voor het raam gezeten omdat ze allemaal liepen te zoeken naar de laatste jongen, die zich op het dak van een van de duplexwoningen had verstopt en daar bijna twee uur lang was blijven zitten. Kate had hem al die tijd duidelijk kunnen zien. Toen het licht wegstierf en de zoekers steeds ongeduldiger zijn naam riepen, had hij zijn kans schoon gezien. Hij was op de trap gesprongen die naar het dak voerde en was van daaraf, hoe onwaarschijnlijk dat ook leek, in een van de jonge boompjes ernaast gesprongen, dat doorboog onder zijn gewicht en hem vlak naast het vat deed neerkomen. Hij schopte ertegenaan en bevrijdde de gevangenen. Kate had meegedaan met het verrukte gejuich en gejoel. Ze had zelfs haar jas aangetrokken, vast van plan naar buiten te rennen en zich bij hen te voegen, maar bij de deur had de moed haar in de steek gelaten.

Vandaag hield de regen iedereen aan huis gekluisterd. Kate maakte zich los van het raam en zette zichzelf aan het werk.

Kate was dol op haar kamer, die ze na de dood van haar vader van haar oma had mogen opknappen. Het vloerkleed was vervangen door zwart-wit geruit linoleum, haar oude klerenkast, toilettafel en ladekast van witte melamine hadden plaatsgemaakt voor vier tweedehands archiefkasten die langs een van de muren stonden en haar kinderbureautje was verruild voor een groot, tweedehands bureau van massief hout met aan één kant een ladeblok. Het mooiste was dat ze geld over hadden gehad voor een draaistoel. Kate had het bureau zo neergezet dat ze met haar gezicht naar de deur en haar rug naar het raam zat. Net zoals in *Het grote detectivehandboek* stond had ze schuin boven haar deur een spiegel gehangen, zodat ze toch nog kon zien wat er op straat gebeurde en het in elk geval zou merken wanneer iemand zich ten onrechte voor een glazenwasser zou uitgeven in een poging haar aantekeningen te lezen. Ze kon maar moeilijk weerstand bieden aan het verlangen met haar draaistoel op wieltjes over het linoleum te glijden, maar nadat ze een hele middag bijna niets anders had gedaan, probeerde Kate dat nu een halt toe te roepen. Elke dag stond ze zichzelf tien minuten stoelpret toe, maar gedurende de rest van de tijd mocht de stoel alleen bewegen als daar een reden voor was. Soms draaide ze zich om zodat ze een pen uit een la kon pakken en deed ze net alsof ze niet had gemerkt dat ze de stoel te ver had laten doorglijden – een beetje smokkelen was eigenlijk niet te vermijden – maar doorgaans vond er buiten de toegestane periode geen buitensporig rollen of draaien plaats.

Op het bureau stond Kates schrijfmachine, die ze op haar zevende voor kerst had gekregen. Het was maar een plastic kindermodelletje, maar het deed wat het moest doen, en ze nam aan dat opdrachtgevers er geen problemen mee zouden hebben. Ze had er echter wel spijt van dat ze tijdens diezelfde Kerstmis die schrijfmachine met stickers van pony's en honden had beplakt.

Sam Spade zou zoiets nooit doen. Op het bureau stond ook een kaartenbakje waarin ze namen en adressen van contactpersonen wilde bewaren. Tot nu had ze nog maar drie van de tweehonderd kaartjes gebruikt. Op een ervan stonden de gegevens van haar buurman Adrian, op een ander die van het plaatselijke politiebureau en op het derde die van het bureau voor kentekenregistratie. Ze had vaak gezien dat speurders in Amerikaanse films kentekens controleerden en 'nummerborden natrokken'. Ze wist niet goed hoe je dat in Groot-Brittannië moest doen, maar had voor de zekerheid toch maar het adres van het kantoor in Swansea in het telefoonboek opgezocht.

Vanmiddag was ze druk bezig met haar Verdachten-flapboek. Haar eerste had ze ongeveer anderhalf jaar geleden gemaakt, waarbij ze nauwkeurig de aanwijzigingen uit *Het grote detectivehandboek* had opgevolgd. Het boek telde dertig pagina's, die allemaal in vier stroken waren geknipt. Op de bovenste strook van elke pagina had Kate verschillende kapsels getekend, op de tweede wenkbrauwen, ogen en de bovenkant van neuzen, op de derde neuzen, en op de onderste kinnen en monden. Kate was redelijk tevreden geweest met het resultaat, al had ze gemerkt dat haar beperkte tekentalent tot gevolg had dat minstens de helft van de mogelijke combinaties heel erg op elkaar leek: het waren allemaal varianten op het gezicht van de acteur Arthur Mullard. Maar nu wilde ze het grootser aanpakken. Het idee om op de bus te adverteren had haar ertoe aangezet haar kantoor en apparatuur nader onder de loep te nemen, en nu besefte ze dat het meeste ervan niet bepaald veel indruk op potentiële betalende klanten zou maken. Het bezit van een Verdachten-flapboek zou een groot voordeel kunnen zijn omdat een opdrachtgever daardoor beter in staat was een verdachte aan te wijzen, maar Kate vermoedde dat een met de hand gemaakt exemplaar misschien niet professioneel genoeg zou ogen. Daarom nam ze haar boek vandaag opnieuw onder handen, maar deze keer, en dat was het geniale, gebruikte ze foto's uit tijdschriften. Kate had op haar bureau een enorme stapel tijdschriften liggen die Adrian voor haar had bewaard, en ze begon ze geduldig door te bladeren en knipte elke pagina uit waarop gezichten van ongeveer hetzelfde formaat duidelijk waren afgebeeld.

In de loop van de middag hield het op met regenen en was in de wijk weer het geschreeuw van kinderen te horen, maar Kate concentreerde zich op de gezichten van vreemden.

8

Het was wederom een middag waarop groep 6 amper kon ademhalen. Kate zat uit het raam van het lokaal naar een van de duplexwoningen aan de overkant te kijken, waar drie geschifte honden woonden die iedereen die het groezelige grasveldje vol zwerfvuil wilde oversteken de stuipen op het lijf joegen. Kate was bang voor honden, maar omdat ze al elf keer was gebeten, zag ze het als een gerechtvaardigde angst. In de wijk wemelde het van de honden: mensen kochten een hond omdat ze dachten dat die veiligheid kon bieden, maar zo werkte het niet. Aan alle honden zat wel een steekje los: ze hadden een hekel aan kinderen, aan fietsen, aan krantenbezorgers, aan zwarte kinderen, aan blanke kinderen, aan snel bewegende voorwerpen. Sommige hadden een hekel aan de lucht en blaften en sprongen daar de hele dag naar. Het fijne voor de honden was dat er altijd wel een andere hond was die dezelfde afwijking had, zodat ze zich samen konden misdragen. In de hele wijk gingen roedels gelijkgestemde honden op patrouille, ze dwaalden als incontinente, hinkende groepjes lotgenoten over de galerijen en de binnenpleinen. Kate staarde naar hun uitgestoken tongen en gemene bekken en deed haar best kalm te blijven. Baasjes die haar zagen vluchten voor hun kwijlende, aan de riem trekkende, uiterst gewelddadige beesten riepen haar na: 'Je moet niet laten merken dat je bang bent, dat ruiken ze.' Kate begreep niet in welk opzicht een dergelijk advies nuttig kon zijn. Wat ze evenmin begreep, was wat het verschil was tussen wel en niet doorbijten; het was mogelijk dat dat niets met het voornemen tot bijten te maken had, maar zeker wist ze het niet. Zes van de elf keer dat ze was gebeten, was de baas van de hond erbij geweest, en alle keren had het commentaar geluid: 'Hij wil alleen maar spelen, hij bijt niet door.'

Kate zag nu dat mevrouw Byrne, de magerste vrouw ter wereld, zich met haar tweelingwandelwagen en een veelvoud aan boodschappentassen een weg langs de honden probeerde te banen. Ze was er zeker van dat mevrouw Byrne iets mankeerde, iets heel vervelends, iets wat met kijken te maken had. De honden maakten zich niet druk om haar, ze leken dwars door haar heen te kijken alsof ze er helemaal niet was. Karen, de dochter van mevrouw Byrne, zat bij Kate in de klas en had een keer gevraagd of Kate bij haar kwam spelen. Toen had Kate gemerkt dat zelfs de kinderen van mevrouw Byrne haar niet leken te zien staan. Ze was niet meer dan een schaduw die nerveus van de ene kamer naar de andere schoot. De vloerbedekking in hun flat kleefde en er was geen meneer Byrne. Kate dacht dat het hem op een dag misschien was gelukt zijn schoenen los te maken van het kleed en dat hij toen geen zin meer had gehad nog eens te blijven kleven, en dat hij de arme mevrouw Byrne alleen achtergelaten had, nog steeds vastgekit aan het kronkelende patroontje onder haar voeten.

Het krassende geluid van metalen stoelpoten op de vloer van het lokaal bracht Kate met tegenzin terug naar de boeken voor haar. Het was dinsdagmiddag, kwart voor drie. Op dinsdag- en donderdagmiddag werd er gerekend: de hele middag niets dan rekenen. Of dat was in elk geval altijd zo geweest. Ongeveer drie maanden geleden was de rekenles opgehouden rekenles te zijn en veranderd in de stilstaande poel van wanhoop en uitzichtloosheid die de lessen sindsdien waren. In februari was Kate aangeland op pagina 31 van boek 4 uit de serie *Cijfers en rekenen*. Daar was ze voor het eerst op het concept van hoeken en graden gestuit. In

Cijfers en rekenen was het onderwerp geïllustreerd met een beeld-
verhaal over een verkeerstoren en verschillende vliegtuigen die
allemaal wedijverden om een plekje op de landingsbaan. Kate
had een hele poos naar de bladzijde zitten staren. Ze had tijd genoeg gehad: Paddy Hurley en zij liepen twee boeken voor op de
rest van de klas. Daarom deed ze ontzettend haar best om iets te
begrijpen van de symbolen in de vorm van verhoogde cirkeltjes,
van de stippellijnen, van de ogenschijnlijk willekeurig gekozen
cijfers. Die leken kant noch wal te raken, maar ze stond niet bepaald te popelen om opheldering aan mevrouw Finnegan te vragen.

Bijna een uur lang had Kate verschillende interpretaties van de
gegevens tegen elkaar afgewogen. Ze had net één kantje van een
vel papier volgekrabbeld met steeds ingewikkelder en onsamen-
hangender berekeningen toen Paddy Hurley haar op haar schouder tikte en liet merken dat ook hij op pagina 31 was blijven steken. Ze overlegden een tijdlang fluisterend, en toen, om vijf voor
drie, nadat ze een muntje hadden opgegooid, stak Kate haar hand
op om mevrouw Finnegan om hulp te vragen.

Dat was nu drie maanden geleden. Kate en Paddy waren nog
steeds op pagina 31, maar het verschil was dat de rest van de klas
daar nu ook was. Pas vorige week had Mark McGrath, de lang-
zaamste leerling van de klas, moeizaam worstelend de pagina in
kwestie bereikt, waar hij was gestruikeld over de berg lijken die
op hem lag te wachten.

Mevrouw Finnegan, die geheel niet geschikt was om jonge
kinderen les te geven, kon in feite erg goed rekenen. Toen Kate
haar voor het eerst om hulp bij pagina 31 had gevraagd, had ze
naar eigen inzicht zo goed en duidelijk mogelijk uitgelegd wat
hoeken en graden waren. Helaas had Kate noch Paddy een woord
begrepen van haar voordracht op universitair niveau. In de weken die volgden, staken steeds meer kinderen hun vinger op en
vroegen om hulp bij pagina 31, en elke keer wanneer haar vol-

maakte uitleg met nietszeggende blikken werd begroet, stierf er iets diep in mevrouw Finnegan, en uiteindelijk gaf ze het op. De afgelopen twee maanden had iedereen die stom genoeg was geweest iets over pagina 31 te vragen het antwoord 'Je zoekt het maar uit' gekregen, uitgesproken op doodse toon. Soms was er een slimmer kind met een dikkere huid dat dacht het raadsel te hebben opgelost, maar wanneer ze hun onherroepelijk onjuiste oplossing aan mevrouw Finnegan mededeelden, staarde die hen slechts met kille blik aan totdat hun stemmen wegstierven.

Kate nam in gedachten de voors en tegens van walkietalkies voor het detectivebureau door. De voordelen waren duidelijk: walkietalkies waren geweldig, die waren zonder enige twijfel het mooiste wat er op deze wereld te krijgen was. Kate kon geen winkel binnengaan waar ze werden verkocht zonder minstens een halfuur lang naar de dozen te kijken, en in dat halfuur werd ze gegrepen door een bijna manische opwinding. Dan keek ze naar de plaatjes op de doos die een kind met een walkietalkie toonden, met zigzaggende lijnen die uit de bovenste helft van het apparaat kwamen en de suggestie van statische ruis, geluidsgolven, magie moesten opwekken, en een al even zigzaggende tekst die zoveel zei als: 'Hoor je me? Over.' Kate viel ervan in katzwijm. Ze droomde van een walkietalkie zoals andere meisjes van een pony dromen. De nadelen waren al even overduidelijk: Mickey kon niet praten en ook niets vasthouden; hij zou niets aan een walkietalkie hebben. Het zou geen magie zijn, het zou een nutteloos stuk plastic zijn dat ze met plakband aan zijn kop zou moeten bevestigen. Kate slaakte een zucht en keek nog eens goed toen ze merkte dat Teresa naar pagina 63 van *Cijfers en rekenen* zat te kijken. Sinds Teresa had besloten haar klasgenootjes volkomen te negeren en zich alleen in oprispingen te uiten, had Kate haar met opzet geen aandacht meer geschonken, maar nu vormde de aanblik van Teresa die het verre paradijs van pagina 63 met haar gekke aanwezigheid bezoedelde een regelrechte uitdaging.

'Mevrouw Finnegan heeft gezegd dat niemand pagina 31 mag overslaan. We moeten het zelf uitzoeken, dan mogen we pas verder.'

Teresa keek haar een paar tellen lang hevig fronsend aan, maar probeerde toen niet langer te begrijpen wat Kate bedoelde en wendde zich weer tot haar boek.

Kate deed weer een poging: 'Teresa, je kunt niet zomaar de pagina doen die je wilt, je moet de opdrachten een voor een achter elkaar doen. Als ik had gedaan wat jij nu doet, was ik al op pagina 100 of zo geweest.'

Teresa keek op, deze keer met meer ergernis. 'Ja, maar dat ging niet, hè? Omdat je vastzat op een pagina die ze verder niet wilde uitleggen. Ik kan best zonder haar. Ze hoeft mij niks te vertellen.'

'Als ze merkt dat je van alles hebt overgeslagen, blijft ze uren schreeuwen.'

'Hoe zou ze dat moeten merken? Ze is al maanden niet achter haar tafel vandaan gekomen. Ze is kapot. Ik heb haar kapot zien gaan. Ze schreeuwt wel, maar het is anders dan vroeger, ze is kapot. Maar ik heb niets overgeslagen, hoor. Zo moeilijk is het niet.'

Kate bleef zitten en deed haar uiterste best niet toe te happen omdat ze wist dat dit slechts een voorbode van een van Teresa's pesterijen was, maar ten slotte bezweek ze toch. 'Laat dan eens zien wat je op pagina 31 hebt gedaan.'

Teresa bladerde terug in haar werkboek en Kate maakte zich op voor een pagina die gevuld zou zijn met vieze plaatjes of die misschien zelfs besmeurd zou zijn met poep – ze achtte Teresa tot alles in staat. In plaats daarvan zag ze een keurig ingevulde pagina, compleet met uitgewerkte berekeningen en aantekeningen in de marge.

Kate staarde naar de pagina en probeerde te ontdekken welke domme fouten Teresa had gemaakt, en terwijl ze zat te kijken, begon Teresa: 'Je moet je gewoon voorstellen dat de cirkel een taart is, die je in 360 punten snijdt...' En in de twintig minuten die volgden, legde Teresa in een duidelijke, breed uitgesponnen monoloog alles uit wat Kate wilde leren over hoeken, graden en andere belangrijke elementen van de meetkunde.

9

Op een maandagmorgen in de voorjaarsvakantie belegde Kate een vergadering met Mickey om de toekomst van Falcon Investigations te bespreken. Ze twijfelde er inmiddels aan of er in winkelcentrum Green Oaks ooit nog iets wereldschokkends zou plaatsvinden en vroeg zich af hoe haar bureau in vredesnaam zijn reputatie kon vestigen. Ze gaf zichzelf toestemming om eindeloos rondjes te draaien omdat ze dan beter kon nadenken. Mickey keek met zijn rug tegen de schrijfmachine gezeten toe.

'We moeten een misdaad oplossen, Mickey, daar zijn detectives voor,' zei Kate, waarna ze weer in gedachten verzonk. Het was van essentieel belang om uren te maken, maar een goed speurder moest ook op zijn intuïtie vertrouwen. Kates intuïtie had haar altijd verteld dat er iets ernstigs in Green Oaks zou gebeuren, iets waarmee ze naam zou kunnen maken, maar nu vroeg ze zich bezorgd af of haar intuïtie het misschien bij het verkeerde eind had.

Ze bladerde door haar aantekeningen en zag dat ze maar weinig informatie over Green Oaks had verzameld: verdenkingen, samenvattingen, maar geen echte verdachten, geen bewijzen, geen misdrijven. Misschien verspilde Falcon Investigations wel tijd, met al die bewakers en de camera's die daar hingen.

Verkeerde plaats, verkeerde moment: die woorden achtervolgden haar.

Misschien was er ergens in de buurt wel meer te vinden. Misschien vonden er vlak onder haar neus misdrijven plaats waar ze gewoon overheen had gekeken. Ze was altijd op haar hoede, ze maakte aantekeningen over de buurt wanneer ze buiten rondliep, maar misschien moest ze het nu over een andere boeg gooien.

Na een uur lang rondjes draaien had Kate het volgende bedacht: in de komende maand zou Falcon Investigations zich de helft van de tijd op de buurt richten en de andere helft aan Greens Oaks besteden. Aan het einde van die vier weken zou ze zorgvuldig haar aantekeningen doornemen en zo bepalen welk gebied vatbaarder was voor criminaliteit en dus haar aandacht verdiende.

De eerste dag van haar nieuwe aanpak had niet beter kunnen beginnen. Een van de krantenbezorgers van meneer Palmer meldde zich ziek, en Kate smeekte of zij in plaats daarvan de avondkrant mocht rondbrengen. Dit was een uitgelezen kans om de buurt aandachtig, van dichtbij, te observeren. Meneer Palmer twijfelde: Kate was wel erg jong en hij wist niet zeker of het wel werk voor een meisje was, maar omdat Adrian door hetzelfde virus was getroffen had hij niet veel keus.

Kate propte Mickey naast de stapel *Evening Mails* in de grote krantentas en ging op pad, enigszins wankelend onder haar last. De eerste kranten moest ze bezorgen in een blok huurwoningen van de gemeente. Die hadden allemaal kleine voortuintjes die perfect waren onderhouden en stuk voor stuk van persoonlijke accenten waren voorzien. In het ene stond een bankje, in het andere een put, en in weer een andere tuin zat een kabouter met een rood gezicht in een vijver ter grootte van een plasje water te vissen. De zon scheen fel en de geur van warm carbolineum hing in de lucht. Toen Kate het ene tuinpad na het andere op liep, probeerde ze aan de hand van de aanwijzingen om haar heen zoveel mogelijk informatie over de bewoners te verzamelen. Bij het eerste huis hing een bordje op de deur met de tekst: HIER WAAKT DE

VROUW, NIET DE HOND, waardoor Kate wist dat ze niet mocht vergeten dat ook hier iemand woonde die niet goed bij zijn hoofd was. Bij het tweede huis hing ook een bordje. Kate keek er lange tijd naar, maar begreep er niets van: AAN DE DEUR WORDT NIET GEKOCHT, EN BEKEERD ZIJN WE OOK AL. Uiteindelijk schreef ze het over in haar notitieboekje. Ze wist niet wat bekeerd was en begreep niet waarom de mensen de melkboer niet aan de deur wilden hebben. Misschien waren ze bang dat hij de plantjes zou vertrappen.

Het vierde huis had een aangebouwde portiek bij de voordeur. In de buitenste deur zat geen brievenbus, en het duurde even voordat Kate begreep dat ze die deur open moest doen om bij de oorspronkelijke voordeur met brievenbus te kunnen komen. Ze zag het nut er niet van in. Ze wist niet zeker of de bewoners, nu ze eenmaal begonnen waren deuren toe te voegen, wel zouden beseffen wanneer ze moesten stoppen. Ze stelde zich voor dat ze deur na deur zouden plaatsen, helemaal tot het einde van de tuin aan toe, en dat bezorgers de ene deur na de andere zouden moeten openen om bij de brievenbus te komen. Ze opende de witte kunststoffen buitendeur en merkte dat de kleine ruimte erachter was gevuld met jassen en schoenen. Langzaam schudde ze haar hoofd en zei hardop tegen Mickey: 'Deze mensen hebben ons hard nodig, Mickey. Open deur plus bezittingen staat gelijk aan misdaad.' Ze schreef op dat ze, zodra ze kaartjes van Falcon Investigations had laten drukken, er hier eentje in de bus moest gooien.

Op weg naar het einde van de huizenrij kwam ze steeds meer van zulke portiekjes tegen. Elk was een wereld op zich, rijk aan aanwijzingen over de bewoners. In sommige stonden keurige tafeltjes met bloemstukken, andere waren gevuld met victoriaanse poppen, weer andere bevatten een berg aan kinderfietsjes en rolschaatsen, in nog weer andere rook het naar tomatensoep. Kate moest telkens weer blijven staan om aantekeningen te maken. Ze tekende haar conclusies over de bewoners op en besloot die aan Adrian voor te lezen als hij weer beter zou zijn, zodat hij zou weten dat ze nergens gras over liet groeien. Ze wilde vooral met hem van gedachten wisselen over haar vermoeden dat op nummer 32 een kidnapper woonde, zoals wel bleek uit de in stukken geknipte kranten en het brede plakband in zijn portiek. Aan het einde van de rij huizen keek ze op haar digitale horloge en zag tot haar schrik dat het haar anderhalf uur had gekost om bij slechts dertig huizen de krant in de brievenbus te gooien. Snel ging ze verder.

Haar volgende halte was Trafalgar House, een twintig verdiepingen tellende flat die enigszins afzijdig van de andere hoogbouw stond en als een schildwacht de toegang tot het binnenplein bewaakte. Het gebouw wierp zijn schaduw over de speelplaats van Kates school, en in de loop der jaren had ze geleerd aan de hand van de vlakken zonlicht en schaduw op het plein te bepalen hoe laat het was. Ze wist nog dat er in de eerste klas van de kleuterschool een periode was geweest waarin iedereen geloofde dat er een spook in een van de woningen op de twintigste verdieping huisde. Tijdens het speelkwartier dromden ze bij elkaar op het plein en tuurden omhoog naar het verre raam, waarvoor geen gordijnen hingen, en soms slaakte een klasgenootje een gil en zei dat ze het spook had gezien en dan stoven ze allemaal een andere kant op. Kate had het zelf nooit gezien. Zelfs op haar vijfde twijfelde ze al aan het bestaan van spoken, maar ze bleef niettemin alert. Dat vond ze leuker dan touwtjespringen, het enige wat de andere meisjes in het speelkwartier deden.

Kate was nooit in Trafalgar House geweest, ook al wierp het voortdurend een schaduw over haar. Nu liep ze langs het verlaten schoolplein ervoor, waar ze soms aan het klimrek hing waardoor ze beter kon nadenken. Op het plein was het altijd koud omdat het in de lange schaduw van de flat lag en werd gegeseld door de wind die aan alle kanten rond de woontoren blies. Ze kwam aan bij de buitendeur en drukte op het knopje LEVERANCIERS, precies zoals meneer Palmer haar had opgedragen. Er klonk een zoemer, Kate duwde de deur open en ging het donkere hart van het gebouw binnen. In de hal waren twee liften en er hing een geur die ze nog nooit eerder had geroken. Die deed haar een beetje denken aan een zwembad, aan een leeg klaslokaal. Het was een droevige geur.

Meneer Palmer had de kranten zo opgestapeld dat Kate bovenin kon beginnen en dan elke keer via de trap naar een lagere verdieping kon lopen. Kate drukte op het knopje van de lift, en al snel veranderde het zwarte ruitje in zachtgeel en schoof de deur open. De lift was heel anders dan de glimmende glazen liften in Green Oaks; deze had een gedeukte metalen binnenkant die was volgekalkt met namen en woorden. Kate was teleurgesteld. Ze moest denken aan een kinderprogramma waarnaar ze altijd samen met haar vader had gekeken toen ze nog klein was. Over een meisje dat met haar muis en hond in een flat woonde en elke dag met de lift naar beneden ging. De muis klom op de snuit van de hond en drukte op het juiste knopje. Dat vond Kate geweldig. Daarom had ze ook altijd in een flat willen wonen, maar nu ze haar best moest doen het plasje water in de hoek te vermijden en de brandplekken van sigaretten op de knoppen te negeren, bedacht ze dat het meisje misschien wel slecht af was geweest.

Ze werkte alle twintig verdiepingen af en kwam geen hond tegen. De aanwijzingen over de bewoners beperkten zich tot de etensluchtjes die naar buiten stroomden en de geluiden van een tv die te horen waren wanneer ze de klep van een brievenbus optilde. Niemand had hier bloemen of tuinkabouters bij de voordeur staan. Niemand leek hier zelfs zijn voordeur te gebruiken. Ze vroeg zich af of ze weleens het gebouw uit kwamen of dat ze de hele dag zaten te wachten op leveringen van 'leveranciers' zoals Kate. Ze stelde zich voor dat de mensen de kranten opraapten die ze naar binnen schoof en lazen over een wereld waar ze nooit kwamen. Voor de eerste keer kwam de gedachte bij haar op dat haar klasgenootjes misschien gelijk hadden gehad. Er was alleen niet één spook, maar er waren er heel veel, in elke woning eentje. Ze zweefden door de muren, ze hadden alleen contact met elkaar door middel van de vreemde woorden en symbolen die ze in de lift achterlieten.

Weer buiten in het zonlicht liep Kate naar de duplexwoningen waar ze de rest van de kranten moest bezorgen. De tegenstellingen met Trafalgar House waren enorm. Mensen zaten op de met gras begroeide heuveltjes tussen de huizenblokken en kinderen speelden op straat. Kate herkende een paar kinderen van school en liep verlegen langs hen met haar tas. Ze glimlachte of zwaaide even, maar durfde niet haar notitieboekje te pakken en aantekeningen te maken van wat ze allemaal zag. Voorzichtig duwde ze Mickey verder haar tas in, uit het zicht. Ze besefte dat dat een van de dingen was die ze zo fijn vond aan Green Oaks: dat niemand haar kende. Daar was ze niet een van de stille meisjes uit de klas. Daar was ze niet het meisje dat geen vader en moeder had. Daar was ze een detective, een onzichtbare speurder die door het winkelcentrum sloop en dingen zag die niemand leken op te vallen.

Omdat Kate zo in gedachten over misdaad was verzonken, had ze geen oog voor de drie honden die haar waren gevolgd naar de stille binnenplaats die ze nu overstak. Pas toen een van hen begon te grommen draaide ze zich om en zag ze de uitgestoken tongen en op haar gerichte blikken. Ze zei tegen zichzelf dat ze niet mocht laten merken dat ze bang was, maar die boodschap bereikte haar benen te laat en ze was al aan het rennen, zo snel als ze kon. De honden kwamen haar achterna, blaffend als bezetenen. Kate kon vanwege de krantentas niet zo hard hollen als ze zou willen, en zonder er echt over na te denken, trok ze Mickey uit de tas en gooide de tas achter haar neer. De honden bleven even staan om eraan te snuffelen, waardoor Kate de kans kreeg harder te hollen dan ze ooit had gehold, en ze bereikte net op tijd het hokje voor de vuilnisbakken onder aan het heuveltje en gooide de deur dicht voor de neuzen van de honden die ertegenaan botsten en daarna woedend opsprongen. Ze drukte Mickey stevig tegen zich aan en keek, leunend tegen de stinkende vuilcontainer, door de spleten in het houtwerk van de deur naar de honden. Het leek wel alsof ze niet genoeg adem kon krijgen. Haar borstkas deed pijn en tranen prikten in haar ogen. Verkeerde plaats, verkeerde moment, dacht ze.

Ze drukte haar gezicht tegen Mickeys zachte kopje en fluisterde buiten adem in zijn oor: 'Verandering van strategie: alle mankracht terug naar Green Oaks.'

10

In de maanden daarna besteedden Adrian en Kate de rustige uren, tussen de drukte van de middag en de avondkrant, aan het verzinnen van onwerkelijke verhalen over de klanten van de tijdschriftenzaak. Ze bedachten graag kleurrijke personages en koppelden details uit beroemde misdaadverhalen aan de in pastelkleurige anoraks gehulde gedaanten van de ouden van dagen die hier elke dag hun kruidentabletjes en *People's Friends* kwamen halen.

Adrian: Is het je opgevallen dat mevrouw Dale al een paar dagen niet meer is geweest?

Kate: Wat denk jij dat er aan de hand is?

Adrian: Nou, meneer Dale, die hier gisteren nog een half pond salmiakballen kwam halen, is gesignaleerd met wat nog het meest op een zware koffer leek.

Kate: !

Adrian: Inderdaad. Toen de heer Dale werd gevraagd naar de toestand van zijn echtgenote, de genoemde mevrouw Dale, antwoordde hij, en let op: 'Ze logeert bij haar zus in Yarmouth.'

Kate: Dat zeggen ze altijd.

Adrian: Ja, grappig hè? We hebben nog nooit eerder iets over die 'zus' gehoord, of over 'Yarmouth'.

Kate: Dat is niet grappig meer. Dat is verdacht.

Adrian: Dat vond ik dus ook. En dus zei ik, langs mijn neus

weg: 'En u, meneer Dale, waarom bent u niet met uw vrouw mee?'

Kate: Dat is een goeie, Adrian.

Adrian: Ja, dat vond ik ook.

Kate: En wat zei hij toen?

Adrian: Hij zei: 'Ik wilde net naar Yarmouth vertrekken, vandaar de koffer. Ik wilde alleen even komen zeggen dat je geen krant hoeft te bezorgen.'

Kate (na een korte stilte): Hij is slim, hè?

Adrian: Verduiveld slim.

Kate: Eerst de vrouw weg, dan de kranten. Koudbloedig type, die meneer Dale.

Ze noemden meneer Jackson van Showell Gardens 42 de 'Meedogenloze Moordenaar' omdat hij een modieus kort jasje en leren handschoenen droeg. Meneer Porlock, die elke morgen voor de deur halt hield met zijn Jag om de krant op te halen, gold als de 'Hoffelijke Oplichter' omdat hij de enige klant was die de *Financial Times* kocht. Kelvin O'Reilly uit Cheatham Street was de 'Beul' omdat hij groot was en niet al te slim.

Eenieder die om fruitgums met chocola erin vroeg, was volgens Adrian een moordenaar, want hij had een afkeer van zoet en was ervan overtuigd dat gezagsgetrouwe burgers niets van een dergelijke combinatie wilden weten. 'Ze wagen zich buiten de gebaande paden van de maatschappij, Kate. Hun morele kompas is op hol geslagen. Ze kennen geen grenzen.' Ook degenen die gewone chocolade kochten werden door Adrian van het sinistere etiket 'personen met een duistere smaak' voorzien.

Kate probeerde haar verdenkingen met concretere bewijzen te staven, maar zelfs zij had haar twijfels bij klanten die kroepoek kochten. Ze waren het er allebei wel over eens dat de samenleving baat had bij kopers van KitKat.

Adrian lunchte doorgaans pas om een uur of drie 's middags, nadat meneer Palmer had gegeten. Als Kate vrij had van school en het mooi weer was, maakten ze vaak een wandeling langs het kanaal. Hoewel die omgeving veel beter bij het onderwerp paste, spraken ze buiten de winkel slechts zelden over moord of misdaad.

Op een dag vroeg Kate aan Adrian: 'Ga je ooit stoppen met in de winkel werken? En een baan in de stad zoeken?'

'Geen idee. Misschien wel. Ik probeer er niet te veel aan te denken.'

'Maar je vader zal je hulp altijd nodig hebben, toch? Ik bedoel, hij moet naar de groothandel en de boekhouding doen: wie moet er dan op de winkel letten?'

'Nou, misschien neemt hij dan wel iemand aan.'

'Toch niet je zusje?' Kate was een beetje bang voor Adrians zus, die altijd boos keek en punk was.

Adrian lachte. 'Nee, ik denk niet dat ze hier snel een voet over de drempel zal zetten. Dat is niets voor haar. Ze heeft het veel te druk met kilo's gel in haar haar smeren en mij afkatten omdat mijn muzieksmaak niet deugt. Ik geloof dat hij ons geen van beiden in de winkel wil hebben. Hij snapt niet waarom hij al die jaren geld in een goede opleiding heeft gestoken als ik toch alleen maar pepermuntjes sta te verkopen.'

'Maar dat doet hij zelf ook.'

'Inderdaad.'

'Doe je altijd wat je vader wil?'

Adrian zuchtte. 'Niet echt. Maar het is zijn winkel.'

'Maar denk je niet dat hij meestal wel weet wat het beste voor je is?'

'Dat weet ik niet, Kate, het spijt me. Ik denk er niet echt over na. Ik ga gewoon met de stroom mee. Ik ben hier gelukkig, maar hij is er niet gelukkig mee dat ik er ben.'

Kate gooide een steentje in het water. 'Ik denk dat volwassenen soms... Ik weet dat jij ook volwassen bent, maar ik bedoel vaders en moeders, of oma's... Ze denken dat ze weten wat het beste voor hun kinderen is, maar dat is nu eenmaal niet zo. Vaak weten ze het juist níét beter, en de kinderen wel, maar dat doet er niet toe omdat de oma, of wie dan ook, de volwassene is en dus gelijk heeft. Ook al wordt degene die jonger is daar heel, heel erg ongelukkig van.'

Kate zweeg even, alsof ze was uitgesproken, maar vervolgde toen, zonder Adrian aan te kijken: 'Zo heb je dus...' Adrian hoorde Kates stem een beetje trillen. '... zo heb je bijvoorbeeld mijn oma, maar zo mag ik haar niet noemen, ik moet Ivy zeggen. Ivy zegt dat ik aan het einde van het jaar naar Redspoon moet.'

'Naar die kostschool?'

'Ja. Ze zegt dat slimme kinderen geen schoolgeld hoeven te betalen, dat het een buitenkans is en dat het niet goed is als ik bij haar woon. Ze zegt dat ze niet goed voor me kan zorgen. Dus toen zei ik tegen haar dat ze niet voor me hoeft te zorgen. Ik kan zelf wel spaghetti opwarmen. Ik weet hoe de wasmachine werkt. En toen zei ze dat ik met mensen van mijn eigen leeftijd moet omgaan. Maar dat wil ik niet.' Kates stem brak bijna. 'Ik vind het helemaal niet fijn om met kinderen van mijn leeftijd om te gaan. Ze doen gewoon niets, ze kijken alleen maar tv... en... en ik weet niet eens of ze mij wel leuk vinden, omdat ik niet snel kan rennen, en ik denk dat ze me een beetje raar vinden. Ik ben altijd blij wanneer de school uitgaat en ik verder kan gaan met mijn speurwerk. Dat heb ik haar geprobeerd duidelijk te maken. Ik heb tegen haar gezegd dat ik misdaden wil oplossen, en dat papa ook wilde dat ik dat deed. Hij wilde dat ik detective zou worden, en niet dat ik naar een of andere stomme school ver van huis zou gaan. Papa zou me nooit hebben weggestuurd...'

Adrian gaf Kate een papieren zakdoekje, maar ze keek hem nog steeds niet aan.

'Ze zegt dat ik jou niet mag storen als je in de winkel aan het werk bent. Ze zegt dat ik je lastigval en dat het niet normaal is dat ik geen vrienden van mijn eigen leeftijd heb. Ze zegt dat je waarschijnlijk medelijden met me hebt en dat je me erg raar vindt.'

Adrian ging op zijn hurken zitten en draaide Kates hoofd om, zodat ze hem wel moest aankijken. 'Je moet niet naar haar luisteren, Kate. Je valt me niet lastig en je bent niet raar. Je bent mijn vriendin. Ik zou helemaal gek worden als ik elke middag alleen in de winkel moest staan. Je bent veel leuker dan de meeste anderen. Ik heb bewondering voor je, Kate, echt waar. Moet je mij eens zien, ik ben tweeëntwintig en doe niets. Jij bent tien en bent altijd druk bezig, je rent van het een naar het ander, je hebt altijd wat omhanden, je hebt altijd iets te doen. In vergelijking met jou zijn volwassenen maar lui. Het doet er niet toe hoe oud je bent, ik zal altijd je vriend blijven, of je nu vijfentachtig of vijfentwintig bent. Je hebt veel meer pit dan de meeste anderen. Ze zou trots op je moeten zijn.'

Een paar minuten lang zwegen ze allebei.

Kate keek Adrian en zei: 'Ik ga niet naar die school.'

11

Kate en Teresa zaten op de betonnen trap van Ramsey House. De matglazen ruit voor hen was aan stukken geslagen, en tussen de scherven door hadden ze goed zicht op de tweede verdieping van Chattaway House.

'Weet je het al van die man met dat rode haar op nummer 26?' vroeg Teresa.

Kate kende helemaal niemand die in die flat woonde. Altijd wanneer Teresa iets over haar buren vertelde, deed ze dat op een toon alsof ze ervan uitging dat Kate alles over hen en hun gewoonten wist. Dat vond Kate prettig.

'Het is een beetje een zwerver. Hij heeft een grote bos rood haar en een grote rode baard en hij zit de godganse dag op de heuvel gekonfijte sinaasappelschillen uit een zak te eten. Hij kan de toekomst voorspellen. Hij vertelt me om de haverklap wat er met me gaat gebeuren. Hij weet van alles over jou. Hij heeft me al een hele tijd geleden over jou verteld.'

'Wat zei hij dan?' vroeg Kate.

'Ik heb beloofd dat ik niets zou zeggen.'

Kate ging er verder niet op in. Gesprekken met Teresa waren nooit eenvoudig. Er waren altijd raadsels. Dat vond Kate ook prettig. 'Wie woont er naast hem?'

'Een Ier. Hij heet Vincent O'Hanorahan en praat zo: "Odelode-lodelodelodelodel." Je moet je ogen dichtdoen om te kunnen begrijpen wat hij zegt, en hij draagt broeken die te klein zijn. Ik ben bij hem binnen geweest. Hij zat voor het raam en gebaarde dat ik binnen moest komen. Ik ging naar binnen en hij gaf me een koekje met een roze laagje en kokos erop, maar hij zei niet dat het een koekje was, hij noemde het een kimberley. Ik zei tegen hem dat dat een meisjesnaam is en hij zei dat hij nog nooit had gehoord dat een meisje zo heette, en toen vroeg hij hoe ik heette. Hij had overal plaatjes van Jezus en Maria hangen en zijn keuken rook naar modder. Ik zei dat ik Teresa heette en toen begon hij te huilen. Hij bleef maar huilen, met zijn hoofd op de tafel. Ik heb mijn koekje opgegeten en ben toen weggegaan.'

Kate keek Teresa aan. Ze had geen idee in hoeverre het verhaal waar was en in hoeverre verzonnen. Ze begon te geloven dat het allemaal waar was. Ze begon te geloven dat er bij Teresa nooit iets normaal ging. Ze keek weer naar de tweede verdieping. 'Kijk, daar zitten ze tv te kijken.' Het verbaasde haar dat iemand op zo'n mooie zonnige dag voor de tv wilde zitten.

'Dat zijn meneer en mevrouw Franks. Ze zijn de oudste bewoners van die flat. Mevrouw Franks heeft de hele dag de tv aan, met het geluid op z'n hardst. Ze zit met een grote gebreide deken om haar heen die ze zelf heeft gemaakt, van een heleboel gekleurde gebreide vierkantjes. Meneer Franks heeft me verteld dat ze dat heeft gedaan toen ze nog een stuk jonger was. Hij heeft me nooit verteld waarom. Soms praat meneer Franks met me en geeft hij me tien pence om snoep te kopen en zegt dat ik een lief meisje ben. Hij glimlacht dan heel vriendelijk naar me en dan krijgt hij waterige ogen. Op andere dagen noemt hij me een vuil zwartje en een smerige halfbloed en zegt hij dat ik op moet rotten naar het oerwoud.'

Kate en Teresa keken elkaar aan en barstten toen in lachen uit.

Tot ontzetting van mevrouw Finnegan waren Kate en Teresa steeds betere maatjes geworden. Sinds het voorval met het rekenboek had Kate een andere kant van Teresa leren kennen. Het was haar opgevallen dat Teresa zich op school verveelde, dat ze altijd het antwoord wist maar nooit haar vinger opstak. Dat ze vaak een lege blik in haar ogen had, dat ze maar wat zat te tekenen terwijl de rest van de klas het ene verkeerde antwoord na het andere gaf. Ze zag dat mevrouw Finnegan naar Teresa keek met een blik alsof die iets viezigs onder haar schoenen was. Ze begon bijna te begrijpen waarom Teresa zich altijd zo vreemd gedroeg.

In het begin had Kate haar twijfels gehad. Toen ze had beseft dat Teresa niet helemaal gestoord was, had ze haar gevraagd of ze wilde komen spelen. Ze hoopte dat Ivy misschien van gedachten zou veranderen over Redspoon als ze zou zien dat Kate een vriendinnetje van haar eigen leeftijd had, zoals Ivy zo graag wilde. Maar Teresa vertelde vreemde verhalen en had rare ideeën en leek net zo vaak in haar eentje rond te zwerven als Kate. Kate had haar nog niet het kantoor laten zien en ook nog niets over het detectivebureau verteld... maar ze sloot niet uit dat ze dat ooit zou doen. Ze had gemerkt dat Teresa een kei was in observeren.

Ze zaten niet meer lekker op de trap en besloten een plaatsje in de warme middagzon te zoeken. Iemand had Althea & Donna opgezet, het liedje echode door de lege straten. Ze liepen over de stukken gras tussen de flats, langs het klimrek waar een kind klem zat en om hulp riep.

Ze lieten de wijk achter zich, liepen over de spoorbrug en langs een oude, vervallen bakstenen muur. Na een paar honderd meter kwamen ze bij een kleine groene deur in die muur en liepen het kerkhof St. Joseph's op. De kerk en de begraafplaats lagen halverwege een steile helling en waren vanaf de top via een kronkelpad en vanaf de voet van de heuvel via een oprijlaan te bereiken. Rondom de kerk strekten de graven zich naar alle kanten uit, willekeurig over de helling verspreid. Een groot deel van de stenen was omgevallen of helde over tussen het lange gras en onkruid.

De graven waren allemaal oud en dateerden uit de periode tussen de vorige eeuwwisseling en de jaren vijftig. De paar nieuwere lagen op een klein stukje grond achter de pastorie dat was bestemd voor de kinderen. Deze graven onderscheidden zich van de andere met klimop bedekte en overwoekerde stenen door het glanzende witte of zwarte marmer, de goudkleurige opschriften en de glimlachende portretjes van dode kinderen, gevat in kleine ovalen. Op die graven lagen altijd verse bloemen, en ook stenen teddybeertjes en verschoten poppen. Een van de graven was van Wayne West, een jongen die Kate zich nog vaag van de kleuterschool kon herinneren en die op de een of andere manier zijn hoofd in een plastic zak had gestoken en was gestikt. Ter nagedachtenis werd er elk jaar voor hem op school en tijdens de mis gebeden, maar Kate had zich altijd afgevraagd of hij echt op die manier was gestorven. Het leek een veel te goed verhaal om kinderen mee bang te maken. Het zou Kate niets verbazen als de juffen en meesters op een dag met een blinde jongen op de proppen zouden komen die zijn gezichtsvermogen had verloren omdat iemand een sneeuwbal met een steen erin naar hem had gegooid. Op school deden al verhalen de ronde over een jongen met één voet die de andere was kwijtgeraakt omdat hij op het spoor had gespeeld. Kate had een gruwelijk beeld voor ogen van leraren van concurrerende scholen die bij het plaatselijke ziekenhuis gingen vragen of er nog verminkte kinderen waren die ze konden gebruiken om allerlei verschillende soorten kattenkwaad te illustreren. 'Ik heb hier nog een verlamd meisje, ideaal om duidelijk te maken dat je je stoel met vier poten aan de grond moet houden.' 'Deze jongen is bijna helemaal blind, uitstekend om ze aan de worteltjes te krijgen.'

Teresa leek een groot deel van haar tijd op het kerkhof door te brengen. Ze was dol op de verweerde bakstenen muur die de plek van de buitenwereld afsneed. De kerk en de graven eromheen waren even oud als de rij huizen waar Kate woonde. Ze vormden een eilandje dat aan alle kanten werd omringd door de nieuwe doodlopende hofjes en straatjes van de wijk. Op het kerkhof kwam niemand je storen. Door de week kwam er nooit iemand. De pastoor kwam soms aangereden in zijn aftandse Volvo, maar hij zag nooit dat Teresa in de schaduw van de muur naar de ragdunne skeletten van de dode bladeren zat te kijken.

Vandaag zaten ze onder een paardenkastanje naast het graf van de familie Kearney. De ouders en de drie kinderen waren in 1914 allemaal bij dezelfde brand omgekomen. De enige die het had overleefd, was het jongste meisje, Muriel, die in 1957 was overleden. Haar liefhebbende echtgenoot William hield haar in dierbare herinnering, maar van hem was geen spoor te bekennen. Teresa stond op, liep naar een struik en begon rode besjes van de takken te trekken.

'Die moet je niet eten,' zei Kate. 'Misschien zijn ze wel giftig.'

'Dat zijn ze inderdaad,' antwoordde Teresa, 'maar als je er weinig van eet, ga je er niet dood aan. Ik ga ze niet opeten.'

'Waarom pluk je ze dan?'

'Omdat je er heel erge buikpijn van krijgt en omdat je tandvlees ervan gaat schrijnen.'

Kate wachtte op verdere uitleg, maar Teresa bleef plukken en stak de besjes in de zakken van haar korte broek.

Na enig nadenken vroeg Kate: 'Wil je soms een dag vrij van school?'

'Ik ga naar school wanneer ik dat wil. Ik kan ook elke dag hier gaan zitten.' Toen Teresa haar zakken had gevuld, ging ze naast Kate zitten en begon aan het gras om hen heen te trekken. 'Ze zijn voor mijn vader. Hij is mijn vader niet, maar zo moet ik hem wel noemen. Ik maak graag dingen voor hem.'

'Wat voor dingen?' vroeg Kate.

'Dingen die hem pijn doen. Dingen waar hij ziek van wordt. Dingen die hem in bed houden, bij ons uit de buurt. Uit de buurt van mijn moeder. Hij zegt altijd tegen me dat ik iets te drinken voor hem moet halen omdat hij sterft van de dorst. Dus dan ga ik een lekkere beker Lift voor hem halen, je weet wel, die oplosthee met citroen. Daar is hij gek op. Hij heeft er graag veel suiker in, en het moet lekker warm zijn, want hij is net een klein kind. Dus ik doe er een volle theelepel Lift in, twee volle theelepels allesreiniger met citroen en drie volle theelepels suiker, en hij drinkt het allemaal op alsof hij in geen maanden iets heeft gehad.'

'Je probeert hem te vergiftigen!' barstte Kate uit.

'Nee, dat probeer ik niet. Ik hou hem alleen maar onder de duim. Eén keer in de maand of zo zorg ik ervoor dat hij de hele dag op zijn kamer moet blijven. Dan hebben wij rust. Hij is dol op cake met jam. Daar ontbijt hij mee. Een halve plak cake met extra jam erop. Dan roept hij uit zijn bed: "Hé, wijffie, waar blijft mijn ontbijt?" Nu kan ik extra bessen in zijn jam doen.'

'Maar wordt hij dan niet heel erg ziek?'

'O, we horen hem wel schreeuwen vanuit de slaapkamer, daar ligt hij dan in bed heen en weer te rollen met zijn handen op zijn buik, maar dan zetten we gewoon de tv harder. Mama brengt hem naar de dokter, maar die zegt dat het een maagzweer is en dat het door de drank komt. De dokter is dom. De dokter wil van hem af, de dokter haat deze wijk. Mama zegt: "O, toe nou, Carl, drink nou niet, dat wordt nog eens je dood. Wat moeten we zonder jou beginnen?" En dan slaat hij haar in haar gezicht en breekt haar ribben, en dan maak ik iets anders voor hem.'

Kate bleef een hele tijd zwijgen. Toen zei ze: 'Je gaat hem toch niet doodmaken, hè? Want daar komen ze wel achter. De politie komt daar wel achter. Ze doen forensisch onderzoek en een autopsie en dan vinden ze bewijzen. Dan zullen ze weten dat het moord was en sluiten ze je op.'

'Ik vind het hier fijn: het is hier rustig en veilig en niemand valt me lastig. Maar thuis zet ik de tv hard en kan ik alleen maar denken aan weglopen. Mijn zus is al vertrokken, maar dat zal mijn moeder nooit doen. Ik moet daar weg. Ik verstop me of ga de deur uit en zorg ervoor dat ik bij hem uit de buurt blijf – hij heeft al maanden de kans niet gekregen – maar ik weet wat hij wil, en als hij me weer in elkaar slaat, maak ik hem dood en duw ik zijn lijk door de vuilstortkoker, naar de grote container onderin.'

12

Vrijdag 24 augustus
Observatie tijdens busrit niet mogelijk omdat 'Gekke Alan' naast me zat. Hij liet me zijn verzameling buskaartjes zien (allemaal van lijn 43) en vroeg of ik geloofde in Christus de Verlosser. Ik zei dat er niet genoeg bewijzen zijn.

Zag weer vrouw met lege kinderwagen. Vandaag zat ze bij de speelplaats.

Zaterdag 25 augustus
Mocht van Adrian nieuwe cassetterecorder in winkel uittesten. Geluidskwaliteit variabel, nogal veel ruis vanwege mijn canvas tas waarin recorder is verstopt. Heb tamelijk duidelijke opname van mevrouw Hall die om een kraslot vraagt en van meneer Vickers die zich opwindt over de hondenpoep in de wijk, en daarna volgt lang gesprek waarin alleen de woorden 'hij wil beslist geen crèmelaagje' te horen zijn. Weet niet of ik in Green Oaks veel zal oppikken.

Zondag 26 augustus

Lange man die mank loopt gedroeg zich verdacht achter huis van meneer en mevrouw Evans.

Zag hem twintig minuten lang bij het poortje achter staan, daarna riep hij een paar keer op luide fluistertoon 'Shirley' richting het raam aan de achterkant. Mevrouw Evans verscheen voor het raam en gooide sleutels naar hem toe – waarop hij door de achterdeur naar binnen ging. Geen verdere waarnemingen. Adrian raadde me aan niets tegen meneer Evans te zeggen... Hij zei dat ze een verhouding hebben!

Maandag 27 augustus

's Middags bij meneer Watkin de slager geweest. Gezien dat meneer Watkin aan vlees ruikt wanneer er geen klanten zijn – vlees waarvoor hij zijn neus optrekt, legt hij vooraan. Meneer Watkin zag me kijken en legde uit wat 'voorraadrotatie' is – erg interessant.

Dinsdag 28 augustus

Vandaag op kerkhof geweest. Papa over het werk verteld. Heel stil op kerkhof. Niet geobserveerd.

Woensdag 29 augustus

Weer naar meneer Watkin – maar opnieuw weinig klanten. Getroffen door overeenkomsten tussen verpakking van rattengif dat meneer Watkin onder toonbank bewaart en verpakking van kruidenmix voor zijn speciale 'karbonaadjes'. Verder gemerkt dat meneer Watkin bijzonder bijziend is (dacht eerst dat ik mevrouw Kahn was) – nu nog bezorgder dat meneer Watkin zich schuldig zal maken aan doodslag.

Donderdag 30 augustus

Donkere gedrongen vrouw stond drie kwartier lang in Green Oaks in etalage van H. Samuel te kijken. Alleen maar etalages kijken?

Vrijdag 31 augustus

Heb Adrian verteld dat ik me zorgen maak over meneer Watkin, maar hij zei dat dat niet nodig is omdat er toch niemand iets bij hem koopt. Adrian zei dat de winkel meer een soort hobby voor meneer Watkin is. Hij zei dat mevrouw Watkin soms aan haar vriendinnen vraagt of ze iets bij hem willen kopen en hun daar dan geld voor geeft. Ze zegt dat ze het vlees meteen weg moeten gooien. Samenzweringen, vlak onder mijn neus.

Zaterdag 1 september

Green Oaks: vandaag twee uur voor de banken. Niets opvallends gezien, alleen kleine man die zonder het te merken met een meter toiletpapier aan zijn schoenen liep.

Zondag 2 september

Verdacht ogende man gezien die op parkeerplaats van Sainsbury's rondhing – niet duidelijk wat zijn motieven waren.

13

Kate had iets verbazingwekkends over Teresa ontdekt: Teresa begreep niets van de op kattenkwaad gebaseerde hiërarchie op school. Ze begreep wel dat bepaalde dingen als 'stout' golden, maar ze zag de verbanden tussen zulke daden niet. Het kostte te veel tijd, te veel vallen en opstaan, voordat haar duidelijk werd uit welke stappen de schaal van stoutheid bestond.

Ze leerde dat ze niet werd geacht op de schoolbel te reageren. Teresa had na het horen van de bel altijd meteen haar stoel naar achteren geschoven en was het lokaal uit gerend en blindelings het verbazingwekkend lege plein op gestoven. Dat was verkeerd geweest. De bel diende blijkbaar om de meesters en juffen duidelijk te maken hoe laat het was, niet om de leerlingen te vertellen dat het speelkwartier was aangebroken. Het leek Teresa veel eenvoudiger wanneer de juf op haar horloge zou kijken, of op de grote tikkende klok voor in het lokaal, maar inmiddels begreep ze wel dat ze haar ontsnapping traag en zorgvuldig moest voorbereiden: boeken dienden langzaam van haar tafeltje in haar wachtende tas te glijden, ze moest voortdurend haar juf in de gaten houden. Dankzij de hulp van Kate besefte ze inmiddels hoe bepaalde dingen werkten, maar zelfs nu, nu Kate en zij aan hun laatste jaar op St. Joseph's begonnen, was haar nog steeds niet duidelijk waarom reageren op de bel een kleinere overtreding was dan bijvoorbeeld haar naam in het tafelblad krassen of wormen in Darren Walls roze drilpudding stoppen.

En zo ontdekte Teresa na heel veel vruchteloos onderzoek en onbewust verlegde grenzen wat het stoutste was wat je op school kon uithalen. Op een sombere, winderige dag, toen het tussen de middag zo hard regende dat de kinderen alleen maar binnen konden spelen, handelde Teresa te snel en leerde ze de waarheid kennen. Tijdens de schijnbaar eindeloze nasleep drong het tot Teresa door dat rondrennen met een schaar het ergste was wat je kon doen, en dat rondrennen met een schaar die op onfortuin-lijke wijze in botsing kwam met de dij van het schoolhoofd zo vreselijk was dat er geen woorden voor waren.

Het nieuws verspreidde zich als een lopend vuurtje door de dampende lokalen, maar de geruchten waren nog sneller. Al een paar minuten na de botsing werden de wildste verhalen verteld. Teresa Stanton had met een bijl rondgelopen. Teresa Stanton had iedereen gestoken. Teresa Stanton had het hoofd vermoord en wilde nu de rest van de meesters en juffen doden. De kinderen, niet in staat dergelijke angstaanjagende geruchten te verwerken, konden alleen maar rondjes rennen of woest op en neer springen, als honden bij slecht weer.

Tijdens de eerste van vele besprekingen van het voorval werd de juiste, bescheiden omvang van het ongeluk uitgelegd. Meneer Woods, het hoofd, was niet bepaald ernstig gewond, maar een bijzonder goede broek van House of Fraser was 'niet meer te her-stellen'. Kate, min of meer deskundig op het gebied van foren-sisch onderzoek, was allerminst onder de indruk van het gebo-den bewijs. Meneer Woods hield de broek omhoog, zodat de leerlingen naar een klein haaltje in de stof konden turen, en toen hij langzaam met de broek in het rond liep, zodat iedereen die goed kon zien, zei hij telkens weer op plechtige toon: 'Stel je eens voor dat dit je gezicht is.' Af en toe noemde hij ook een naam, om het nog persoonlijker te maken: 'Ja, Karen, denk daar maar eens aan. Je gezicht.'

Teresa begreep er helemaal niets van. Ze kon gewoon niet geloven dat ze zou worden gestraft voor iets wat een ongeluk was, en ze kon niet begrijpen welk doel er met die straf was gediend.

Kate wist dat meneer Woods met Teresa een voorbeeld wilde stellen. Na een speciale vergadering van de oudercommissie werd bekendgemaakt dat ze voor een week zou worden geschorst. Het weer was slecht, zodat Teresa overdag niet naar het kerkhof kon gaan. Kate dacht aan Teresa, die samen met haar stiefvader opgesloten zou zitten in de dunwandige doos die haar woning was en manieren zou bedenken om hem uit de weg te ruimen, en meer dan ooit wilde Kate een misdrijf zien te voorkomen.

14

Het klimrek was een iglo van stalen buizen. Het metaal was hier en daar gaan roesten, en wanneer het waaide, zoals vandaag, stuitte de ruisende lucht op de lege schroefgaten en barsten in de buizen en speelde een droevig wijsje op het rek. Kate was dol op dat geluid. Daardoor kon ze beter nadenken. Ze hing ondersteboven in het midden van de iglo, zodat haar haar het rode beton onder haar raakte. De wind blies lege chipszakjes en plastic tassen langs de randen van de speelplaats en voerde de geur mee van groenten die in de flats eromheen werden gekookt, vermengd met een industriële, metalige lucht die van de fabrieken kwam.

Ze was terug op het speelplaatsje in de schaduw van Trafalgar House en liet haar blik over de ingang van de flat gaan, over de honderden balkons, over het wasgoed, over plastic tractortjes en vermolmde keukenkastjes, over de wirwar aan antennes, helemaal naar beneden naar de plek waar witte wolken voortbewogen langs de blauwe snelweg van de hemel. Als haar benen haar niet meer zouden kunnen houden, zou ze kilometers ver naar beneden vallen en uiteindelijk het kussen van een wolk raken. Ze zag de wolken langsglijden en dacht aan de verdachte die ze in Green Oaks had gezien.

Kate had hem maandag na school gezien, zodra ze de hoek om was geslagen en richting de banken was gelopen. Ze was er zeker van dat het dezelfde man was die er laatst ook had gezeten. Toen had ze hem niet goed kunnen zien, maar er was haar een zekere houding opgevallen die ze nu weer waarnam. Ze had altijd al geweten dat ze iets anders in zijn gezicht zou zien en voelde een rilling van herkenning toen ze dichterbij kwam en zijn trekken beter zichtbaar werden. De man keek over het kinderspeelplaatsje naar het filiaal van Lloyds Bank. Kate sloeg hem vanuit de deuropening van de hypotheekadviseur onopvallend gade. De man zag eruit alsof hij zo normaal mogelijk probeerde te doen; Kate herkende de tekenen, zo deed ze zelf ook wanneer ze iets of iemand observeerde. Hij zat er ongemakkelijk bij, hij keek op zijn horloge, zijn blik schoot heen en weer; hij staarde niet zomaar voor zich uit. Kate liep zorgvuldig in een wijde boog om hem heen, zodat ze op een bankje een stukje achter de man kon gaan zitten. Dit was een verdachte, op de plek waar ze altijd al had verwacht een verdacht persoon te zullen zien. Ze bleef kalm omdat ze er klaar voor was. Ze wist nu dat het echte werk ging beginnen. Vooral heel veel observatie. Ze moest zich een samenhangend beeld van de plannen van de verdachte zien te vormen. Werkte hij alleen? Waarschijnlijk niet, was haar aanvankelijke gedachte geweest: wie alleen een bank overviel, deed dat doorgaans gehaast, uit wanhoop, zonder enige planning. Deze man leek daar veel te beheerst voor. Was dit een eerste verkenning van de locatie, of kon de overval elk moment plaatsvinden? Kate wist het niet, maar ze vermoedde het eerste; ze had de banken al zo lang in de gaten gehouden en had deze man nog maar één keer eerder gezien. De vraag was: hoe lang had ze nog?

Sindsdien had ze hem elke dag geobserveerd. Hij zat altijd tussen vier en vijf voor de banken, kort voor sluitingstijd. Kate nam meteen na school de langzame bus naar Green Oaks, ging dan op haar lievelingsbankje zitten en at de boterhammen met pindakaas die ze 's morgens had gesmeerd, en na een paar minuten kwam hij dan opdagen. Het was moeilijk te zeggen welke bank hij op het oog had. Waarschijnlijk Lloyds. Hij maakte geen aantekeningen en nam geen foto's. Hij was te veel een professional om iets te doen wat zo de aandacht zou trekken. Kate had inmiddels door dat hij alleen werkte – er was geen enkel teken van een bende of medeplichtige.

Er reed ergens een ijscowagen door de wijk. 'Greensleeves' twinkelde uit de luidsprekers en hield toen opeens op. Ze probeerde zich zijn gezicht voor te stellen. Tot haar grote teleurstelling had ze ontdekt dat haar zelfgemaakte Verdachten-flapboek in de praktijk volslagen nutteloos was gebleken. De eerste keer nadat ze hem goed had kunnen bekijken, was ze meteen naar huis gerend en had ze geprobeerd zijn gezicht in de fragmenten van andermans gezichten te zien. Zelfs het beste resultaat deed helemaal niet aan hem denken. Het enige wat haar had kunnen opbeuren, was dat de foto's die de politie tijdens opsporingsberichten op tv liet zien en die door beroeps waren gemaakt, niet echt veel beter waren. Kate dacht dat als iemand met zo'n hoofd zich op straat zou wagen ze de dierentuin zouden vragen een paar oppassers met verdovingsgeweren te sturen.

Kate was van plan de volgende keer het fototoestel van haar vader mee te nemen, maar in de tussentijd zou ze haar toevlucht nemen tot de beproefde methode van het tekenen, of, zoals *Het grote detectivehandboek* het steevast omschreef, 'compositietekeningen maken':

Bekijk de verdachte aandachtig. Noteer steekwoorden die een goede beschrijving geven. Maak zo mogelijk een schets. Is de verdachte dik of dun, lang of klein, goed gekleed of sjofel? Is er sprake van opvallende kenmerken? Maak aantekeningen over de kleren, maar vergeet niet: de verdachte kan andere kleren aantrekken, een snor kan vals zijn, haar kan worden geknipt. Succesvolle criminelen zijn meesters in vermommingen. (Kate had die laatste zin onderstreept.)

Maar de ogen hadden iets wat ze te moeilijk vond. Zijn ogen waren op een bepaalde manier angstaanjagend en moeilijk in het geheugen te prenten. Terug op kantoor zei ze tegen Mickey: 'Ik vond zijn ogen er helemaal niet prettig uitzien. Wat vond jij?'

Mickey was terughoudend, zoals altijd.

'Ik denk dat er geweld in het spel is.'

Mickey staarde grimmig voor zich uit.

'Een moordenaar? Dat gebeurt wel vaker. We weten dat eenzame bankrovers meedogenloos kunnen zijn.'

Mickey en Kate waren naar de bibliotheek gegaan om naslagwerken te raadplegen. Ze waren allebei een beetje van hun stuk gebracht toen ze lazen hoeveel bankrovers aan het moorden waren geslagen. John Elgin Johnson, een eenzame bandiet gewapend met een revolver van blauw staal. Charles Arthur 'Pretty Boy' Floyd en de slachting in Kansas City. George 'Baby Face' Nelson, de Baader-Meinhof Gruppe, de Symbionese Liberation Army... de lijst was eindeloos. Die informatie stelde hen niet op hun gemak. Sterker nog: ze kregen behoorlijk de zenuwen toen ze ontdekten dat de toon van de misdaadboeken voor volwassenen die ze in de bieb konden vinden aanzienlijk verschilde van het opgewekte advies en de plaatjes in *Het grote detectivehandboek.* Het meldde het nodige over vermommingen en geheimschriften, maar niets over de omgang met fanatici als de Rote Armee Fraktion, niets over schietgrage psychopaten, niets over wat je moest doen wanneer je met benzine werd overgoten en met een aansteker werd bedreigd. Kate voelde een lichte twijfel aangaande het waarheidsgehalte van haar boek.

Haar voeten begonnen te slapen, en daarom hees Kate zich

overeind en ging vanaf het klimrek uit zitten kijken over de wijk. Ze realiseerde zich dat Mickey en zij de verdachte niet met hun tweetjes de baas konden. Ze wilde zoveel mogelijk bewijzen en informatie verzamelen. Ontdekken waar hij woonde, uitzoeken hoe hij wilde ontsnappen. Alle bankrovers oefenden voordat ze toesloegen. Ze zou toekijken en afwachten en alles noteren wat ze zag. Wanneer de overval dan eindelijk zou plaatsvinden, zou ze de misdadiger weliswaar niet kunnen pakken, maar zou ze de politie wel kunnen voorzien van bewijsmateriaal dat hen naar hem toe zou leiden. Ze was er zeker van dat dat genoeg zou zijn om de speciale functie te bemachtigen waarvan ze droomde. Het zou natuurlijk geen echte baan zijn; ze moest gewoon naar school, maar misschien zouden ze haar af en toe bellen om te vragen of ze wilde assisteren bij een lastige observatieklus. De politie zou merken hoe nuttig ze kon zijn. Hoeveel andere kinderen konden bogen op een training als de hare? Hoeveel anderen waren net zo onzichtbaar als zij leek te zijn?

'Nou, Kate, er is gebleken dat je vermoedens aangaande loods 15 op bedrijventerrein Langsdale correct waren, zoals altijd.'

'Smokkel van diamanten?'

'Inderdaad. Een uitgebreid netwerk dat voet aan de grond had in diamantcentra: Kaapstad, Amsterdam, de West Midlands. Het punt is, Kate, dat we daar graag eens binnen willen kijken. We moeten foto's hebben van pakketten die zich daadwerkelijk op die locatie bevinden. Onze mannen kunnen er niet in de buurt komen. We hebben alles geprobeerd – meteropnemers, glazenwassers, noem maar op – maar dit zijn slimme jongens. Ze laten niemand in de buurt komen. Ze verdenken iedereen, behalve misschien...'

'Een kind?'

'Inderdaad.'

Kate keek naar de koeltorens verderop en zag haar toekomst

voor zich. Op kantoor zitten, met Mickey bij Vanezi lunchen, Adrian over haar opdrachten vertellen, Teresa erbij betrekken – en zeker geen Redspoon.

2003

Stemmen in de ruis

15

Hij had niet gedacht ooit nog eens iets op de monitoren te zien. Dat gebeurde tijdens de nachtdienst nooit.

Hij zat al dertien jaar lang naar dezelfde beeldschermen te kijken. Wanneer hij zijn ogen dichtdeed, zag hij nog steeds al die lege gangen en afgesloten deuren en zachte grijstinten voor zich. Soms geloofde hij dat het niet meer waren dan flikkerende foto's, stillevens die nooit zouden veranderen. Maar toen was zij midden in de nacht verschenen en was hij voorgoed van gedachten veranderd.

Het was in de vroege uurtjes van tweede kerstdag. Winkelcentrum Green Oaks was alleen gesloten op eerste kerstdag en eerste paasdag, en Kurt was steevast een van de twee werknemers van het afgeslankte team dat op die dagen aantrad. De klanten vonden het niet prettig wanneer het winkelcentrum gesloten was. Op eerste kerstdag zag hij altijd een klein groep boze klanten op de glazen deuren bonzen, schreeuwend om te worden binnengelaten. Hij zag hen op zijn beeldscherm en vond hen net zombies. De ondoden die hun geld terugeisten en wilden ruilen.

Nu zat hij in zijn eentje in het kantoortje, met slechts een oude Philips-radio als gezelschap, leunde achterover in de leren draaistoel en draaide zijn thermosfles open. Hij vroeg zich af of het te vroeg was voor een broodje. De dj draaide 'Wichita Lineman' voor Audrey in Great Barr. Kurt zong zachtjes met Glen mee. Scott had aan het kortste eind getrokken en liep buiten in het donker over het ijskoude, verlaten parkeerterrein rondom het centrum. Kurt moest even glimlachen.

De camera draaide en er verschenen vierentwintig nieuwe beelden op de schermen. Op de monitor linksboven ving hij een glimp op van Scott die de onderste helft van het scherm schuin overstak. Een tel voor- en nadat hij in beeld was gekomen, was zijn adem te zien.

Kurt had een voornemen voor het nieuwe jaar. Dat begon pas over een week, maar hij wist al wat het was. Het was gemakkelijk te onthouden omdat het vorig jaar en het jaar daarvoor hetzelfde was geweest: hij zou een andere baan zoeken en Green Oaks gedag zeggen. Maar deze keer meende hij het. Hij was nooit van plan geweest dit werk lang te doen, maar nu zat hij hier alweer dertien jaar en had hij geen idee waar de tijd was gebleven. Patrouilleren door lege gangen, midden in de nacht een boterham eten, naar zijn reflectie in het spiegelende glas kijken. Hij leek niet in staat te vertrekken, er was altijd iets wat hem tegenhield. Het stoorde hem dat het leven hem ontglipte en dat hij niets anders kon doen dan willoos toekijken terwijl dat gebeurde. Hij voelde niet de ambitie iets anders te doen, maar hij vond wel dat hij dat moest doen.

Hij deed zijn ogen dicht en stelde zich voor dat hoog boven hem een infraroodopname werd gemaakt, waarop Scott en hij rode stipjes in het hart van een onmetelijke koude blauwe schaduw midden in de Midlands waren. Over een paar uur zou het centrum uitpuilen van de lijven en zouden Scott en hij niet meer te onderscheiden zijn van de andere dolende kleurenvlekjes die zich met elkaar vermengden. Kurt had aangeboden een dubbele dienst te draaien, maar hield nu al zijn hart vast voor de herrie en chaos van de dag die nog moest komen. De andere bewakers hadden allemaal een gezin en brachten de feestdagen het liefst met hun gezinsleden door. Dat leken ze vooral graag in Green Oaks te doen, of soms, voor de verandering, in een winkelcentrum verder weg. Kurt zag dan dat ze met een grimmig gezicht tussen het winkelende publiek door liepen en hun best deden van het leven aan de andere kant te genieten. Vrije tijd. Wat moesten ze daar in vredesnaam mee beginnen?

Hij nam een hap van zijn boterham met sardientjes en keek op zijn horloge: vier uur 's nachts. Tussen zes en acht, dat vond hij de beste uren van zijn dienst. Hij keek graag naar de eerste, aarzelende binnenkomst van de vroege ochtendploeg. Hij vond het fijn naar de schoonmakers te kijken, die vingerafdrukken wegveegden, haren opveegden, stof opzogen, knoeiden met bewijsmateriaal. Hij had het gevoel dat zijn hoofd met elke veeg schoner werd. De huilende baby, de agressieve bejaarde, de winkeldief die er niets van bakte, de wanhopige vrouw, de eenzame man, de geheimzinnige persoon die in de lift kakte... Ze werden allemaal een voor een uitgeveegd. Allemaal in vuilniszakken verzegeld en door grijze gangen naar wachtende vuilcontainers gerold. Het centrum dat wakker werd, was voor hem net een slaapliedje, dat hem tot rust bracht en kalmeerde voordat hij thuis ging slapen.

Toen hij zijn hand uitstak naar zijn zak chips zag hij iets vanuit zijn ooghoeken, en hij richtte zijn blik weer op de beeldschermen. Hij zag de gedaante voor de banken en hypotheekadviseurs op de tweede verdieping. Het was een kind, een meisje, maar haar gezicht was niet goed te zien. Ze stond volkomen stil, met een notitieboekje in haar handen, en uit haar tas stak een speelgoedaap. Kurt draaide zich met een ruk om om zijn radio te pakken en Scott te waarschuwen, en toen hij zich weer omdraaide naar het scherm zag hij haar uit beeld verdwijnen. Hij draaide de camera: niets. Hij liet de camera snel wisselen tussen alle mogelijke posities, maar er was geen spoor van haar te bekennen. Het verbaasde hem dat hij zijn vermoeide hart sneller voelde kloppen toen hij contact zocht met Scott.

Om vijf voor zeven 's morgens parkeerde Lisa haar auto en stapte in de lift die haar van de ijskoude ondergrondse parkeergarage naar de eerste verdieping van winkelcentrum Green Oaks bracht. Ze had een hekel aan het traumatiserende gerinkel van haar wekker om halfzes 's morgens en had een hekel aan het grootste deel van de wakkere zeventien uur die daarop volgden, maar de stille, zwijgende voorspelbaarheid van de korte wandeling die ze elke morgen door het winkelcentrum maakte, had iets kalmerends. De vage klanken van de muzak, de lucht van schoonmaakmiddelen en Lisa's eigen slaapdronken matheid vermengden zich tot een ongrijpbaar, moeilijk te bevatten gevoel.

De vrouwenstem in de lift verzocht haar te wachten totdat de deuren open zouden gaan. Lisa was niet ongeduldig genoeg om daartegen in te gaan. Een ping gaf aan dat de deuren openschoven en ze stapte de kunstmatige dageraad van het centrale atrium binnen. Het was tweede kerstdag, een dag die garant stond voor chaos, maar op dit uur was alles nog rustig.

Ze leek door de gepoetste gangen te zweven, langs het leger schoonmakers dat het centrum verzorgde, opwreef en streelde. Lisa vond 'schoonmakers' een te grove term. In Green Oaks was het hele schoonmaakproces over vijftig of zestig verschillende groepen verdeeld, waarvan de ene nog ongrijpbaarder was dan de andere. Geen van de schoonmakers leek de normale arbeidsgerechtigde leeftijd te hebben. Het was alsof een oorlog iedereen tussen de zestien en zestig had opgeëist, of misschien geen oorlog, maar wel banen die beter betaalden. De aanblik van wat nog kinderen leken in combinatie met mank lopende, door reumatiek getroffen ouderen deed Green Oaks op een onvervalst werkhuis lijken.

Vandaag kwam ze het eerst langs Ray, lid van het legioen der glazenwassers, die net zijn trekker langs de ruiten van de Burger King haalde. Ray had iets waardoor je elke keer wanneer je hem zag de neiging had harder dan nodig was 'Alles goed, Ray?' te roepen, wat onveranderlijk het antwoord 'Geweldig, dank je' uitlokte. Een paar meter bij Ray vandaan poetste een jongen met een doek en een flesje babyolie langzaam de zes kilometer metalen relingen in het centrum, zoals hij elke dag deed. Boven op de tussenverdieping kwam ze langs de elektrohoogwerker, een gemotoriseerde verhoogde bak op wielen. In de bak stond een jongeman die met een synthetische plumeau de miljoenen openingen van het kunststof systeemplafond boven zijn hoofd afstofte en het apparaat daarvoor telkens een paar meter verplaatste.

Maar niet iedereen was zichtbaar. Lisa was zich heel erg bewust van de verborgen bewaking in het centrum. Elke morgen voelde ze die vermoeide blikken en was ze zich heel erg bewust van al haar bewegingen. De voortdurende, niet-aflatende surveillance maakte haar argwanend, en na verloop van tijd had haar schuldbewustheid de kiem gelegd voor het spelletje dat ze nu graag speelde: ze stelde zich voor dat er geen oude mandarijn en zeventien lege enveloppen in haar tas zaten, maar iets illegaals: een klein apparaatje, een geheime boodschap, smokkelwaar, om het even wat. In haar gedachten hadden verschillende genres zich met elkaar vermengd tot een soort onsamenhangende spionage/terroristen/verzetsstrijdersfantasie – dat veranderde van dag tot dag, maar de verborgen bewakers speelden steevast de rol van nazi's.

Ze vond dat ze voor het oog van de camera's een erg overtuigende en natuurlijk ogende bedrijfsleider met vroege dienst uitbeeldde. Ze was de afgeleefde sloof. Wie zou ooit zo'n meelijwekkend schepsel ergens van verdenken? Ja, ze had ook voor afgetrapte gympen gekozen. Ze liep doelbewust maar kalm langs Dunkin' Donuts and Celebrity Cards, en toen ze de spiegelglazen deuren passeerde die naar de gangen leidden die alleen toegankelijk waren voor personeel, stelde ze zich het gekraak van een ruisende radio en het geslurp van thee in de bewakerskamer voor. Ze was er zeker van dat ze geen enkele argwaan wekte bij de koekjeseters met hun mollige handen.

Eenmaal voorbij die deuren bewoog ze zich steels langs de grijze betonnen muren. Als ze hier zou worden betrapt, zou de missie mislukt zijn. Ze duwde elke klapdeur met haar rug open, zodat ze geen vingerafdrukken achterliet, ze sprong langs openingen en luisterde voordat ze een hoek omsloeg altijd of ze voetstappen hoorde. Het doel was de achteringang van Your Music te bereiken zonder dat ze door iemand zou worden gezien. Dat nam ze serieuzer dan ze wilde toegeven. Een week geleden had ze tot haar schaamte gemerkt dat een meter of twintig achter haar iemand van Dolcis op de trap liep die de hele armzalige vertoning had kunnen aanschouwen.

Vandaag zag ze een bewaker voor zich lopen, en dus dook ze weg in een hoekje onder een ventilatieschacht en verborg zich totdat hij voorbij was. Toen ze weer tevoorschijn kwam, zag ze achter de pijp die onder haar lag een stukje stof uitsteken. Gewoonlijk zou ze dat hebben laten zitten. Lappen die achter oude pijpen uitstaken trokken doorgaans niet haar aandacht, maar omdat ze nog steeds in een enigszins stiekeme bui was, besloot ze eens beter te kijken. Het was een soort speelgoedbeest. Voorzichtig trok ze het knuffeldier achter de pijp vandaan en bekeek het bewonderend. Het was een centimeter of twintig hoog en droeg een streepjespak en slobkousen. Zijn gelaatsuitdrukking was zakelijk. Het was een aap. Lisa was verrast door haar vondst. Het was een opvallend, intact fragment van een andere wereld dat zomaar uit de hemel was gevallen. Ze kon zich niet voorstellen hoe hij hier was gekomen. Hij was een tikje stoffig, en er zat wat verf op zijn rug, maar afgezien daarvan oogde hij opvallend fris en vitaal. Ja, hij was zeker een parmantig type, een aap die je niet snel in het openbaar voor gek zou zetten, een aap die je overal mee naartoe kon nemen. Lisa veegde het stof van hem af en schoof hem in een tot dan toe volkomen overbodige lus aan haar handtas, die aan haar zij bungelde. Ze liep verder naar haar werk, en het kon haar niet schelen of iemand haar had gezien.

Ongeïdentificeerde bewaker
Bovenste galerij, noordzijde

Wanneer je blik over een menigte dwaalt, blijft hij bij bepaalde mensen steken. Misschien bij een meisje met een stralend gezicht en gouden creolen. Misschien bij een oude dame met een donkere pruik. Het is alsof je aan de knop van een radio draait en afwacht wat de wijzer zal vinden.

Die gezichten tussen gezichten – wat doen ze in Green Oaks? De eenzame man die nieuwe overhemden zoekt. Het ongelukkige stel dat een zondag probeert door te komen. De vrouw die probeert de aandacht te trekken, van wie dan ook. Vierhonderdduizend verschillende verhalen op een drukke dag, die als luchtballonnen opstijgen naar het plafond en daar blijven plakken.

Green Oaks is meer dan baksteen en beton, dat heb ik altijd al geweten. De stemmen vermengen zich en geven deze plek een eigen geluid. Niemand merkt het, maar ze horen het allemaal. Dat is wat hen hierheen lokt; het zachte ruisende gesis. Als je op de juiste frequentie kon afstemmen, dan zou je al die stemmen afzonderlijk kunnen horen. Dan zou je kunnen horen wat ze in Green Oaks hopen te vinden. Hoe Green Oaks hen zou kunnen helpen. Ik denk dat Green Oaks iedereen kan helpen. Ik denk dat het alle stemmen kan horen.

16

Het zou een helse dag worden bij Your Music; feestdagen waren altijd een verschrikking. Het centrum zou uit zijn voegen barsten en klanten zouden blijk geven van die bijzondere, dodelijke mengeling van opvliegendheid en domheid die kenmerkend was voor deze tijd van het jaar. Ze waren kwaad op zichzelf omdat ze niets beters te doen hadden. Wat het allemaal nog erger maakte, was dat de winkel kon rekenen op een bezoek van de regiomanager, Gordon Turner, waardoor Crawford al bij voorbaat op de rand van een zenuwinzinking stond.

Lisa was assistent-bedrijfsleider van de Your Music megastore. Ze viel direct onder de bedrijfsleider, de slungelige, uitgemergelde Dave Crawford, en was in theorie de baas over alle vijf de afdelingshoofden. Crawford noemde haar altijd het 'dienstdoend hoofd', en met die eenzijdige verandering van haar functieomschrijving was hij er tevens in geslaagd haar rol te veranderen in die van teamlid dat op de ergste uren moest werken. Ze zag de winkel vroeg in de ochtend, laat op de avond, op zon- en feestdagen. Dat, zo leek het, was haar plicht.

Doorgaans vormde Crawford voor Lisa een niet-aflatende bron van vermaak. Het verbaasde haar telkens weer dat hij wekenlang kwaad kon blijven in een mate die de meeste mensen slechts een paar minuten volhielden. Ze vond het heerlijk dat zijn taalgebruik steeds feller en haantjesachtiger werd naarmate hij zich meer over een onderwerp opwond ('Welke achterlijke lul heeft met zijn kutpoten vegen op die sierstrips gemaakt?'). Ze stond versteld van de manier waarop hij elke vorm van logica en rede wist te negeren. Ze genoot er echter nog het meest van dat hij zich totaal niet van zichzelf bewust was: hij droeg altijd een broek die veel te krap was en trok die tijdens het voeren van een gesprek zonder gêne tussen zijn billen vandaan, en hij liep alsof hij weken op een paard had gezeten. De bewakers in de winkel, die ook zonder dat hij voortdurend de indruk wekte door anaal ongemak te worden geplaagd al de indruk hadden dat ze voor een homo werkten, werden erdoor tot waanzin gedreven.

Voor het hogere kader waren bezoeken een manier om hun positie te verstevigen, een kans te bewijzen dat zij de winkel moeiteloos beter konden leiden dan het huidige hoofd. Ze wezen steevast op gemiste verkoopkansen, lakse reclame, een schrijnend gebrek aan productkennis, armzalige service, kauwgum op het tapijt, personeel met te veel piercings. Een fout van een personeelslid werd bovendien gezien als een fout van Crawford, en een fout van Crawford was een fout van Turner, en daarom was iedereen, van de zestienjarige zaterdaghulp tot de regiomanager, gegrepen door dezelfde mengeling van nervositeit, paniek en neiging tot afpersen.

Het was jammer voor Crawford, maar het kon het personeel van Your Music in Green Oaks eigenlijk geen moer meer schelen. Ze hadden al drie maanden lang de zenuwen en werden al even zo lang tot onbetaald overwerk gedwongen omdat er telkens weer op een nieuw bezoek werd gezinspeeld, dat vervolgens op het allerlaatste moment werd afgeblazen. Dat hoorde er allemaal bij: dreigen met zo'n bezoek hield iedereen scherp, dat kon zeker geen kwaad, en het deed er niet zoveel toe of het dreigement ook werd uitgevoerd. In de afgelopen drie maanden was er zestien keer een bezoek afgezegd, waar het personeel alleen maar vermoeider en meer blasé van was geworden. Crawfords manische paranoia was echter alleen maar toegenomen.

Lisa zat in Crawfords kantoortje te wachten totdat hij een heel stel grafieken en tabellen met stijgende lijnen op zijn prikbord had gehangen. Ze was niet echt voor hem in de stemming, ze was te moe om geamuseerd te zijn.

Ten slotte was hij klaar met decor bouwen en nam hij het woord: 'Goed, ik heb een halfuur geleden even een rondje door de winkel gemaakt, en het is gewoon een puinhoop, een regelrechte ramp. Heb je de muur met de toppers gezien? Er zitten drie lege plekken in het Shakira-vak. Ik zei tegen Karen: "Jezus, wat is daarmee gebeurd?", en zij deed zo van: "O, Dave, ik heb er maandag nog driehonderd besteld. De leverancier is erdoorheen, we hebben de laatste vijfennegentig voor deze regio gekregen." Dat is toch onvoorstelbaar? Zoveel domheid? Ik zei tegen haar: "Als we er maar vijfennegentig hebben, waarom staan ze dan in de bakken met toppers, zodat de klanten ze kunnen kopen? Haal ze daar weg en leg ze achter de kassa totdat we bericht krijgen dat Turner onderweg is; en zet ze dan terug." Ze keek me aan alsof ik van een andere planeet kwam. Kun je niet iets aan die kop van haar doen? Zieliger kan ze niet kijken, ik heb elke keer wanneer ik dat smoelwerk zie zin om mezelf van kant te maken. Als het hoofdkantoor hier een keertje incognito komt winkelen en door haar wordt geholpen, kunnen we allemaal wel inpakken. En het magazijn, dat is ook zo'n rampgebied. Heb je gezien wat daar allemaal aan overtollige voorraad en retouren ligt? Heb je dat al gezien?'

Lisa besefte geschrokken dat de korte onderbreking van zijn monoloog betekende dat zij nu moest antwoorden. Ze had niet echt de fut om ad rem te zijn, maar na enig nadenken over mogelijke andere antwoorden was ze gedwongen op te merken: 'Retouren?'

'Ja! Zijn jullie nu allemaal te stom om te begrijpen dat je tijdens een bezoek geen magazijn vol retouren moet hebben? Dan kun je net zo goed een groot bord ophangen met: "Ja, we zijn heel slecht in inkopen, we maken voortdurend fouten." Het punt is dat er bij de retouren helemaal geen retouren mogen liggen, zodat ze zich tijdens een bezoek kunnen verbazen over onze fantastische verkoop en minimum aan voorraad. Zeg maar tegen Henry dat ie alles in een krat moet stoppen en die in een hokje op de damesplee moet zetten.'

'Daar zijn maar twee hokjes, Dave, en eentje daarvan staat al vol met dozen met Star Trek-T-shirts.'

'Ja, en? Er zijn openbare toiletten genoeg hier. Het is maar voor een dag, of in elk geval totdat er iemand is geweest. Dit is nu precies het soort instelling dat verhindert dat je ooit een eigen winkel zult hebben.

Ik heb net hetzelfde gezeur moeten aanhoren van die aap van de bewaking, die liep te zeiken dat er geen dozen voor de nooduitgang mogen staan. Hij bleef maar zeuren over de brandweer en mogelijke slachtoffers. Het is gewoon niet te geloven dat er in zo'n groot hoofd geen plaats meer is voor een stel hersens. Ik heb zo langzaam en duidelijk mogelijk tegen hem gesproken, in de hoop dat er iets zou doordringen. "Maak je niet druk," zei ik, "we halen ze wel weer weg voordat de brandweer komt inspecteren. Niemand hoeft het te weten." En toen trok hij het soort smoel dat ik de godganse dag al zie: "Ja, maar stel dat er nu brand uitbreekt?" Ik ben gewoon weggelopen, ik kan daar niet tegen.

En wie zie ik daar in de hoek van het magazijn staan, of beter gezegd: wie kan ik daar ruiken? Niemand minder dan Pongo Snodgrass, bezig prijsjes te plakken. Dus ik roep naar hem: "Hé, Graham, je hebt mazzel, neem vandaag maar vrij." Iedereen valt natuurlijk meteen stil om mee te kunnen luisteren, want een beetje tact, vergeet het maar. Hij zegt: "Ja, maar ik ben nog niet klaar met prijzen. Ik dacht dat het bezoek vandaag was." "Dat is ook zo," zeg ik, "maar jij hebt vandaag vrij. Pak je jas, wegwezen." Maar nee, hij snapt het nog steeds niet, en dan zegt Henry: "Laat maar, Dave, ik praat wel even met hem." En dan begint Pongo weer: "Ik snap niet waarom ik naar huis moet. Dan hebben de anderen juist meer werk. Henry vroeg of ik tijdens de pauze door wilde werken omdat ik het snelst ben." Tja, wat moest ik zeggen? Iedereen kijkt me aan, ik moet wel eerlijk tegen hem zijn, dus ik zeg: "Je bent misschien wel de snelste, maar je stinkt. Je stinkt echt verschrikkelijk. Dat vindt iedereen, maar niemand durft het te zeggen. Ik wel, want ik kan niet hebben dat Gordon Turner hier straks over zijn nek gaat. Ga naar huis, ga in bad." Ik weet zeker dat die kleine rooie me wilde aanvliegen, maar Henry hield hem tegen. Het is een vreemd stel hier, allemaal inteelt, ik snap niet hoe Henry het volhoudt.

Goed, gaap me niet zo aan als een domme guppy, regel de boel.'

Lisa pakte het lijstje dat ze had gemaakt, verliet het muffe, naar tabak ruikende kantoortje van Crawford en ging de winkel openen.

Kurt en Gary hielden twee jongens bij de arm en duwden hen in de richting van het kantoortje, tegen de stroom winkelende mensen in. Het tweetal had een bijzonder onhandige poging tot diefstal ondernomen. Hun eerste fout was dat ze zich hadden aangekleed alsof ze solliciteerden naar de rol van winkeldief in een tv-serie. Kurt wou dat ze dat nu eens zouden laten. Sjaal voor hun gezicht, pet tot ver over de oren, echte boeven. Het leven zou voor iedereen een stuk aangenamer zijn als ze wat beter hun best zouden doen. Radio Green Oaks draaide de Lighthouse Family, de jongens verzetten zich halfslachtig tegen hun arrestatie. Het winkelend publiek keek instemmend toe. Men was blij dat niemand zich hier ook maar iets kon permitteren.

Kurt was moe; er kwam maar geen einde aan de dubbele dienst en hij geloofde niet dat hij Gary's ophanden zijnde schijnproces zou kunnen verdragen. Hij begreep niet waarom Gary zo'n genoegen ontleende aan het betrappen van winkeldieven. Kurt wist dat de twee jongens zouden worden getrakteerd op een stapsgewijze opsomming van de fouten die ze hadden gemaakt en dat hun vol trots de beelden van de bewakingscamera zouden worden getoond. 'Dat was dus niet zo slim, hè?' zou Gary keer op keer zeggen, terwijl hij telkens weer zou laten zien hoe hij hun te slim af was geweest. Kurt had geen belangstelling voor het betrappen van winkeldieven. Misschien had hij de verkeerde baan.

Hij ging in de hoek zitten en vroeg zich af waar het meisje nu was. Die nacht hadden Scott en hij het hele centrum en alle servicegangen afgezocht, zonder een spoor van haar aan te treffen. De meest aannemelijke verklaring leek hun dat ze van huis was weggelopen en zich op kerstavond vlak voor sluitingstijd had verstopt. Soms wilden mensen aan Kerstmis ontsnappen, soms hadden ze geen keus. Kurt had de politie gebeld, maar er was niemand als vermist opgegeven. De politieman moest lachen en zei dat dit voor het eerst was dat er een kind was gevonden voordat het werd vermist. Kurt vond het minder grappig. Ze was zo kalm geweest dat het hem een ongemakkelijk gevoel had gegeven. Hij zag het beeld voor zich van het meisje, alleen in het winkelcentrum, dat zong: 'Ik was de weg kwijt, maar nu niet meer.'

Het duurde nog twee uur voordat hij naar huis mocht en het was heel goed mogelijk dat Gary's preek net zo lang zou duren. De twee crimineeltjes reageerden niet zoals Gary had gehoopt: ze moesten niet huilen bij het vooruitzicht dat hun ouders en de politie zouden worden gebeld en lieten evenmin merken dat ze ontzag hadden voor Gary's uitstekende observatievermogen. Daarvoor waren ze niet hierheen gekomen. Ze hadden waarschijnlijk meiden willen versieren, en toen dat niet was gelukt, hadden ze niet met lege handen naar huis willen gaan. Ze zaten met hun ritsen te spelen en keken uitermate verveeld. Even verveeld als Kurt zich voelde. Dat was niet best. Gary wist van geen ophouden: hij zou doorgaan totdat hij tevreden was of totdat de politie zou verschijnen.

Kurt verontschuldigde zich met de mededeling dat hij in de andere kamer de papierwinkel in orde moest maken. Kurt vond het niet erg om dat te doen. Veel bewakers hadden er een hekel aan, vonden dat het hen afhield van het echte werk. Sommigen begonnen te schelden en werden kwaad, en dan bood Kurt doorgaans aan het voor hen te doen, zodat ze tijd konden besparen en niemand zou merken dat ze niet konden lezen en schrijven. Kurt kende de signalen: de schaamte die hun oren rood kleurde, de gêne die werd gemaskeerd door tijdens de middagboterham ijverig naar een sensatiekrant te staren.

Scott was de enige collega bij wie Kurt zich op zijn gemak voelde. Scott had geen greintje kwaad of rottigheid in zich. Scott had Kurt in vertrouwen genomen en verteld dat hij analfabeet was en aan Kurt gevraagd of die hem wilde leren lezen en schrijven. Kurt was verbaasd en trots dat Scott zo'n snelle leerling was. Het enige nadeel van deze oplossing was dat Scott in de meest onwaarschijnlijke Jilly Cooper-fan was veranderd. Hij oefende thuis met de boeken die zijn vrouw toevallig had liggen, en wanneer hij nu niet bezig was West Bromwich Albion de hemel in te prijzen, bracht hij Kurt op de hoogte van het laatste geflikflooi in de stallen. Sinds kort kocht hij elke dag de *Daily Mail*. Kurt vroeg zich af wat voor monster hij had geschapen.

Kurt rondde zijn aantekeningen af en keek door het raampje van de controlekamer naar buiten, het zoveelste stel ogen dat het winkelcentrum bekeek. Naast de officiële bewaking van het centrum zelf waren er ook nog de bewakers en winkeldetectives die de winkels op eigen houtje inhuurden, waarmee het totale aantal werknemers op dit gebied op zo'n tweehonderd kwam, die allemaal op dezelfde vier vierkante kilometer opereerden. Wachters, volgers, wakers, argwanende geesten, verveelde geesten, gespitst op signalen, lettend op problemen. Kurt dacht aan al die ogen die boven wallen van vermoeidheid als vliegen heen en weer schoten. De bewakersdichtheid in Green Oaks was daarbuiten slechts te vergelijken met die in de ergste probleemgebieden op de aardbol. Kurt vroeg zich af hoeveel delen van het land inmiddels in zulke bewaakte rijkjes waren veranderd. Hele stukken verschroeide aarde moesten inmiddels zijn verbleekt door de aanhoudende blikken van zoveel verschillende ogen. Hij dacht aan zijn oma, die een jaar geleden in haar eigen huis in elkaar was geslagen, en vroeg zich af of zij op evenveel bescherming mocht rekenen als een rek met Nike-petjes. Hij had ooit de fout gemaakt dat tegen Gary te zeggen, die vroeger bij de politie had gewerkt, waarop Gary had geantwoord: 'We hebben niet meer politie nodig, alleen maar minder zwartjes.'

Kurts radio begon opeens te kraken en hij drukte hem tegen zijn oor om alle ruis te kunnen opvangen.

17

Lisa zat voor het raam van de Burger King een portie verzadigde vetten en een grote beker suiker weg te werken. Het was een traktatie. Ze kon de bedrijfskantine nu even niet aan. Natuurlijk was Turner met kerst niet verschenen, en nu, een paar weken later, had Your Music de tip gekregen dat er een mysteryshopper zou langskomen en vloog Crawford tegen de muur op. In Green Oaks hing iets in de lucht dat iedereen deed verlangen naar de complexe non-smaken van door en door geraffineerde en industrieel vervaardigde calorieën, en vandaag was Lisa te moe voor verzet. Sommige van haar collega's van Your Music besteedden zoveel geld aan die troep dat ze zich weleens afvroeg of het niet goedkoper zou zijn hen uit te betalen in een wekelijkse injectie van gemodificeerd zetmeel en transgene vetten, toe te dienen via een speciaal geprepareerde ader. Het kostte haar weinig moeite zich een leger van industrieel gekweekt, met infusen gevoed winkelpersoneel voor de geest te halen dat achter de kassa opeengepakt stond, met Crawford er handenwrijvend naast omdat zijn omzet weer was gestegen.

Ze zag het laatste staartje van de hordes koopjesjagers die op de januari-uitverkoop afkwamen aan de andere kant van de ruit voorbijstromen. Green Oaks had geen ramen die uitzicht boden op de wereld buiten, dus je kon alleen aan het winkelend publiek zien wat voor weer het was. Vandaag zag iedereen eruit als een

American-footballspeler: strakke bundels van gewatteerde kleren en hoofddeksels die tegen elkaar botsten. Sommige blozende gezichten hadden hun lagen afgelegd en oogden nu als magere, pasgeboren veulens die lichtvoetig tussen de anderen door trippelden.

Lisa zag een kind achter haar ouders aan slenteren. Het kind had een slordige pony en deed haar om de een of andere reden aan Kate Meaney denken. Kate zou nu natuurlijk geen kind meer zijn. Ze zou een volwassene zijn, een paar jaar jonger dan Lisa, maar ze kon zich haar onmogelijk volwassen voorstellen. Het beeld in haar gedachten was altijd hetzelfde: een ernstig meisje dat je met haar droevige blauwe blik volgde. Dat altijd keek.

Lisa was twaalf geweest toen Kate verdween. Het meisje had op een dag haar huis verlaten en was nooit meer teruggekeerd – in rook opgegaan. Geen getuigen, geen waarnemingen, geen lijk. Lisa en Kate waren geen vriendinnen geweest; ze hadden elkaar amper gekend. Lisa had Kate misschien maar drie keer in haar leven gezien. Maar ze kon zich hun eerste ontmoeting nog heel goed herinneren.

Lisa had voor de snoepwinkel van haar vader staan wachten totdat hij naar buiten zou komen en was zich inmiddels een beetje aan het vervelen. Tijdens het wachten had ze gemerkt dat er een stukje verderop in de straat iemand in een andere portiek naar haar stond te kijken. Lisa boog zich voorover om de ander beter te kunnen zien, waarop die zich meteen terugtrok. Dit tafereel herhaalde zich een paar keer, totdat Lisa er genoeg van had en op onderzoek uitging. Ze trof een meisje aan dat hoge basketbalgympen en een duffelse jas droeg en een notitieboekje in haar hand hield. Toen het meisje Lisa zag, schrok ze op en probeerde het boekje te verstoppen.

'Wat ben je aan het doen?' zei Lisa.

'Niets,' antwoordde Kate.

'Je bent iets aan het doen. Ben je me aan het bespioneren? Sta je me te tekenen? Want als dat zo is, moet je die tekening aan mij geven omdat ik de exclusieve rechten op mezelf bezit en je me niet zomaar mag tekenen, want dan kan ik je aanklagen wegens smaad en plagiaat en schending van het portretrecht.'

Kate knipperde met haar ogen en zei met een klein stemmetje: 'Ik hou de duplex van mevrouw Leek in de gaten, daar aan de overkant. Ze is op vakantie en ik let op of er geen verdachte figuren op de loer liggen.'

Lisa staarde Kate lange tijd aan en zei toen: 'Wat?'

'Of er niemand is die zich onwederrechtelijk toegang tot het pand wil verschaffen en zich haar bezittingen wil toe-eigenen.'

Lisa liet deze informatie even bezinken. 'Hoe lang sta je hier al met je notitieboekje?'

'Nog niet zo lang. Hoogstens anderhalf uur. Vandaag, dan.'

Lisa was even van haar stuk gebracht. 'En wat heb je opgeschreven?'

Kate deed gehoorzaam haar boekje open, dat aan de zijkant van de pagina's een aantal keurig beschreven tabs had, en bladerde naar een bepaald onderdeel. Ze las de bladzijde zorgvuldig door en zei toen: '16.03 – kat doet behoefte in voortuin.'

'Is dat alles?'

Kate keek weer naar de pagina. 'Tot nu toe wel, ja. Er is eerder vandaag een jongetje op een driewieler langsgekomen, maar ik heb hem niet op de lijst met verdachten geplaatst. Hij is nog maar drie.'

Lisa probeerde zich voor te stellen dat ze anderhalf uur lang op dezelfde plek zou blijven staan, maar het lukte haar niet. Ze vond tien minuten stilstaan al ondraaglijk.

Kate schraapte haar keel en zei: 'Wat heb je met je haar gedaan?'

Lisa's hand schoot naar haar hoofd. 'Hoezo? Ligt het plat? Hangt het naar één kant? Wat is er gebeurd?'

'Nee, het staat rechtop. Ik vroeg me gewoon af hoe je dat doet.

Moet je op een bepaalde manier slapen, of bepaalde dingen eten?'

Dat was het soort vraag waar Lisa van droomde. 'Nou, als je dit kapsel wilt hebben, mag je het niet te vaak wassen, anders krijg je van dat pluizige Howard Jones-haar en slaat iedereen je in elkaar. Om de drie tot vier dagen wassen. Na het wassen zoveel mogelijk gel erin doen en je haar voorovergebogen föhnen terwijl je ondertussen zo hard mogelijk over de bovenkant van je hoofd wrijft – op die manier krijg je een echt "Mac" McCulloch-kapsel. Als je meer op Robert Smith wilt lijken, moet je het pluk voor pluk touperen. Maar geen zeep gebruiken – alleen ouderwetse punks gebruiken zeep om hun haar overeind te krijgen – je wilt er niet uitzien als iemand uit een slechte film. Daarna moet je haarlak gebruiken, maar geen duur merk. Als je iets chics als Elnett gebruikt, lukt het niet. Je moet iets goedkoops hebben dat lekker plakt. Harmony of zo. En vergeet niet dat regen je vijand is.'

Kate luisterde heel aandachtig, en hoewel ze een groot deel van de woorden kon begrijpen, was het geheel eigenlijk niet te volgen.

Lisa vervolgde: 'Wil je dat ik je haar voor je doe? Dat wil ik best, hoor.'

Kate hoefde hier maar heel even over na te denken. 'Nee, dank je. Ik mag niet te veel aandacht trekken. Dat is in mijn vak niet gepast.'

Lisa was volkomen van haar stuk gebracht door dit antwoord en was blij dat ze haar vader eindelijk de winkel uit zag komen. Zonder verder nog iets tegen Kate te zeggen rende ze naar hem toe.

Ze wist nog dat ze van achter in de Datsun-station van haar vader over haar schouder had gekeken en Kate daar in het schemerlicht had zien staan, met haar notitieboekje in haar hand.

Lisa liet haar halfopgegeten hamburger staan en liep naar de glazen balustrade langs de vierde verdieping. Toen ze zich vooroverboog, kon ze de hoofden van de mensen op de begane grond zien bewegen. Aan de randen ging dat heel snel en vloeiend; ze liepen winkels in en uit, voegden zich bij de gestage stroom of maakten zich ervan los. Dichter bij het midden van de massa lag het tempo lager; dat waren rondslenterende groepjes tieners en oudere mensen die doelloos voortliepen, alleen maar wat ronddwaalden, alles in zich opnamen. Dat waren de mensen die als eersten binnenkwamen en als laatsten weggingen, de morenes aan de rand van de gletsjer. Lisa vroeg zich af of ze ooit weggingen en stelde zich voor dat ze hier in de kleine uurtjes nog rondliepen, opeengepakt in de donkere gangpaden. In het hart van al het gewoel stond een bewaker die niet van zijn plaats kwam. Hij legde zijn hoofd in zijn nek en keek op naar het glazen plafond ver boven hem, en Lisa keek neer op zijn droevige gezicht. Hun blikken kruisten elkaar even en Lisa voelde zich een beetje duizelig van het over de rand hangen. Het drong tot haar door dat ze terug moest naar de winkel.

Green Oaks was geen fijne werkplek. In 1997 had de directie van het centrum in overeenstemming met de strategische doelstellingen van Leisure Land Global Investments (eigenaren van tweeënveertig detailhandelscomplexen overal ter wereld) de eerste jaarlijkse enquête over arbeidsomstandigheden onder de negenduizend werknemers van het winkelcentrum verspreid. De waargenomen onvrede was zo groot en consistent dat de resultaten later, zonder dat de invullers het wisten, als studiemateriaal op de sociologiefaculteit werden gebruikt. Een tweede onderzoek was er nooit gekomen.

Het voornaamste probleem in Green Oaks was de kloof tussen de voorzieningen voor bezoekers en de voorzieningen voor personeel. Het centrum was gebouwd in de periode dat het idee dat winkelen ook een echte vorm van vrijetijdsbesteding kon zijn Europa nog maar net begon te veroveren. De architecten en planners van Green Oaks Fase Twee wilden bezoekers een unieke ervaring bieden: met groene ruimten waar je even kon pauzeren, ergonomische zitplaatsen, lichte en luchtige binnenpleinen, fonteinen, voldoende parkeerplaatsen, grote en goed uitgeruste openbare toiletten. De faciliteiten voor het personeel, die zoveel mogelijk opeengepakt waren om geen ruimte van winkels af te snoepen, vormden hiermee een schril contrast. Deze voorzieningen waren van het laagste niveau: te weinig toiletten, donkere interieurs, oude en slechte ventilatie en verwarming, kale niet-gestuukte muren, een aanhoudende rioollucht en veelvuldige rattenplagen. Het personeel was zich sterk bewust van deze apartheid. Ze lazen de memo's van de directie waarin hun werd verzocht niet de toiletten en zitplaatsen van de bezoekers te gebruiken, ze zagen dat de hun toegewezen parkeervakken steeds verder van het centrum kwamen te liggen en ze moesten elke dag de in licht badende binnenpleinen verruilen voor sombere personeelsgangen, dezelfde lange, grijze tunnels waardoor Lisa zich nu naar de achteringang van de winkel begaf.

Your Music telde vijf verdiepingen met winkelruimte plus nog een zesde, waar zich het magazijn en de kantine bevonden. In het magazijn huisden twee verschillende soorten mensen: degenen die zo weinig van persoonlijke hygiëne begrepen dat een plaats op de winkelvloer uitgesloten was en degenen die genoeg hadden van klanten en liever de hele dag artikelen stonden te prijzen dan dat ze zich nog langer in de buurt van het winkelend publiek waagden. Die laatste categorie, tot wie ook Henry de efficiënte maar depressieve magazijnbeheerder behoorde, schitterde vandaag door afwezigheid. Wel waren er vier zeventienjarigen. Drie Matts en een Kieron. Ze hadden allemaal hetzelfde slordige lange haar, ze bewogen allemaal de hele dag hun hoofden op en neer op de maat van uitermate luide nu-metal, en ze slaagden er voortdurend in zelfs de eenvoudigste opdrachten verkeerd uit te voeren. Lisa bleef voor de lift wachten en probeerde niet te denken aan de glimpen van chaos die ze had opgevangen. Vijf minuten later stond ze nog steeds te wachten en trachtte niet te reageren op het luide gebons en de kreten die af en toe achter haar te horen waren.

Klanten hadden de keus en konden via brede ruime roltrappen of overvolle liften andere verdiepingen bereiken. De overgrote meerderheid koos voor de liften, nog steeds betoverd door de glazen zijkanten die in de jaren tachtig als het neusje van de zalm hadden gegolden. Het personeel had die keus niet: zij konden de zesde verdieping alleen bereiken door een speciale code in de lift in te tikken. Het systeem was voor hen een voortdurende bron van ongemak, omdat de lift zo was geprogrammeerd dat de verzoeken van klanten altijd voorrang hadden op een door een personeelslid ingetikte code. Vaak kon de zesde verdieping pas worden bereikt na de nodige ritjes door de liftschacht, en het was niet altijd te vermijden dat een paar verwarde klanten mee opstegen naar boven. Meestal hapten die naar adem of slaakten ontzette kreten wanneer de deuren openschoven en ze zagen dat ze waren meegevoerd naar een gebied dat niet op de kaart stond en waar ze niet hoorden te zijn. Af en toe stapte er eentje uit die geen oog had voor de onafgewerkte muren, de kartonnen dozen, de krimpfolieapparaten en het gebrek aan alles wat op een winkel wees. Dan baanden ze zich een weg door het magazijn, keken afwezig om zich heen, zoekend naar *Touch of Frost*-video's, en reageerden agressief wanneer het personeel hen terug naar de lift wilde leiden.

Af en toe negeerde de lift, mogelijk uit verzet tegen de onophoudelijke haat waaraan hij was onderworpen, alle verzoeken tot stoppen en zakte met hoge snelheid weg tot onder de begane grond, in een onderaardse uithoek van de schacht, waar hij in zijn hol kon blijven mokken, soms een halve minuut, maar één keer ook twee uur lang (en toen natuurlijk met Onfortuinlijke Kevin uit het magazijn aan boord). Het meeste personeel had weleens kennisgemaakt met deze nukken, en op het moment dat de lift aan zijn snelle neergang begon, waren ze er allemaal van overtuigd geweest dat er een kabel was geknapt en dat ze een wisse dood tegemoet zouden gaan. Maar wat gebeurde er wanneer er op zo'n moment klanten in de lift stonden? Wie wist wat er in hen omging? Het gebeurde slechts zelden, maar het was altijd een bijzonder moment wanneer je op de begane grond achter de kassa stond en de lift voorbij zag schieten, met de klanten tegen de glazen wand gedrukt, met bespottelijk ver opengesperde ogen en zwaaiende armen. Vandaag stelde Lisa tot haar grote opluchting vast dat de lift leeg was.

Kurt liep langzaam door het parallelle, onzichtbare universum van de servicegangen. Kilometers buizen, draden, ventilatieschachten, meterkasten, veiligheidsdeuren, brandslangen. In dit verlichte ondergrondse netwerk eindigden sommige smalle gangen opeens in reusachtige laadplatforms en leidden andere helemaal nergens heen. Alles gloeide grijs, alles rook naar warm stof. Hij kon uren in trance ronddwalen, zonder een bepaalde route te volgen, en controleerde dan als vanzelf elke deur. Soms bleef hij staan en probeerde te bepalen waar hij precies was, maar hij had het zelden bij het rechte eind. Hij vond het fijn de weg kwijt te raken, verstrikt te raken in de geknoopte baan rond het winkelcentrum.

Hier in de gangen kon hij voorzichtig de vertrouwde randen van de structuren in zijn hoofd aftasten. Een groot deel van zijn herinneringen aan Nancy werd steeds vager en hij wist niet of dat goed of slecht was. Hij was blij dat de pijn minder werd, dat die tijdens het eerste jaar al flink was afgezakt. Maar het leek een slechte ruil, want met de pijn verdwenen ook de details en de herinneringen. 'Tijd heelt alle wonden,' zeiden ze altijd, maar hij had beseft dat de tijd niet heelt, maar eerder alles liet wegslijten en mensen in de war maakte, en dat leek hem niet hetzelfde als helen. Het was nu vier jaar geleden dat ze was omgekomen. Soms, wanneer hij 's middags thuis zat en de zon op een bepaalde manier zijn slaapkamer in scheen en de vitrage in de bries bewoog en er een schaduw over de muur trok, had hij een sterke, tastbare herinnering aan hoe het was om te worden bemind, hoe het voelde om in slaap te vallen en wakker te worden met de hand van een ander in de jouwe. Dan probeerde hij dat euforische gevoel zo lang mogelijk vast te houden, maar het was altijd maar tijdelijk. Meestal was hij alleen maar in staat herinneringen aan herinneringen op te halen. Hij durfde niet te veel terug te denken, hij was bang dat te vaak afspelen de herinneringen helemaal zou uitwissen. Hij was nu al vergeten hoe haar lach had geklonken. Hij wist dat hij de enige was die die herinneringen kon bewaren, en die verantwoordelijkheid drukte zwaar op hem. Soms raakte hij daardoor in paniek, dan voelde het alsof hij water in zijn handen probeerde te houden. Hij wilde de herinneringen downloaden en ze ergens veilig bewaren, er een back-up van maken. Het enige wat haar echt maakte, waren de talloze dozen met haar spullen die zijn woning vulden. Maar die dozen gaven hem geen goed gevoel, die droegen alleen maar bij aan zijn verdriet. Er zat zoveel rotzooi in dat hij ze niet durfde te openen. Tegenover elke brief van belang stonden tien omgekrulde bankafschriften. Eén doos zat vol met de geadresseerde reclame die nog steeds voor haar werd bezorgd – al die unieke kansen die ze nu miste omdat ze dood was gegaan. Kurt waakte over de verzameling, maar hij wist niet voor wie.

Hij ging verder met zijn ronde. Veel bewakers geloofden dat het spookte in die lange gangen. Ze hoorden gebons op de deuren of gefluister in de trappenhuizen, ze voelden dat het opeens kouder werd, kwamen afgerolde slangen tegen. Kurt hoorde de verhalen tijdens de koffie aan, ze leken net oude vrouwtjes die niet voor elkaar onder wilden doen. Vergezochte, ongeloofwaardige verhalen. Er werd ernstig geknikt, iedereen bleek lachwekkend bijgelovig. Kurt maakte tijdens zijn zwerftochten door die gangen nooit iets bovennatuurlijks mee, maar af en toe voelde hij zich weleens ongemakkelijk. Soms sloeg hij een hoek om en merkte hij dat de gang doodliep, dat het een servicegang was die nergens heen ging, die nergens toe diende, en zijn maag draaide zich om wanneer hij een kale bakstenen muur voor zich zag, omdat hij moest denken aan het oude huis waar hij was opgegroeid en aan de nachtmerries die hij als kind had gehad. Heel even werd hij zo bang dat hij zich niet durfde om te draaien en kreeg hij het gevoel dat iemand hem naar dit eindpunt was gevolgd. Dan deinsde hij liever terug dan dat hij de muur zijn rug toekeerde, maar het gevoel dat iemand naar hem keek bleef. Hij voelde het in het ruisen in zijn oren, in de druk achter zijn oogleden. 'Is daar iemand?' zei hij dan, en daarna wou hij altijd dat hij niets had gezegd.

Vanavond moest hij weer denken aan het meisje dat hij een paar weken eerder op het scherm had gezien. Hij had de politie weer gebeld, maar niemand had een kind als vermist opgegeven. Hij kon het gevoel dat ze ergens bij hem in de gangen was maar niet van zich af schudden. Hij wou dat hij haar zou vinden en naar huis kon brengen.

Kurt was moe. Hij kon best op de betonnen vloer gaan zitten en een dutje doen, maar dat zou een slecht idee zijn. Na de dood van Nancy was hij veel meer gaan slapen. Hij had het punt bereikt waarop hij zoveel kon slapen als hij wilde. De vraag was alleen hoeveel dat was. In het eerste jaar sliep hij telkens wanneer hij niet hoefde te werken of te eten. Hij kon de hele nacht doorslapen, en als hij de volgende dag vrij had, kon hij die ook met dutjes vullen.

Toen hij op een dag had ontdekt dat hij verslaafd was geraakt aan slapen, had hij dat niet eens zo erg gevonden. Maar het kostte hem wel steeds meer moeite om onderscheid te maken tussen dromen, werkelijkheid en herinneringen. Hij was bang dat hij zich door al die slaap de echte Nancy niet meer zou kunnen herinneren. Dromen konden hem voor de gek houden: die deden net alsof ze herinneringen waren, deden alsof ze een verleden hadden; ze konden andere dromen bevatten. Te laat besefte hij dat dromen een sluipend virus waren dat langzaam zijn hersens infecteerde en dat hij had toegestaan zijn geest te koloniseren. Nu verspreidde het zich, legde het verbanden en vrat het aan de waarheid; het wiste de feiten uit. Grote delen waren al verdwenen. Hadden Nancy en hij ooit in een drukke kroeg gezeten en vergeefs geprobeerd het stel te negeren dat in een hoekje zat te vrijen? Hadden ze ooit op een zonnige dag een groot stuk ijs zien glinsteren op de grond in het bos? Had hij sinds hij Nancy had leren kennen telkens weer die droom gehad waarin ze een rode muts droeg? Of had hij dat gisternacht voor het eerst gedroomd en tevens gedroomd dat hij het eerder had meegemaakt? Hij vond het vreselijk dat hij geen antwoord op die vragen kon geven, en daarom was hij, na een jaar van slapen, naar de dokter gegaan. Die had hem doorverwezen naar specialisten die hem een paar nachten lang in een slaapkliniek hadden opgenomen. Uiteindelijk konden ze hem vooral vertellen wat hij niet had. Hij had geen narcolepsie, al vertoonde hij wel symptomen van hallucinaties in sluimertoestand. Het was geen slaapapneu, aan zijn ademhaling mankeerde niets. Omdat ze het ook niet wisten, concludeerden ze uiteindelijk dat hij leed aan overmatige slaperigheid zonder aanwijsbare oorzaak. Eén specialist vertelde Kurt dat dit een wetenschappelijke variant op 'we weten het ook niet' was. Ze hadden alle andere mogelijkheden kunnen wegstrepen; dit was een 'diagnose door uitsluiting'. Dat van die uitsluiting begreep Kurt wel. De dokter had gezegd dat hij moest stoppen met ploegendiensten, maar dat kon niet, en dat hij zich moest beperken tot hoogstens acht uur slaap per nacht, wat hem uiteindelijk lukte.

Maandenlang had hij het erg moeilijk gehad. De slaap kroop langzaam om hem heen wanneer hij een boek zat te lezen, de slaap hield hem voor de gek wanneer hij wakker was, de slaap vertoonde de beste films. Langzaam maar zeker wist hij de slaap echter te bevechten en ontdekte hij net als iedere andere verslaafde dat het leven nu eindeloos traag leek voort te kruipen, en zelfs vier jaar later had hij soms nog het gevoel dat slaap het oude antwoord bood.

's Nachts in de gangen moest hij aan Nancy denken en leek het verbeelding, en soms stelde hij zich de levens van de mensen in het winkelcentrum voor en leek het een herinnering. Hij deed zijn uiterste best onderscheid te maken, maar door een of andere slechte osmose liep alles door elkaar.

Onbekende man
Bovenste galerij, oostzijde

Ik loop gewoon snel bij Your Music binnen en kijk even bij de video's. Dat kan geen kwaad. Gewoon even snel kijken, dan hoef ik niets bij de kassa te vragen. Ik kom er toch langs. Het ligt op de route. Ik heb vandaag niets bijzonders te doen, dus ik kan bij WHSmith een krantje halen, en als ik toch in de buurt ben, kan ik net zo goed even kijken.

Ik kan de krant ook bij de winkel naast me kopen, en dan kan ik me de prijs van een buskaartje besparen, maar ik weet pas welke krant ik wil als ik er ben, en bij Smith hebben ze gewoon heel veel keus. Ik denk dat het de Mirror wordt, maar dan heb ik in elk geval de keus. En ik zal proberen met deze gewoonte te breken. Dat zei die vrouw in de kliniek de afgelopen keer ook al, ze zei: 'Verras je-zelf eens en doorbreek het patroon.' Dus misschien ga ik dat vandaag wel doen. Misschien koop ik vandaag de Daily Gleaner of de Morning Star of de London Times of de Manchester Guardian. Die vrouw zei dat ik hier niet meer mag komen, maar ik denk dat het niet erg is als ik toevallig toch langsloop. Ik geloof dat ze bedoelde dat het niet erg is als ik in het voorbijgaan gewoon even kijk als ik toch een krantje ga kopen... God mag weten welk.

O, ik dacht eerst dat ik daar een nieuwe video zag, maar nu zie ik dat ze alles gewoon hebben verplaatst. Of misschien heeft iemand die aflevering wel uit het schap gehaald en op de verkeerde plek teruggezet. Daardoor ben ik blijven staan, omdat ik weet dat de rug van serie 4 aan de bovenkant geel is, maar deze is oranje, dus moest het serie 3 zijn. Ik wilde het gewoon even zeker weten. Anders was ik wel doorgelopen, maar dit klopte gewoon niet, dus eigenlijk doe ik er alleen maar goed aan als ik hem nu op de goede plek terugzet. Ik dacht dat het een nieuwe video was, een nieuwe uitgave. Maar ze zeiden dat er geen nieuwe zouden komen. Dat zeiden ze de laatste keer. Ze zeiden dat het geen zin had om elke dag te komen kijken, er komen geen nieuwe afleveringen meer. Maar ik wilde het toch al niet bij de kassa gaan vragen, ik ga niet vragen of er nog iets gaat verschijnen want ze zeiden laatst al dat dat niet zo is.

Het is maar goed dat ik het niet ga vragen, want dat meisje met het rode haar staat vandaag achter de kassa. Ik heb haar de laatste keer wel horen zuchten. Dat was zo onbeleefd. Ze mag niet onbeleefd tegen me doen, maar zo keek ze wel, en toen ik haar hoorde zuchten, wist ik het zeker. Nou, ik ga het haar vandaag niet vragen. Misschien ziet ze me wel staan en denkt ze dat ik het kom vragen, maar ik zal haar laten zien dat ze het mis heeft, dat soort dingen doe ik niet meer. Ik ga een krant kopen. Ik weet nog niet welke. Ik ga een krant kopen, en misschien kom ik op weg terug naar de bushalte nog even hier langs. Dan heeft ze misschien net middagpauze. Misschien is die jongen met die spastische benen er dan wel, die is nooit onbeleefd. En ik denk sowieso dat hij er meer verstand van heeft dan zij.

18

Op zijn elfde had Kurt het huis op vrijdagavond voor zichzelf alleen gehad. Zijn ouders waren dan naar de soos, zijn oudere zus ging naar haar vriendin en hij bleef alleen thuis en at zoveel chips en chocolade als hij lustte. Hij ging languit op de bank liggen, met zijn gympen nog aan, zette een glas cola op de dralon leuning, hoewel dat eigenlijk niet mocht, en keek naar The Professionals. Maar door het geluid van de tv heen kon hij andere geluiden horen: het tikken van de klok, het zoemen van de koelkast, het luide kraken van de trap, en dan wist hij zeker dat het huis hem in de gaten hield. Hij liep van de ene kamer naar de andere en deed alle lampen aan, en soms riep hij zelfs hardop, maar de vijandigheid bleef. Hij ging naar bed, maar werd af en toe weer wakker en wachtte totdat hij de sleutel van zijn vader in het slot zou horen, en hij wist dat er naar hem werd gekeken, ook al lag hij onder het dekbed. Hij voelde de druk van de niet te behagen aanwezigheid.

De volgende morgen vertelde hij dan aan zijn moeder dat Bodie weer een auto total loss had gereden en deed hij op het linoleum in de keuken een paar passen van Doyle na, zonder iets te zeggen over het huis en de geluiden en de angst. En de vrijdag erop begon het weer van voren af aan.

Toen hij twaalf was, verhuisde het gezin naar een ander huis en hield het op, maar nu, in de dode uurtjes tussen drie en vijf, wanneer hij alleen op zijn werk zat, hoorde hij soms een geluid achter zich en rook hij dat Nancy duidelijk bij hem in het vertrek was en dan kwam dat oude, benauwende gevoel weer boven.

Kurt at zijn boterhammen met sardientjes in tomatensaus en keek naar zijn spiegelbeeld in het donkere glas van het kantoortje. Hij vroeg zich af of zijn uiterlijk sinds de dood van Nancy heel erg was veranderd. Zijn haar was nog steeds hetzelfde, misschien iets grijzer, en hij oogde nog steeds bezorgd, nu misschien meer dan voorheen. Hij keek naar zijn schoenen en vroeg zich af of zij die leuk zou hebben gevonden. Zeker weten kon hij dat nooit. Vaak was het verschil tussen wat Nancy leuk vond en wat ze vreselijk vond voor hem helemaal niet duidelijk. Soms had hij in een winkel aarzelend een trui gepakt en haar dan vol walging horen sissen: 'Kijk die naden toch eens!' Nancy had altijd gezegd dat Kurt geen oog voor details had. Kurt had gezegd dat Nancy niet goed bij haar hoofd was omdat ze altijd met een of ander idioot vergezocht bezwaar op de proppen kwam. Ooit was ze een blouse gaan ruilen die hij voor haar had gekocht omdat ze vond dat de knoopsgaten niet recht genoeg zaten.

Kurt vermoedde dat hij misschien een fout had begaan toen hij het paar had aangeschaft dat hij nu droeg; mogelijk zaten de vetergaatjes niet op de goede plaats. Hij vertrouwde niet langer op zijn eigen oordeel, maar hij had niemand anders om op te vertrouwen.

Toen Lisa de winkel in liep, viel het haar op dat er, verdeeld over de hele winkel, nu in totaal twaalf schappen waren gevuld met Queens *Greatest Hits Volume* 1 en 2. Die ochtend waren het er nog vier geweest, en dat had ze al veel gevonden, maar na een korte doch kleurrijke woordenwisseling met Crawford was haar duidelijk geworden dat hij er een andere mening op na hield.

Ze kwam uiteindelijk vijf minuten te laat bij de kassa aan om Dan te kunnen aflossen. Haar eerste klant was een vrouw van middelbare leeftijd wier wenkbrauwen heel hoog op haar voorhoofd getekend waren.

'Ah, nu hoef ik niet zelf te kijken, meid,' zei de vrouw. 'Waar staat die cd van Queen?'

Terwijl Lisa met de klant meeliep naar een van de acht schappen die de vrouw op weg naar de kassa moest zijn gepasseerd, bedacht ze dat ze misschien blind was, hetgeen de wonderlijke plaats van de wenkbrauwen zou verklaren. Soms vroeg ze zich af of mensen misschien niet liever blind zouden zijn. 'Nu hoef ik niet meer zelf te kijken' was iets wat ze meerdere keren per dag hoorde, en ze begreep niet waarom het gebruik van het gezichtsvermogen zo'n grote inspanning was. Ze wist niet goed of de vraag of een ander wilde kijken werd ingegeven door plotselinge luiheid of door de overtuiging dat zicht een eindig zintuig was dat ze niet wilden opmaken.

De rest van het uur was het gebruikelijke zaterdagse waas van drukte. De tv-reclame voor de cd van Queen had zijn duistere werk gedaan, zodat iedere klant een exemplaar van *Greatest Hits* in de hand geklemd hield. In al die huishoudens moest minstens één iemand het nieuwe spotje hebben gezien voor een album dat al jaren uit was, maar dat ze nu opeens moesten hebben. De aanblik van die massa die als eb en vloed heen en weer bewoog en het idee dat zij in het middelpunt van al die suggestie en manipulatie werkte, joeg haar angst aan.

Terwijl een deel van Lisa's brein overschakelde op de automatische piloot en de klanten bediende, dwaalde een ander deel van haar gedachten zoals altijd af. De laatste tijd moest ze vaak aan haar broer denken – misschien kwam dat doordat het bijna twintig jaar geleden was, of misschien was het gewoon de natuurlijke kringloop van het geheugen. Ze probeerde ergens tussen de massa's klanten om haar heen zijn gezicht te zien, maar ze kon zich zijn trekken niet goed herinneren en kon zich onmogelijk voorstellen hoe hij er nu uit zou hebben gezien.

De meeste mensen denken dat het maar zelden voorkomt dat iemand voor altijd verdwijnt. Ze geloven dat iedereen vroeg of laat wel weer opduikt, levend of dood, veranderd door geloof of drugs. Maar Lisa had het twee keer in haar leven meegemaakt. Eerst Kate Meaney, en niet lang daarna haar eigen broer.

Verdwijnen leek Lisa helemaal niet zo vreemd of zeldzaam: het was altijd mogelijk dat iemand zomaar uit je leven werd geplukt. Wanneer haar vriendje Ed als hij uitging tot laat wegbleef, vroeg ze zich altijd af of hij voor altijd weg zou blijven, of hij in een gat was gevallen en nooit meer zou terugkeren. Het erge met Ed was dat ze niet goed wist of het haar echt zou opvallen; meestal leek ze amper te merken of hij er wel of niet was. De afwezigheid van haar broer was daarentegen groots en ondraaglijk. Het voelde alsof een deel van haarzelf was weggevallen en haar binnenste bloot was komen te liggen. Ze had net zo gereageerd als haar vader, door in een hoekje van het leven weg te kruipen. Lisa sleepte zichzelf elke dag naar school, maakte het huiswerk dat ze kreeg, sprak Frans wanneer haar dat werd gevraagd, nam de bus. Haar vader bediende de klanten, reed naar de groothandel, telde stapeltjes munten op de keukentafel en maakte dozen met zakjes chips open. Haar moeder werd daarentegen wedergeboren en wijdde haar leven aan Jezus en de onbetrouwbaar ogende dominee van de plaatselijke pinkstergemeente.

Lisa wist nu dat een verdwijning helemaal niet zo zeldzaam was. Tienduizend mensen slaagden er elk jaar in te verdwijnen. Haar broer bungelde ergens onderaan op de website van het nationale register voor vermiste personen; een oude foto van hem zat verstopt onder talloze raadsels van recenter datum. Wanneer ze terugbladerde door al die pagina's zag ze kapsels en kragen veranderen. Lisa stelde zich voor dat ze eeuwig kon terugbladeren, langs victoriaanse kinderen met bleke gezichtjes en deserteurs uit de Burgeroorlog. Ondoorgrondelijke portretten met doodse blikken. Adrians foto stond op dezelfde bladzijde als die van Kate Meaney. Elk jaar ontving Lisa op haar verjaardag een verzamelbandje van haar broer. Geen briefje, geen adres, voor zover ze kon bepalen geen verborgen boodschap in de liedjes. De enige boodschap was dat hij nog leefde.

Sommige mensen, onder wie de politie, hadden gedacht dat Lisa's broer verantwoordelijk was voor de verdwijning van Kate Meaney. Ze namen aan dat hij er niet mee had kunnen leven en dat dit hem ertoe had aangezet te verdwijnen. Maar Lisa had nooit aan hem getwijfeld.

Hoewel Lisa Kate Meaney maar een paar keer had ontmoet, woonde het meisje bijna bij haar vader in de winkel. Kate had goed met Adrian overweg gekund. Ze gingen veel met elkaar om. Lisa had het nooit vreemd gevonden dat een man van tweeëntwintig bevriend was met een meisje van tien. Ze had het nooit vreemd gevonden dat hij liever in een snoepwinkel werkte dan dat hij iets met zijn universitaire opleiding deed. Misschien dacht haar vader er anders over, maar Lisa had haar broer nooit raar gevonden.

Op 7 december 1984 hadden getuigen gezien dat Adrian samen met Kate Meaney in Bull Street in het centrum van Birmingham in de bus was gestapt. Kate was daarna nooit meer gezien. Een van de getuigen kon zich herinneren dat het leek alsof het meisje niet wilde uitstappen en dat de man haar ruw bij haar arm had gepakt. Tijdens het verhoor had Adrian verklaard dat hij Kate had begeleid naar het toelatingsexamen van de prestigieuze kostschool Redspoon. Hij zei dat Kate het examen niet had willen afleggen en dat hij mee was gegaan voor geestelijke steun. Hij zei dat ze per se niet had gewild dat hij op haar zou wachten en dat hij dat dus ook niet had gedaan. Hij had haar bij de poort achtergelaten en haar de oprit op zien lopen en naar binnen zien gaan. Zijn verhaal werd echter weersproken door het feit dat Kate die dag nooit op Redspoon was gezien en geen examenopgaven had ingeleverd.

Lisa had de feiten talloze keren gehoord. Ze had vreselijke verhalen in de krant gelezen. Ze had de graffiti op hun huis gezien. Het had haar allemaal niet geraakt. Feiten deden er niet toe wanneer je over het ware geloof beschikte. Ze had geen enkele keer aan haar broer getwijfeld. Ze probeerde te bedenken wat Kate echt was overkomen, wie er naar de school was gegaan en haar had meegenomen. Ze probeerde zich een kwaadaardige conciërge voor de geest te halen, een moordzuchtige terreinknecht, maar zelfs toen geen van die scenario's hout leek te snijden, twijfelde ze nog steeds niet aan haar broer.

Lisa's gedachten dwaalden terug naar het heden en ze zag een man van middelbare leeftijd schijnbaar verloren midden in de winkel staan. Er stonden zoveel mensen voor de kassa dat ze onmogelijk weg kon, en daarom kon ze weinig anders doen dan de verstijfde gestalte gadeslaan die was omringd door hordes winkelende mensen. Ze zag dat een jongen met een aanstellerig snorretje opzettelijk tegen de man opbotste en vervolgens stennis begon te schoppen omdat de ander in de weg stond. Freddie Mercury verzekerde iedereen ervan dat ze de *champions* waren. Lisa en de verdwaalde man wisten wel beter.

19

Kurt senior had grote verwachtingen van zijn kroost. Kurt en zijn zusje werden door iedere ouder in de wijk als het schoolvoorbeeld van goed opgevoede kinderen beschouwd: ze waren beleefd, rustig, schoon. Kurt senior was een zwijgzame man die, zoals bijna ieder ander in de wijk, zijn baan had verloren toen het economisch tij was gekeerd. Eerst was de gashouder dichtgegaan, daarna de cokesfabriek, en daarna de andere fabrieken, waaronder de reusachtige machinefabriek waar Kurt senior had gewerkt. In tegenstelling tot vele anderen wist Kurt senior echter een nieuwe baan in de productiesector te vinden: een echte baan, zoals hij graag zei. Hij stond elke morgen om halfvijf op en zat twee uur in de bus die hem naar een fabriek aan de rand van Birmingham bracht. Hij leek een ouderwets man; hij werkte hard, hij was hoffelijk tegen vrouwen, hij verwachtte dat kinderen eerbied voor volwassenen hadden, hij ging nooit samen met zijn vrouw boodschappen doen.

Kurts moeder, Pat, was van nature meegaander dan zijn vader en voegde zich in alle opzichten naar haar man. Op elk verzoek antwoordde ze steevast: 'Vraag dat maar aan je vader.' Kurt senior nam alle beslissingen, en op een eenmaal genomen besluit werd nooit meer teruggekomen. Het gezin vreesde hem. Hij koesterde een voorliefde voor country-and-western maar bezag dit genre desalniettemin met dezelfde onbuigzame ernst waarmee hij het hele leven tegemoet trad. Elke vrijdag nam hij zijn vrouw mee naar de plaatselijke arbeiderssoos, waar iedereen zich in cowboy-outfit hulde en op Jim Reeves en Patsy Cline danste. Kurt senior beschouwde een dergelijk kostuum niet als frivool en streek plechtig zijn zwarte overhemd en poetste de metalen schijfjes op zijn reusachtige zwarte hoed voordat hij het huis verliet. Op de soos danste hij stijfjes maar correct op de 'Tennessee Waltz' en andere midtemponummers, en hij danste altijd één keer, omdat hij een heer was, met de weduwe Gleason.

Het was een zware last het kind van zo'n man te zijn, en Kurt en zijn zus konden die last maar amper dragen. Zijn zus koos voor een spectaculairdere levensloop, maar voor Kurt was spijbe-len zijn eigen bescheiden vorm van rebellie. In het jaar waarin hij tien werd, nam hij regelmatig een dag vrij van school. Zijn ouders kwamen er nooit achter; hij maakte zelf briefjes waarin hij zich ziek meldde en spijbelde nooit zoveel dat het opviel.

Een dag vrij van school betekende ook een dag lang niet hoe-ven voldoen aan de verwachtingen die iedereen van hem had; het was het enige moment waarop hij zichzelf kon zijn en niet in ie-mands schaduw hoefde te staan. Hij deed het niet om tegen zijn vader te kunnen zijn, maar om iets voor zichzelf te hebben: het leek noodzakelijk, ook al werd hij al misselijk van schaamte bij de gedachte dat zijn vader erachter zou komen. Totdat de dag aan-brak waarop hij bijna werd betrapt – hij kon zich niet meer her-inneren wat er precies was gebeurd, het was een streek geweest waarmee hij zichzelf bijna had verraden, en daar was hij zo bang van geworden dat hij ermee was opgehouden.

Tot aan dat moment had Kurt de verzuimde dagen gevuld met rondzwerven over de verlaten fabrieksterreinen rond hun wijk: de oude gashouders, de koeltorens, de lege fabrieken, de vreemd gekleurde plassen, de zwarte bakstenen hokjes, het ka-naal, het talud zonder spoorlijn. Sommige fabrieken waren tot de grond toe afgebroken, andere maar half; de koeltorens, die niet mochten worden opgeblazen omdat dat te gevaarlijk was, wachtten totdat ze steen voor steen zouden worden afgebroken. Dit waren de plekken waar de vader van Kurt en de andere mannen uit de buurt waren opgegroeid en hadden gewerkt; hun afwezigheid verleende de omgeving een melancholie waartoe Kurt zich aangetrokken voelde. Op slome, zwijgende middagen zwierf hij zonder ooit iemand tegen te komen te midden van onkruid en bakstenen, hij klom door ramen of gaten in muren en zag binnen uitgestrekte betonnen vloeren die waren bezaaid met roestende metalen afsnijdsels en geheimzinnige gewalste vormen die hij in zijn zakken propte. Hij genoot van die plekken, hij maakte holen in de hoeken en gaten. Hij hield van het geluid van de wind die door de opgerolde staalkabels blies, hij hield van de lucht die naar ammoniak rook, hij hield van het gevoel dat hij de laatste mens op aarde was die rare kreten tegen de afbladderende muren schreeuwde. Soms moest hij een paar stenen naar een kwaadaardig uitziende hond gooien, maar dat was alles.

Op het terrein van een van de oude fabrieken op Long Acre zat een vierkant gat in de betonnen vloer; aan de zijkant van het gat was een roestige metalen ladder bevestigd die naar de duisternis beneden voerde. Kurt had vaak naar dat gat zitten staren en wilde er graag in afdalen, maar hij wilde eerst zeker weten dat er daar beneden niets naars op hem wachtte. Soms viel er net een straal zonlicht recht in de schacht, maar hij kon nooit zien waar de ladder eindigde. Hij vroeg zich af of het een schuilkelder was, of een plek waar de luie arbeiders heen werden gestuurd. Hij vroeg zich af of daar beneden soms een schat lag.

Op een dag pakte hij de zaklantaarn van zijn vader uit het gootsteenkastje. Hij scheen in het gat, maar kon nog steeds niet zien hoe diep het was. Langzaam liet hij zichzelf langs de ladder naar beneden zakken, maar toen hij besefte hoe ver die doorliep, raakte hij in paniek en klauterde sneller naar beneden, waarbij hij bijna van de sporten gleed. Het voelde als een schok toen hij eindelijk de bodem bereikte. Hij scheen met de zaklantaarn om zich heen en zag een ruimte zo groot als een klaslokaal. Het rook er vochtig en koud. Op de grond lagen stukken papier. Kurt raapte er een paar op en bekeek ze in het licht van zijn zaklantaarn. Het waren oude gebruiksaanwijzingen: technische tekeningen en vergelijkingen op bros vergeeld papier. Er was geen samenhang te ontdekken tussen de voorwerpen waarmee de ruimte bezaaid lag: een oud verstelbaar schoolbord waar niets op stond, onderdelen van machines, een geknakte paraplu. Langzaam liep hij naar de verste hoek van de ruimte. Er lagen geen bierblikjes of andere tekenen van recente bewoning. Kurt was er zeker van dat hij de ruïne had ontdekt, dat hij de eerste verkenner was die op dit gevallen rijk was gestuit. Toen hij in de verste hoek was aangekomen, draaide hij zich om en keek naar de ingang. Het was eng te zien dat de straal van zijn zaklantaarn niet zo ver reikte. Het enige wat hij kon zien, was de verlaten kamer zonder uitweg. Opeens kon hij maar aan één ding denken: er was niemand op de wereld die wist waar hij nu was. Hij was volledig aan het oog onttrokken, van de aardbodem verdwenen. Dat besef was verstikkend en ondraaglijk, en terwijl het volledig bezit van hem nam, gaf de oude batterij in de zaklantaarn de geest en stierf het licht weg. Duisternis omhulde hem, en heel even dacht hij dat hij dood was. Hij vluchtte blindelings. Na enig doelloos ronddwalen bereikte hij de ladder en klom naar boven, waarbij hij zijn knie openhaalde, en de hele tijd op weg naar boven was hij bang dat iets akeligs daar beneden zijn benen zou vastpakken en hem naar onderen zou trekken.

Daarna zag hij het gat als de dood, als een plek waar je kon zien hoe de dood was. Hij bedekte de opening met een stuk hardboard dat hij ergens vond en legde er stenen bovenop. Wanneer hij over dat deel van het terrein liep, wist hij precies wat zich onder zijn voeten bevond.

Kurt besefte dat zijn geheime plekjes en al zijn stille industriële speeltuinen aan het verdwijnen waren. Hij zag hoe de steigers voor het nieuwe winkelcentrum dat een paar honderd meter verder werd gebouwd werden neergezet en weer afgebroken. Zijn vader had het gezin nu al verboden Green Oaks te bezoeken. Het winkelcentrum verrees op het terrein van zijn oude fabriek en Kurt senior zag het duidelijk als een belediging voor het hele gebied, als een plek waar vrouwen zouden werken en vrouwen zouden winkelen en waar niets van enige waarde zou worden vervaardigd. Kurt was echter wel nieuwsgierig naar hoe het binnen zou zijn. Hij wilde weten of geesten konden overleven.

Dan stormde de kantine in.

'Tering, het duurde godverdomme tien minuten om met die kutlift naar beneden te komen omdat die achterlijke klanten maar op alle knopjes bleven drukken en elke keer wanneer die lift stopte als een stelletje mongolen "Oo" en "Ahh" begonnen te roepen omdat – goh, hoe kan dat nou? – de deuren op weer een andere verdieping opengingen – ja, een andere, goed hè? Echt, alsof ze niet hier in die kutwinkel, maar in de Hubble-telescoop zaten en godverdomme de hele melkweg voorbij zagen komen.

"Waar zijn we nu?" "Staan hier de spelletjes?" "Geen idee. De vierde, staat er." "Wat is er op de vierde?"

Jezus christus! Hoe komen die mensen in godsnaam hun huis uit? En als ik dan eindelijk beneden ben, verspert er weer een stel idioten de weg. Ik moet naar Marks & Spencer rennen en kom daarna natuurlijk terecht in de rij voor de kassa van dat enge mens met die rare vingers. Weet je, ik heb het bijgehouden, en het duurt precies veertig seconden voordat ze een zakje heeft opengetrokken en er een broodje in heeft gestopt. Het is gewoon niet te geloven! Ik was zo opgefokt dat ik dacht dat ik een hartaanval zou krijgen. Waarom zetten ze haar achter de kassa? Ze kan niet eens doen wat ze moet doen: driehoekige plastic doosjes in rechthoekige plastic zakjes stoppen. Ze zouden haar rubberen handschoenen moeten geven, of nog beter, haar handen moeten afhakken, want ze heeft er toch niets aan. Dus na een eeuwigheid wachten krijg ik dan eindelijk mijn broodje. Ik weer terug naar mijn werk, weer in die klotelift, en nu heb ik nog precies twintig minuten over van de middagpauze, die eigenlijk een úúr duurt, en ik zweer het, als er nu geen melk in de koelkast staat, zaag ik met een roestige lepel mijn eigen pik af.'

'Er is geen melk,' merkte Lisa onverstoorbaar op.

Dan knipperde even met zijn ogen, zuchtte en liet zich op een stoel tegenover haar vallen, waarna hij zijn hoofd op tafel legde.

De kantine stonk naar de overvolle afvalemmer in de hoek. Verpakkingen van Kentucky Fried Chicken lagen op de grond te wachten totdat een schoonmaker zich zou bukken om ze op te rapen. 'Wat heb je gekocht?' vroeg ze.

Dan gaf antwoord zonder zijn hoofd op te tillen. 'Chips met pesto- en parmezaansekaassmaak, een broodje met brie en druiven, een "volle, royale en smeuiige" eh... smoothie en als toetje een zak gevulde wafeltjes.'

'Jezus, ben je Caligula of zo?'

Dan tilde zijn hoofd op en keek om zich heen. 'Ja, dat ben ik, Caligula in zijn volle glorie, genietend van de welriekende geuren van rottend fastfood. Vergeef me mijn gretigheid. Ik heb begrepen dat hier werken, vooral op zaterdag, zo'n bron van niet-aflatende vreugde is dat je slechts tot rust kunt komen door... Wat is het vandaag?' Dan tuurde naar Lisa's zelfgesmeerde grijze broodje. 'O, jezus. O jezus, nee toch? Sardientjes uit blik? Dat meen je toch niet? Het is geen oorlog meer, hoor, eten is niet langer op de bon. Jezus, waarom eet je trouwens niet op kantoor? Ik dacht dat bedrijfsleiders daar drie uur durende middagpauzes moesten doorbrengen.'

Lisa glimlachte. 'Je weet dat ik twee gezichten heb. Ik pap graag met het voetvolk aan, zodat ik later aan het hogere kader kan melden dat er muiterij in de gelederen dreigt. Zo ben ik aan deze geweldige functie gekomen: door iedereen die niet wil meewerken er voortdurend bij te lappen.'

'Jezus,' zei Dan, op een toon alsof het een openbaring was.

'Hoe is je dag verder?' vroeg Lisa.

'Als altijd. Weer volop de kans de mensheid op haar best te zien. Soms verlang ik gewoon heel erg naar een doorsneegek, je weet wel, zo eentje die is geobsedeerd door oude comedyseries en zich afvraagt of er een aflevering van On the Buses is die hij nog niet heeft. Je moet juist uitkijken voor degenen die niets lijken te mankeren. Ik heb zo'n vierhonderdzeventien klanten gehad die klaagden dat de cd die ze wilden hebben vorige week goedkoper was. Ik leg uit dat dat komt doordat de uitverkoop tot vorige week donderdag liep, waarop ze me zonder uitzondering allemaal uitermate dom aankijken en zeggen: "Ja, maar ik wil hem nu kopen", waarop ik zo beleefd als ik kan antwoord: "Ik ben bang dat u nu weer gewoon de volle prijs betaalt. Misschien had u hem op donderdag moeten kopen, toen de winkel was behangen met posters van vijf bij vijf waarop stond UITVERKOOP – VANDAAG LAATSTE DAG. En dan zeggen zij, en dat maakt me dus echt pisnijdig: "Maar dat mag niet van de wet."

Hoe komen ze daar nu weer bij? Waar halen ze dat vandaan? Ze hebben een of andere rare, idiote opvatting van de wet, bijeengeraapt uit oude afleveringen van Watchdog en de achterkant van een pak cornflakes. Ze zouden niet eens los mogen lopen. Maar het mooie, en dat is het enige wat me op de been houdt, is dat ze te stom zijn om te beseffen dat er maar acht dagen per jaar zijn waarop we géén uitverkoop hebben. Morgen begint er weer een. Ik kan gewoon naar hun geouwehoer luisteren en het allemaal van me af laten glijden omdat ik weet dat er boven nog vijftienhonderd exemplaren van precies dezelfde cd liggen te wachten op een stickertje met UITVERKOOP die daarna de winkel in gaan voor de gebruikelijke lage prijs. Vroeger zou ik dat misschien nog tegen hen hebben gezegd, maar nu, nee hoor...'

'Echt een overwinning,' merkte Lisa op, maar Dan negeerde haar onderbreking.

'Vervolgens kwam er een vrouw in een leuk jurkje naar de kassa en wilde iets vragen. En ik weet niet wat het was, maar ik had meteen zin om aardig te doen. Ze had een leuk gezicht, weet je, ze zag er niet uit of ze wilde gaan klagen of moeilijk zou gaan doen. Dus ze vraagt me iets, maar ik verstond haar niet. Er kwam alleen maar geluid uit haar mond. Misschien was ze net bij de tandarts geweest, of misschien was ze doof, of kon ze niet goed praten of zo... maar het kon me geen donder schelen wat het was omdat ik allang blij was dat iemand nu eens níet over de uitverkoop begon. Dus ik vraag nog eens twee, drie keer of ze het wil herhalen, en toen werd het best wel gênant, omdat ik af en toe wel een woord opving maar er nog steeds geen chocola van kon maken. Dus ik blijf me maar verontschuldigen en denk uiteindelijk: zal ik pen en papier halen? Wordt ze dan kwaad? Zou dat beledigend zijn, of bot? Maar ik heb eigenlijk geen keus omdat er al een hele rij is ontstaan, dus ik geef haar pen en papier, en ze begint helemaal te stralen, alsof ze wil zeggen: Dat ik daar niet aan heb gedacht! Dus ze begint haar vraag op te schrijven, en ik ben best wel trots op mezelf, ik ben blij dat er nog steeds aardige mensen op de wereld zijn voor wie je wel iets wilt doen, en dan geeft ze me glimlachend het papiertje terug en ik glimlach ook naar haar en lees wat ze heeft geschreven en er staat: "Horror kijk geen flim in video."'

'Wat?' vroeg Lisa.

'Dat dacht ik ook. "Horror kijk geen flim in video." En dat klonk precies als wat ze tegen me had gezegd. En ze kijkt me vol verwachting aan en knikt, alsof ze zeggen wil: Begrijp je het nu?'

'En wat deed je toen?'

'Ik knikte een beetje, in de hoop dat ik de indruk zou wekken dat ik het volledig begreep en de situatie helemaal in de hand had, en toen zei ik dat ze naar de vijfde moest gaan en naar Mike moest vragen.'

Onbekende jongen
Bovenste galerij, sector 3

't Is nu drie uur. Drie uur. We hangen over de reling van de bovenste galerij. Beneden voor Baskin-Robbins staan een paar meiden. Vier meiden. Eentje heeft van dat haar zoals Britney Spears dat twee jaar geleden had. Ze heeft een sjaal voor haar gezicht, die op een Burberry lijkt maar het niet is. Je kan wel zien dat ze lekker is. Ze heeft haar mobieltje voor haar gezicht en de andere drie staan een beetje te lachen. Ze heeft een vervelend sms'je gekregen. Ze doet alsof ze geschrokken is, maar ze moet ook lachen. Ze is heel knap, hoewel ik alleen maar haar ogen kan zien, net als bij die vieze wijven in een boerka. Todd wil haar vast wel, dat zal hij straks zeggen, en dan zegt ie vast dat Keown die donkere mag hebben, en Gary die lange, en dan kijkt ie naar mij en zegt ie dat die van mij geen lekker wijf is, en dat vind ik ook want ik kan haar hele gezicht zien en dat is ze niet. Zij zou die sjaal moeten dragen. Nu lopen we naar de andere kant van de galerij, ze hebben ons gezien. Todd doet net alsof hij met Keown wil vechten en zegt rot op en scheldt Keown uit voor lul en klootzak, veel harder dan normaal. Ik kijk naar die ene die niet knap is en geen sjaal heeft die geen echte Burberry is. Ze kijkt naar de uitgang. Ze moet niet lachen om Todd en Keown, de andere meisjes wel. Ik had liever een van de andere meisjes gehad, maar ik wil haar wel, ook al is ze niet zo lekker en heeft ze geen tieten. Ik wil 's avonds in het park zitten, zonder Todd en Keown en Gary. Ik wil op het bankje bij de vijver zitten en dan zul je alleen maar weten dat ik er ben omdat je het oranje puntje van mijn mentholsigaret kan zien. Het zou koud zijn op het bankje, maar er zou een meisje naast me zitten. Ze zou ook naast me zitten in de bus, achterin, boven. Ik zou haar naam op de stoel schrijven en die van mij ernaast. Ik zou een vriendschapsring voor haar kopen. Ik zou tegen mijn pa zeggen dat hij moet op-

rotten. Ik zou de cd's voor haar kopen die ze mooi vindt. Ik zou tegen Todd zeggen dat hij moet oprotten. Nu geeft Todd een sigaret aan dat lekkere meisje, en Keown en Gary gaan naar die andere twee toe, en mijn meisje loopt weg zonder om te kijken.

20

Lisa had vele wekkers versleten en wist dat die hun bestaansrecht niet dankten aan hun populariteit. Wekkers wisten hoe het werkte; op een goede dag werd er tegen ze gezegd dat ze hun bek moesten houden, op een slechte dag werden ze door de hele kamer geslingerd zodat hun ingewanden alle kanten op vlogen. De tot mislukken gedoemde pogingen tot zelfbescherming die vele wekkers ondernamen, vond Lisa vermakelijk: of ze nu het uiterlijk aannamen van een geliefd tekenfilmfiguurtje of zich sierden met het logo van een populair voetbalteam, de pogingen waren steevast tot mislukken gedoemd omdat ieder kind liever het hoofd van Snoopy kapotsloeg dan zo'n vreselijk geluid aan te moeten horen. Lisa had een groot deel van haar leven besteed aan wekkers kopen. Ze had gemerkt dat wekkers een even korte levensduur hadden als een tube tandpasta. Hierbij speelden twee factoren een rol: het vanzelfsprekende logische einde van wekkers, die tegen muren werden gesmeten, door ramen werden gegooid of zonder succes werden doorgespoeld, en de ongevoeligheid die de gebruiker na verloop van tijd voor het weksignaal ontwikkelde en die de wekker in feite nutteloos maakte. En dus moest elke wekker die ze kocht zowel robuuster als irritanter zijn dan zijn voorgangers. Haar huidige exemplaar was bijzonder succesvol, moest ze met tegenzin toegeven, en slaagde er nu al zeven maanden lang in afschrikwekkend te zijn. In het verleden had ze de fout gemaakt te denken dat er een verband bestond tussen prijs en effectiviteit. Ze had veel geld verspild aan Braun en aan een Zwitsers postorderbedrijf. Haar huidige model had één pond negenenveertig gekost. Het was in wezen niet meer dan een digitale wijzerplaat in een plastic bol, te licht om aan snelheid te winnen wanneer hij door de kamer werd gegooid. Het weksignaal sloeg alles. Geen piepjes, geen gerinkel, maar een luid, gestaag, aanhoudend zoemen. Dat geluid riep in Lisa een soort paniek en angst op, hetzelfde gevoel dat ze had vlak voordat ze moest overgeven. Ze kon het hoogstens anderhalve seconde verdragen.

Vandaag was een vrije dag, en het mooiste aan een vrije dag was misschien nog wel dat er achtenveertig uur lang geen wekker klonk. Zonlicht viel op het bed en Lisa droomde dat ze een hond die ze ooit had gehad moest neerschieten en dat haar broer botten over het hek gooide. De schoten werden steeds luider en ze werd wakker van een Duitse stem die 'Gott im Himmel, aaarrrgggghhh!' riep. Ze liep de woonkamer in. Ed lag op de grond *Medal of Honour* lag te spelen met het geluid op volle sterkte.

Lisa woonde samen met Ed en vroeg zich vaak af hoe dat zo was gekomen. Ed werkte natuurlijk ook bij Your Music; een ander slag mensen kende Lisa niet. Een jaar geleden waren ze aan een soort van relatie begonnen en nu schenen ze geen van beiden de energie of noodzaak te voelen om er een punt achter te zetten. Ze was meestal te moe om erover na te denken, en wanneer ze niet te moe was, kon ze wel een ander excuus bedenken. Hoewel ze collega's waren, zorgden verschillende werktijden en functieomschrijvingen ervoor dat ze elkaar in de winkel maar zelden zagen, en thuis kwam het niet vaak voor dat ze op hetzelfde moment wakker waren. Lisa bedacht dat ze waarschijnlijk blij moest zijn dat ze allebei op dezelfde dag vrij hadden. Ze ging met een kommetje cornflakes aan tafel zitten en staarde met een glazige blik naar het scherm terwijl Ed Europa bevrijdde.

Lisa: Wat wil je vandaag doen?

Ed: O, gewoon rustig aan.

Lisa: Ja, maar hoe? Wat wil je gaan doen?

Ed: Niets, dat bedoel ik met rustig aan. Ik doe de hele dag van alles op mijn werk. Vandaag wil ik niets doen.

Lisa: Wil je nergens naartoe? Het is mooi weer. We zouden naar buiten moeten gaan, iets doen.

Ed: We moeten helemaal niets. Ik wil gewoon luieren, Duitsers afschieten, of misschien kunnen we wat films kijken als je dat liever hebt, gewoon op de bank liggen en toast eten.

Lisa: Dat is zo zonde.

Ed: Hoezo zonde?

Lisa: Zonde van de tijd. Dan zit je alleen maar je tijd uit.

Ed: Maar daar gaat het toch om in het leven? Je zit je tijd uit en dan ga je dood. Je moet je tijd uitzitten.

Lisa hield op met luisteren en staarde naar de blauwe hemel. Ze bleef kijken totdat ze zin had om 'Ga weg!' te schreeuwen. Ze wist dat het altijd zo ging, dat ze op haar vrije dagen altijd zo'n bui had. Ze had zulke hoge verwachtingen van vrije tijd dat die gedoemd waren nooit uit te komen. Ze hield elke minuut nauwlettend in de gaten, probeerde vast te stellen of ze wel optimaal gebruik van haar tijd maakte, totdat besluiteloosheid en zenuwen haar verlamden. Ze kon niet stil blijven zitten. Ze stond op en probeerde iets te bedenken wat ze kon gaan doen, maar er was niets, ze had alles binnen een straal van vijfenzeventig kilometer al gezien. Ze had uitstapjes naar andere steden gemaakt, urenlang door de heuvels gewandeld, regenachtige middagen in sombere marktstadjes doorgebracht, in safariparken, kunstgaleries... en Ed zei steevast: 'Waarom is dit minder je tijd verspillen dan thuiszitten?' en daar had ze nooit een antwoord op.

Ed geloofde dat hun woning het probleem was. Hij zei steeds dat Lisa naar de grote nieuwe appartementen moest gaan kijken die langs het kanaal werden gebouwd. Hij zei dat ze misschien liever thuis zou blijven als ze daar zou wonen, en misschien zou haar baan draaglijker zijn wanneer ze zich na het werk in zo'n woning kon terugtrekken. Hij schetste een beeld van een luxeleventje, gekoelde witte wijn op het balkon. Lisa dacht aan het uitzicht vanaf dat balkon op Green Oaks, op het panorama van lijmsnuivers die high werden op het dak. Ze probeerde zich voor te stellen hoe het zou zijn om in de schaduw van het centrum te wonen, gebukt onder de last van een zware hypotheek, maar ze had het idee dat ze misschien gewoon niet volwassen wilde worden. Ze had ermee ingestemd later die week naar het goedkoopste, maar nog steeds geruststellend dure appartement te gaan kijken.

Ze zag dat het halftien was en raakte in paniek bij het idee dat de dag haar nu al ontglipte. Ze probeerde niet te denken aan het pakje dat ze vandaag bij de post verwachtte. Lisa hield er het bijgeloof op na dat je nooit op iets moest rekenen, of het nu een pakje, een telefoontje of redding was, want dan zou het nooit komen. Je moest je er niet druk om maken, je moest het negeren, dan kwam het wel goed. De hele week had ze haar best gedaan niet aan het pakje van haar broer te denken; elke dag was het het eerste waar ze aan dacht. Ze besloot voor vandaag niet langer te proberen het te negeren.

'Is de post al geweest?'

Ed bleef op Duitsers schieten. 'Geen idee, ik heb nog niet gekeken. Waarom vraag je steeds naar de post?'

'Er is gewoon al dagen geen post gekomen.'

'En je mist het dat er niemand is die je vertelt dat je een miljoenenprijs hebt gewonnen?'

'Ik verwacht een verjaardagscadeautje.'

Ed verlegde zijn aandacht van het scherm naar Lisa. 'Je was vorige week jarig. Of heb je twee verjaardagen, net als de koningin?'

'Ik weet wel wanneer ik jarig was. Ik had alleen een bepaald cadeautje verwacht dat niet is gekomen en nu ben ik bang dat het is zoekgeraakt bij de post.'

'Je vond mijn cadeau niet leuk, hè? Dat wist ik wel.'

'Waar heb je het over? Ik heb het niet over jouw cadeau. Ik verwacht iets anders, van iemand anders.'

'Ja, maar je maakt je er duidelijk druk over, je bent bang dat je het hebt gemist. Mijn cadeau had je vast veel minder kunnen schelen.'

'Nou, aangezien ik van jou een cd van Your Music heb gekregen, had het niet veel uitgemaakt als die was zoekgeraakt, omdat we zo een nieuwe hadden kunnen halen.'

'Is het een misdaad om een cadeau bij Your Music te kopen? Was het beter geweest als ik iets bij een andere winkel had gekocht, als ik uren door de stad had gedwaald omdat ik niet wist wat ik voor je moest kopen?'

Lisa had niet de fut om een eerlijk antwoord te geven, ze wilde niet eens denken aan waar dit toe kon leiden. 'Nee, de cd is prima. Ik vind hem leuk. Zo bedoelde ik het niet.'

'Dat Dan toevallig een of ander aanstellerig boek over fotografie voor je heeft gekocht, wil echt niet zeggen dat hij er langer over heeft nagedacht dan ik.'

'Nee, dat weet ik,' loog Lisa.

'Wat voor cadeau verwacht je dan?'

'Van mijn broer.'

Ed zat weer in Frankrijk en nam een stel scherpschutters achter een bovenraam van een verlaten café op de korrel. 'Ik wist niet dat je een broer had,' mompelde hij.

'Heb ik ook niet echt,' zei Lisa.

Ze probeerde zichzelf wijs te maken dat een wandeling langs het kanaal misschien niet zo slecht zou zijn.

Kurt keek naar de man die misschien wel, misschien niet de liftschijter van Green Oaks was. Het was al vier jaar bezig, en nog steeds wist niemand wie het was. De bewakers spraken met enig ontzag over hem: de lift had glazen zijwanden – hoe speelde hij het klaar zonder dat iemand het zag? Iemand zei dat hij de stront meenam, maar Kurt was ervan overtuigd dat de daad en niet het resultaat de motivatie vormde. Nu zag hij een man in een grijze jas met een bril met klassieke jampotglazen telkens op- en neergaan in de lift. Het was Kurt opgevallen dat de man elke keer wanneer de lift op een verdieping halt hield heel snel de deuren probeerde dicht te doen, voordat er iemand kon instappen.

Kurt werd even afgeleid toen hij Blinde Dave op de tweede verdieping zag en genoodzaakt was de rest van de bewakers te waarschuwen. Blinde Dave was een vaste bezoeker van Green Oaks, die het cliché dat blinden beschikken over een bijna bovennatuurlijk vermogen altijd hun weg te vinden en nooit ergens tegenaan te botsen naar het rijk der fabelen wist te verwijzen. Dave knalde tegen bijna alles op wat hem voor de voeten kwam en had de neiging elk verticaal voorwerp recht voor hem bijna wanhopig te omhelzen, als een man die weken zoekende was geweest. Hij zwaaide zijn blindenstok op kniehoogte heen en weer en had daardoor vaak niet in de gaten dat hij een trap of andere dingen op de grond naderde. Al twee keer was hij over de rand van de trap op de derde gekukeld. Wanneer Dave stilstond, wiegde hij krachtig heen en weer, en één keer, toen hij blijkbaar niet door had gehad dat hij vlak voor de fontein midden in het centrum stond, was hij met zo'n kracht naar voren gezwaaid dat hij over de rand van de fontein was gevallen, met zijn hoofd naar voren het water in. De bewakers hadden het sterke vermoeden dat Dave helemaal niet blind was, en nu Kurt naar hem keek, kreeg hij de indruk dat Dave ingespannen naar een PlayStation in de etalage van Dixons stond te kijken. Na een paar tellen leek Dave zich te herinneren wie hij was en deed hij een stap naar voren, zodat zijn hoofd met een bons de ruit raakte. Kurt keek hem na toen hij zijn angstaanjagende wandeling over de galerij voortzette. De menigte week voor hem uiteen, zodat er rondom hem een lege cirkel van een meter of tien doorsnee ontstond. Een vrouw die net aan het pinnen was, merkte niet dat er elk moment iemand tegen haar op kon botsen.

Kurt herinnerde zich dat hij jarig was en slaakte een zucht. Hij wist nog precies hoeveel verjaardagen hij in Green Oaks had doorgebracht en vroeg zich af hoeveel er nog zouden volgen. Hij dacht terug aan zijn sollicitatiegesprek, dertien jaar geleden. Toen ze hem meenamen naar het kantoor van de bewaking had de jonge bewaker met de grote oren die hem rondleidde botweg gezegd dat het een kutbaan voor een kutloontje was en dat Green Oaks de grootste kutzooi was die er bestond. Hij zei dat Kurt beter kon gaan studeren en een goede baan kon gaan zoeken. Kurt had zijn schouders opgehaald. Hij was zeventien geweest en had geen diploma gehad. Hij was een jaar eerder van school gegaan, maar de potentiële werkgevers hadden sindsdien niet drie rijen dik voor zijn deur gestaan.

In de week voordat Kurt examen had moeten doen, was zijn vader getroffen door een hersenbloeding. Kurt had de examens gemist en was een paar maanden lang thuisgebleven om zijn moeder te helpen met de verzorging van Kurt senior. Het was dus zijn vaders schuld dat hij in Green Oaks was geëindigd. Hij had geen andere keus gehad. Er moest geld worden verdiend.

Kurt kon zich niet meer herinneren wanneer hij voor het eerst in Green Oaks was geweest. Hij wist nog wel dat hij het plan had om een kijkje te gaan nemen wanneer hij toch ging spijbelen. Hij wist nog dat hij daar had willen lopen waar zijn vader had gewerkt. De fabriek was voor Kurt zo echt geweest dat hij zich niet kon voorstellen dat die geen spoor had nagelaten. Hij was er zeker van dat hij ergens in een hoek of een kelder wel wat zwart geworden gereedschap of een verroeste klep zou vinden. Later, toen hij al als bewaker werkte, had hij foto's gezien van rode plastic Wimpys en prehistorische supermarkten, maar hij had geen echte herinnering aan Green Oaks ten tijde van de opening – het was een van de vele blinde vlekken in zijn geheugen.

Kurts moeder had nog nooit een voet in het winkelcentrum gezet. Ze was nog steeds even gehoorzaam aan haar man als voorheen en behoorde tot het slinkende leger klanten van de paar overgebleven buurtwinkels. Die waren moeilijk bereikbaar omdat er geen bussen heen gingen, maar Pat liep de drie kilometer, langs Green Oaks, en trok haar geruite boodschappenkarretje achter haar aan de heuvel op. Kurt zag haar vanuit de bus soms op het winderige trottoir staan, ineengedoken onder de uitlaatgassen van het zware verkeer dat voorbijreed. De oude High Street was een spookstraat geworden. In de portieken van de dichtgetimmerde winkels hingen haarlaksnuivers en ciderdrinkers rond. Het bijna geheel uit ouden van dagen bestaande winkelende publiek was een gemakkelijke prooi voor tasjesdieven. De plaatselijke krant reserveerde elke week de voorpagina voor een gruwelijke close-up van een ingeslagen oud gezicht, paars en opgezwollen, bedekt met zwarte hechtingen, waterige ogen die de lezer vol woede aankeken. Pat was met haar vijfenvijftig waarschijnlijk de jongste bezoekster van High Street, en ze was de heldin van zowel de ouden van dagen als de winkeliers. Ze schreef brieven aan de krant en de gemeenteraad waarin ze de toestand van de straat uit de doeken deed. Ze drong er bij de politie op aan dat ze tegen de alcoholisten op straat optraden. Ze vergezelde doodsbange bejaarden tijdens het boodschappen doen of bood aan die voor hen te doen.

Kurts vader zat ondertussen thuis in zijn leunstoel, zich volkomen onbewust van de offers die voor hem werden gebracht. Door zijn hersenbloeding was hij verlamd geraakt en ogenschijnlijk ongevoelig. Niemand wist precies hoeveel hij meekreeg van de wereld om hem heen, als dat al het geval was. Hij liet niets merken, zat kaarsrecht in zijn stoel en staarde recht voor zich uit, maar hij straalde nog steeds de kracht en zwijgende meedogenloosheid van vroeger uit. Kurt vond zijn aanwezigheid angstaanjagend. Hij wist dat zijn vader wist wat voor werk hij deed. Hij voelde dat zijn vader verachting voor het stomme uniform voelde, voor het feit dat Kurt de hele dag rondliep zonder dat hij iets te doen had, afgezien van naar vrouwenkleren kijken en kinderen wegjagen. Zijn vader had zijn hele leven lang zwaar lichamelijk werk verricht, en waarvoor? Zodat zijn vrouw zich de drugsverslaafden en criminelen van het lijf kon houden terwijl ze op zoek was naar het goedkoopste stukje vlees en zodat zijn zoon voor een loon van vier vijfentwintig per uur langzaam gek kon worden van verveling.

Kurts aandacht werd weer getrokken door de lift. De man met de jampotglazen probeerde net te ontsnappen terwijl Blinde Dave zwaaiend met zijn stok naar binnen stapte en de deuren achter hen dichtschoven.

21

Ze deed de achteringang op slot en liep door de servicegangen terug naar het hart van het centrum. Het was laat. De computer had hoofdpijn of zoiets, hij wilde de omzet van die dag niet uitspuwen en en het was Lisa niet gelukt hem van gedachten te laten veranderen. 's Avonds koos ze nooit voor de steelse route, 's avonds wilde ze gewoon naar huis. Ze duwde een saaie grijze deur midden in een muur van saaie grijze stenen open en kwam aan de andere kant uit de spiegelende wand aan de westzijde van het winkelcentrum tevoorschijn.

De lichten waren gedimd, en toen ze bij de deur naar de klantenparkeerplaats aankwam, merkte ze dat die op slot zat. Ze keek om zich heen naar het halfverlichte winkelcentrum en voelde een vlaag van paniek. Ze was hier nog nooit zo laat in haar eentje geweest. Er klonk geen Radio Green Oaks, geen gezoem van zwoegende machines, er klonk helemaal geen geluid. Wel waren er onbekende hoeken en schaduwen, en de lucht voelde koud aan.

Ze wist dat er in de servicegangen nooduitgangen zaten. Ze had een vage herinnering aan een of andere ingewikkelde route naar de parkeerplaats die ze een keer samen met een paar collega's had afgelegd nadat ze nog tot laat op de avond aan het inventariseren waren geweest, maar ze kon zich niet herinneren hoe ze toen waren gelopen. Ze besloot terug te gaan naar de fontein waar de bewakers zich overdag vaak verzamelden. Hopelijk hield een van hen daar nu de boel in de gaten en kon ze hem vragen de deur voor haar te openen.

Ze liep langs de donkere etalages en zag binnen de wanorde die het gevolg was van koortsachtig winkelen: dunne topjes vertrapt op het tapijt, linkergympen die her en der op de grond lagen, lege chipszakjes in cd-rekken. Ze miste het onopvallende gepingel van ingeblikte muziek. Ze vroeg zich af wie eraan dacht die 's morgens vroeg aan te zetten en waarom die 's avonds weer werd uitgezet. Ze hoorde 's morgens graag muziek; dat maakte alles een tikje onwerkelijk. Ze wist dat ze zich beter zou voelen als ze nu ook muziek zou horen.

Ze kwam bij de fontein aan: nergens een bewaker te zien. Ze voelde dat er ergens van diep binnen in haar een vlaag angst opwelde en probeerde kalm te blijven. Ze dacht aan de toneelstukjes die ze 's morgens opvoerde en besefte dat ze erg verdacht overkwam als een bewaker haar nu zou zien, en was bang in beeld van een van de camera's te komen. Dan zou ze uitleggen dat de deur op slot zat, maar ze kon zich heel goed voorstellen dat ze haar niet zouden geloven en haar tas doorzochten omdat ze zouden denken dat ze helemaal niet van plan was te vertrekken, maar zich juist had laten insluiten met de bedoeling uit de winkel te stelen.

Lisa was er nu zeker van dat ze in de gaten werd gehouden; ze voelde zich zo zichtbaar dat ze er bang van werd. Iemand zat naar haar te kijken, maar ze kwamen haar niet helpen. Ze werd geobserveerd en beoordeeld. Ze liep terug naar de deur met het spiegelglas en besloot zelf de weg naar de parkeerplaats te zoeken. Ze wilde uit de buurt van de camera's zijn, onzichtbaar worden.

Veertig steeds wanhopigere minuten later zag ze de rug van een bewaker voor haar in de grijze gang om de hoek verdwijnen. Haar paranoia telde inmiddels zwaarder dan haar verlangen aan de doolhof te ontsnappen, en daarom hield ze even in, in de hoop hem ongezien te kunnen volgen naar een uitgang. Ze bleef een flink eind achter hem en liep met hem in de pas. Nu ze hem volgde, werd ze weer wat rustiger. Zijn silhouet deed haar aan haar broer denken. De angst ebde weg en ze had het gevoel dat ze alles weer meer in de hand had, dat ze meer leek op de gehaaide terrorist die ze elke morgen speelde. Zij was nu degene die keek.

Rond een uur of elf bleef Kurt plotseling staan en hield zijn adem in. Hij spande de spieren in zijn gezicht en spitste zijn oren. Hij probeerde meer te horen dan het zoemen van de tl-buizen, meer dan de zachte verre geluidjes van de ventilatoren, maar er was niets. Hij was in gedachten verzonken en kon niet zeggen hoe lang hij zich al van de aanwezigheid van een ander bewust was. Hij liep door, gedroeg zich zoals alleen iemand die denkt dat hij wordt gevolgd zich gedraagt. Hij dacht er geen moment aan om terug te lopen via dezelfde route als hij was gekomen; alleen al het idee was zo akelig dat hij het niet eens wilde overwegen. Hij wist dat hij op het knopje van zijn walkietalkie kon drukken en met Scott kon praten. Hij wist dat er iemand achter hem liep.

Hij draaide zich om en keek weer naar de grijze gang, maar er was niets te zien. Zich omdraaien was een slecht idee geweest. De aanblik van de lange lege gang had hem bang gemaakt. Hij wist dat die niet leeg was; iemand had zich daar verstopt. Hij liep door en probeerde zichzelf weer af te leiden met de gedachten waarin hij zo-even verzonken was geweest, maar het lukte hem niet. Hij bleef nog twee keer staan om te luisteren en te kijken, maar zonder resultaat.

Er gingen misschien nog drie of vier minuten voorbij voordat Kurt zich eindelijk omdraaide en 'Is daar iemand?' riep en vanachter de steunbalk een meter of twintig achter hem de jonge vrouw opdook, met een aap in een net pak uit haar tas bungelend.

22

Lisa kwam achter de balk vandaan. De bewaker leek van voren minder op haar broer; ze hadden alleen maar een gelijksoortige bouw. Hij leek zenuwachtig.

Ze wist niet goed wat ze moest zeggen, en daarom luidden de eerste woorden die ze na een korte stilte tegen hem zei: 'Ik ben verdwaald.' Ze begon uit te leggen wat er was gebeurd en dat ze had geprobeerd thuis te komen, maar ze viel stil toen tot haar doordrong dat hij niet naar haar luisterde, maar alleen maar naar de stoffen aap keek die ze aan haar tas had gehangen.

'Waar heb je die vandaan?' vroeg hij.

'Die heb ik in de servicegang gevonden. Hij zat klem achter een pijp. Misschien had ik hem moeten laten zitten. Ik vond hem er gewoon leuk uitzien...' Ze viel even stil en voegde er toen opgewekt aan toe: 'Hij draagt slobkousen.' Ze was zich ervan bewust dat dat gek klonk. Ze was in haar eentje zo bang geweest, en nu praatte ze veel te veel. Ze kende de bewaker vaag van gezicht. Hij stond nog steeds naar de aap te staren en zei niets.

'Je liet me nogal schrikken,' zei Lisa ten slotte. Dat leek hem uit zijn overpeinzingen te wekken.

'Sorry. Je hebt mij ook laten schrikken. Ik heb die aap al eerder gezien. Ik geloof dat hij van een klein meisje is. Ik heb haar een keer op beelden van de bewakingscamera's gezien. Misschien is ze daarna nog een keer teruggekomen. Misschien verstopt ze zich hier 's avonds wel – en heeft ze die aap bij zich.' Kurt viel stil, in gedachten verzonken. Na een paar tellen schraapte Lisa haar keel en nam hij weer het woord: 'Ik heb gewoon het idee dat ik beter mijn best had moeten doen om haar te vinden. Misschien zit ze in de problemen.' De bewaker deed zijn ogen dicht. Lisa keek naar zijn gezicht. Ze herkende zijn vermoeidheid, maar zag daarachter ook verdriet. Heel even vroeg ze zich af of hij soms in slaap was gevallen. Ze stak haar hand uit om zijn schouder aan te raken en hij deed zijn ogen open.

'Je moet haar gaan zoeken,' zei ze. 'Misschien is ze van huis weggelopen...' Ze zweeg even en dacht aan haar broer. Ze hoorde zichzelf zeggen: 'Ik wil je wel helpen. Misschien is ze minder bang voor een vrouw. We gaan haar zoeken, zodat we met haar kunnen praten. Dit is een vreselijke plek om alleen te zijn.'

Hij keek haar aan. 'Waarom zou je mij willen helpen?'

Lisa wist niet goed wat ze moest zeggen en sprak daarom de waarheid: 'Omdat ik hier al jaren de weg kwijt ben – en jij misschien ook – maar we haar wel kunnen redden.'

De bewaker bracht haar naar de uitgang.

Twee avonden later stond Kurt bij de fontein te wachten. Ze had verteld dat ze rond halfelf klaar was met werken. Hij had tegen Scott gezegd dat ze hem had gevraagd haar rond te leiden door de gangen, zodat ze niet opnieuw zou verdwalen.

Ze kwam aangelopen en ze liepen door de grijze gangen, zoekend naar een teken van menselijk leven, van de activiteiten van een kind. Kurt liep hier elke avond en wist niet goed wat ze konden verwachten: tekens die hun de weg zouden wijzen als in een sprookje, misschien een spoor van toffeepapiertjes. Lisa had een zak snoep bij zich en legde de zoetigheid op plekken waar ze dacht dat een kind het zou zien. Bij elk snoepje legde ze een briefje: 'Ik geloof dat ik je aap heb. Vraag bij Your Music naar Lisa.' Kurt was bang dat de andere bewakers de briefjes zouden vinden en een erotische betekenis zouden vermoeden, maar hij zei er niets over.

Ze voelden zich verlegen in elkaars gezelschap en hun gesprek verliep ongemakkelijk. Ze hadden het over het kind, over wie ze kon zijn en waarom ze zich hier verstopte. Kurt vertelde Lisa wat hij precies had gezien. Hun speculaties volgden een bepaald patroon; ze leken geen van beiden veel voor de grimmige werkelijkheid te voelen. Kurt zei dat het meisje misschien wel de aanvoerster was van een bende Dickensiaanse diefjes die in de ventilatieschachten woonden en de chique bezoekers van Green Oaks van hun zakdoeken en horloges beroofden. Lisa zei dat ze misschien wel een excentrieke steenrijke dwerg was die Green Oaks en talloze andere megawinkelcomplexen op de wereld bezat. Kurt opperde dat ze misschien wel te vondeling was gelegd in het winkelcentrum en door een troep ratten in de gangen was grootgebracht. Lisa merkte op dat het notitieboekje misschien aangaf dat ze gewoon een bijzonder hebzuchtig kind was dat dag en nacht aan uitgebreide verlanglijsten voor de kerst werkte.

Kurt begon zich een beetje te ontspannen. Het was vreemd om niet alleen rond te lopen, maar hij vond het wel fijn dat hij nu gezelschap had. Hij vroeg zich af wat Lisa van zijn schoenen vond; hij vroeg zich af of hij haar naar haar mening kon vragen.

Het was één uur toen ze bij de afdeling Afvalverwerking aankwamen. De gang kwam uit op een verzonken, op een hangar lijkende ruimte waar enorme vuilcontainers met al het afval van Green Oaks stonden. Overdag zwaaiden Eric en Tone hier de scepter. Ze hielden de containers nauwlettend in de gaten en verdeelden hun rijk in bizarre en piepkleine territoria waar verder niemand wijs uit kon worden. In de ene container verdween het plastic dat rond pakjes pinda's zat, maar niet-pindagerelateerd plastic ging in een andere; platte plastic verpakkingen moesten in de ene, bubbeltjesfolie in de andere; etensresten en zwerfvuil gingen meestal bij elkaar, net als hout en metaal, maar op sommige dagen betekende een wijziging in het beleid dat bij elkaar gooien een halsmisdaad was. Wat er wel en niet bij elkaar mocht worden gegooid, veranderde van dag tot dag, en het was heel goed mogelijk dat Eric en Tone maar wat verzonnen om zichzelf bezig te houden. Kurt bleef vaak even staan om een praatje met hen te maken wanneer hij zijn ronde deed, maar tijdens het babbeltje hielden Eric en Tone altijd een oogje op de winkelslaven die ijverig dozen en kratten van elkaar scheidden, zodat ze er zeker van konden zijn dat er geen regel werd overtreden.

Af en toe gooide een nieuwe of niet helemaal frisse werknemer van Green Oaks een ongeplette kartonnen doos, de standaard van een display of een vuilniszak in de eerste de beste container, met dramatische gevolgen. Tone had zelfs een bepaalde manier van fluiten om aan te geven dat er iets goed mis was. Ging het fout, dan pakten ze de overtreder beet, sleepten hem of haar met onnodig veel geweld terug naar de containers, en dan schreeuwde Eric keer op keer 'Waar ben jij godverdomme mee bezig? Wat ben jij verdomme aan het doen?' De overtreder eindigde samen met het onjuist weggegooide afval in de container en Tone wees met een gebaar dat nog het meest aan dat van Magere Hein deed denken zwijgend naar de plek waar het afval wél diende te worden gedeponeerd. Anderhalf jaar eerder was zo'n foutstorter erin geslaagd aan Eric en Tone te ontkomen en had hij zich ergens in de doolhof verstopt. Handgeschreven posters met GEZOCHT sierden nog immer de muren van de loods. Aan de woedende schetsen van een vluchtend, misvormd dwergachtig wezen was duidelijk te zien hoe ontvlambaar Eric en Tone waren, maar door gebrek aan enige gelijkenis met de menselijke gestalte waren de tekeningen als opsporingsmiddel vrij nutteloos gebleken.

Eric en Tone hadden naast de containers een soort bidonville opgetrokken dat bestond uit twee hoofdgebouwen en verschillende bijgebouwen, allemaal gemaakt van oude displays, kartonnen uitsneden van publiekstrekkers uit het verleden en op maat gesneden stukken tapijt. Ze zaten op van de vuilnis geredde stoeltjes voor hun hutjes, als boeren in een schommelstoel op hun veranda, en keken uit over hun rijk. Het was moeilijk voor te stellen dat Eric en Tone ook buiten de loods nog een leven leidden, maar elke avond om stipt zes uur vertrokken ze naar hun echte huizen en naar – en dit was nog moeilijker te geloven – hun gezinnen.

Het was laat en Lisa en Kurt hadden moeie voeten. Ze hadden geen van beiden verwacht bij de eerste poging het meisje al te vinden, maar ze hadden in elk geval een begin gemaakt. Misschien zou ze de briefjes van Lisa zien liggen. Misschien zou ze teruggaan naar waar ze vandaan was gekomen.

Kurt was wat rustiger geworden nu hij iets had gedaan. Hij ging naast Lisa op de geïmproviseerde veranda zitten, alsof hij het uitzicht wilde bewonderen, en zei: 'Misschien is ze wel terug naar huis gegaan.'

'Ja. Dat zou denk ik het beste zijn.'

'Het is overal beter dan hier.'

'Ik weet het niet... Wanneer je je thuis ongelukkig voelt, kun je waarschijnlijk beter ergens anders zijn.'

Kurt keek haar aan. 'Ben jij ooit van huis weggelopen?'

Lisa keek naar de grond. 'Ja, één keer.'

'Hoe oud was je toen?'

'Acht.'

Kurt vond niet dat hij mocht vragen waarom. 'Waar ben je heen gegaan?'

'Ik heb me in de tuin verstopt.'

'O... dus je was niet echt van huis weg.'

'Niet echt. De tuin was gigantisch en ik zat achter een heg, helemaal achterin. Ik had een boodschappentas vol sokken bij me.'

'Alleen maar sokken?'

'Ik was van alles vergeten. Ik wist dat je elke dag andere kleren moest aantrekken, maar ik wist niet meer welke dat waren.'

Kurt keek Lisa een tijdje aan en vroeg toen: 'Waren je ouders niet bezorgd?'

'Ze wisten niet eens dat ik weg was. Ik had een briefje neergelegd waarin ik uitlegde waarom ik was vertrokken, maar toen mijn moeder de tuin in liep om de was op te hangen, zag ze me zitten, nog voordat ze het briefje had kunnen lezen.'

'Waarom had je het gedaan?'

'O, omdat ze voor de tienduizendste keer koekjes van Viscount had gekocht, met pepermuntsmaak, in plaats van de echte YoYo's, hoewel ik al heel vaak had gezegd dat ik Viscounts niet lekker vond en dat ze niet hetzelfde waren.'

'Je bent weggegaan vanwege een paar koekjes?'

'Nee, niet vanwege de koekjes, maar vanwege waar ze voor stonden.'

'Waar stonden ze dan voor?'

'Verwaarlozing.'

'Dat klinkt niet best.'

'Weet je wat nog het ergste was?'

'Nee.'

'Het ergste was wat mijn moeder zei toen ze me zag.'

'Aha.'

'Er waren een paar sokken uit de tas gevallen, en toen ze dat zag, zei ze: "O, ga je met een paar vriendinnetjes picknicken?"'

'Dacht ze dat die sokken je vriendinnetjes waren?'

'Erger, ze dacht dat ik dacht dat die sokken mijn vriendinnetjes waren. Ze dacht dat ik echt zo dom was.'

'O jee,' zei Kurt.

'Inderdaad,' zei Lisa. 'Zullen we het nu over iets anders hebben?'

Diskjockey
Studio Radio Green Oaks

Shhhhh. Stil, schatje. We mogen hier 's avonds laat eigenlijk niet eens komen, maar ik dacht dat het leuk zou zijn om nu eens een rustig plekje op te zoeken. Voor een beetje privacy. Zodat we eens ongestoord kunnen babbelen.

Gek hè, dat je iemand nog maar net kent en toch al weet dat je met elkaar kunt opschieten? Dat voelde ik meteen toen ik je vanavond zag. Nee, zo bedoel ik het niet. Ik bedoel dat je vast goed kunt luisteren. Je hebt zulke lieve, vriendelijke ogen. Waarom moet je nu lachen? Ik meen het. Het is niet zomaar een versiertruc.

Ik ben niet altijd de stem van Radio Green Oaks geweest, weet je dat? Misschien ben je te jong om het te kunnen herinneren, maar ik heb vijftien jaar lang voor Radio Wyvern Sound gewerkt, al herinneren de meeste mensen me zich van mijn laatste acht jaar daar, toen ik Romantica *deed. Dat was een geliefd programma, elke werkdag tussen tien en twaalf uur 's avonds – misschien was dat toen te laat voor je. Op de ontbijtshow na was ik het best beluisterde programma, en naar geen enkele show bij Wyvern werd zo vaak gebeld als naar de mijne.*

'Wil je "The Air That I Breathe" van de Hollies voor mijn vriendin Sarah draaien, want ik hou meer van haar dan ik in woorden kan uitdrukken.'

'Kun je alsjeblieft "Alone Again (Naturally)" van Gilbert O'Sullivan opdragen aan mijn ex Jessica? Het is nu drie jaar geleden, Jessica, maar je moet weten dat ik nog steeds van je hou en op je zal wachten.'

'Ik wil "Reunited" aanvragen, voor mijn prinsesje Meena. Zeg tegen haar dat het nooit meer zal gebeuren en dat het me heel erg spijt.'

'Draai alsjeblieft "Close to You" voor David en zeg dat hij de enige is die de scherven van mijn gebroken hart kan lijmen.'

We kregen meer verzoeken dan we konden draaien. Zoveel zielenroerselen die rechtstreeks naar mijn koptelefoon gingen. Kun je je dat voorstellen? Misschien ben je te jong om dat te begrijpen. Ik was een bliksemafleider voor al die elektriciteit. Al die onzichtbare stromen die door de regio vloeiden en die ik allemaal opving. 's Nachts kon ik de slaap maar moeilijk vatten bij de gedachte aan alles wat daar buiten aan de hand was. Dan deed ik mijn ogen dicht en voelde het onregelmatige kloppen van al die verontruste harten. Maar mijn hart was niet verontrust, mijn hart was kalm, zo kalm dat ik begon te geloven dat ik misschien wel dood was.

Elke nacht droomde ik over een bepaalde plek... Weet je wat ik bedoel? Heb jij dat weleens gedroomd? Elke nacht droomde ik over een plek en ik wist dat die plek de dood was, en dan werd ik badend in het zweet wakker, op die klamme lakens, met een hart dat nog maar net luid genoeg klopte om me eraan te herinneren dat ik nog leefde.

De leiding van het radiostation vroeg zich af of ze Glenn Rydale van het weekend af moesten halen, zodat Romantica zeven dagen per week kon worden uitgezonden. Zelfs dat zou waarschijnlijk nog niet genoeg zijn om alle verzoeknummers te draaien – het leek wel een epidemie van gekwelde harten. Ik denk dat ik het enige kalme hart in Wyvern bezat.

En toen hield het allemaal opeens op, veel onverwachter dan ik ooit had kunnen denken. Twee weken. Dat is niet lang, hè? Binnen twee weken gingen we van zoveel verzoeken dat we er bijna onder bezweken naar helemaal niets. Vrijdag 11 maart 1983 – er belde helemaal niemand. Massale hartstilstand, een bizar infarct, tienduizend harten hielden op met kloppen. Ik probeerde ze te reanimeren, ik drukte op borstkassen, ik draaide liedjes die de doden nog aan het huilen zouden krijgen, maar het lijk was koud. De liefde was dood, en ik had me nog nooit zo levend gevoeld. Begrijp je wat ik bedoel?

Natuurlijk raakte ik mijn baan kwijt, maar binnen een paar maanden werd ik de stem van Green Oaks. Ik heb dat nooit als een stap terug gezien. Ik vertel de bezoekers van Green Oaks dat het weer lente is, ik vertel dat ze nog negenenveertig dagen tot aan Kerstmis hebben – dat heb je me waarschijnlijk weleens horen zeggen – en ik vertel dat we dit seizoen naar het Oosten kijken voor inspiratie – en ik voel me niet dood. Ik zeg dat ze twee maaltijden voor de prijs van één kunnen krijgen als ze vóór halfeen iets op het horecaplein bestellen, en heeft iemand zijn hart vandaag op een ongewone manier voelen kloppen? Ik vraag of ze ooit naar Romantica hebben gebeld om een plaat aan te vragen voor degene die nu naast hen staat, die ooit de enige was voor wie ze oog hadden maar die ze nu amper nog zien staan. Ik vraag of ze weleens dronken zijn geworden en de kroeg uit

zijn gelopen met een vent die twee keer zo oud was als zij, en of ze in slaap zijn gevallen met hun hoofd op zijn sluimerende schoot. Ik vraag of ze ooit aan de vele
voordelen van een Green Oaks-creditcard hebben gedacht en of ze zich afvragen
wat er met de liefde is gebeurd. Ik vraag dat allemaal, schatje, maar de antwoorden krijg ik nooit te horen.

23

Kurt vond dat hij er in het donkere glas van het kantoortje beter uitzag dan in het echt. Hij was bruiner, slanker. Hij draaide zijn hoofd van de ene kant naar de andere en probeerde zijn weerspiegelde gezicht vanuit een nieuwe hoek te zien, verder dan zijn blik reikte. Toen hem dat begon te vervelen, begon hij te spelen met een bolletje aluminiumfolie dat op zijn bureau lag. Dat was tijdens lange nachten een echte vriend. Hij was altijd wel tien minuten tot een kwartier zoet met pogingen het balletje in de prullenbak te gooien, of totdat hij er genoeg van had het telkens weer op te pakken. De uiteindelijke beloning was niet dat het balletje in de prullenbak viel, maar dat het zijn hand verliet in het onwankelbare besef dat het zijn doel zou raken. Het was geen groots gevoel, maar het was wel goed. Een stem in zijn hoofd die voor de verandering eens iets eenvoudigs als 'ja' zei.

Vorige week had hij nog een manier ontdekt waarop hij zich met de folie kon vermaken. Of niet echt vermaken, meer de tijd doden. Hij scheurde een klein stukje af en maakte er een piepklein balletje van, dat nog wel zwaar genoeg was om fatsoenlijk door de lucht te vliegen. Dan draaide hij zich, met zijn ogen dicht, om in zijn draaistoel en liet het kleine zilveren balletje op een bepaald moment los, zodat het door het stille, gestoffeerde universum van het kantoor kon zweven. Daarna was hij vervolgens minstens een uur bezig het ergens in de ruimte terug te vinden. Soms stelde hij zich voor dat hij op zoek was naar een neergekomen meteoor ('De spanning stijgt'), of naar een seriemoordenaar ('Het net sluit zich'), of naar een vermist kind ('Alle hoop vervliegt'). Vanavond voelde hij zich echter vermoeid en futloos en het balletje folie wist hem niet echt enthousiast te maken.

Hij zette de beeldschermen aan en keek naar de verschillende camerastandpunten. Er waren vierentwintig schermen die elk in staat waren acht standpunten weer te geven, zodat Kurt 's nachts ergens in maart om zeventien minuten over drie 192 verschillende stillevens van Green Oaks kon waarnemen.

De roltrappen stonden stil en overal, van de verlaten slagerswinkel in het souterrain tot de honderden stoelen die netjes op het horecaplein helemaal boven waren opgestapeld, hing hetzelfde vale schemerlicht. Niets levends: geen mensen, geen honden, geen vliegen, alleen ratten in de servicegangen, Scott buiten op de parkeerplaats en hij hier op zijn luxe leren draaistoel.

Hij zat net aan eenzaamheid te denken toen hij haar weer zag. Op scherm 6, bij de banken, waar ze de vorige keer ook had gestaan. Hij zoomde in, zonder haar uit het oog te verliezen. Hij was zo bang dat ze weer zou verdwijnen dat hij in zijn radio fluisterde: 'Scott, Scott.'

Scotts antwoord was luid en krakend. 'Zeg het maar, Kurt. Is de thee klaar?'

'Scott, het meisje. Ze is er weer. Ik zie haar op het scherm, tweede verdieping, bij de banken.'

'Meen je dat nou?'

'Ze staat daar naar de deur van de bank te staren.'

'Goed, dan ga ik even kijken wat er aan de hand is.'

'Ja, maar zachtjes aan, anders hoort ze je misschien en rent ze weg. Scott, laat haar niet schrikken.'

'Oké, hou haar in de gaten.'

Kurt zag vanuit zijn ooghoeken dat Scott over de schermen van de parkeerplaats terug naar het centrum liep. Door de verschillende hoeken en standpunten van de camera's bewoog hij zich hortend en schokkend voort. Soms leek hij dichter bij het meisje te komen, maar op het volgende scherm liep hij weer van haar weg. Ze had haar notitieboekje weer bij zich, en Kurt zag tot zijn verbazing dat de aap weer uit haar tas stak. Lisa had blijkbaar iets anders gevonden. Het meisje had iets bekends. Kurt wist dat hij haar al eens eerder had gezien. Misschien tijdens de dagdienst. Hij zoomde nog wat meer in, maar kreeg nog steeds geen duidelijk beeld van haar gezicht. Ze droeg een camouflagejas die te dik voor haar was, en ze oogde vastbesloten. Ze zag er niet uit als iemand die ergens voor op de vlucht was, maar Kurt vreesde voor haar lot.

De radio kraakte weer, en deze keer was Scott degene die fluisterde: 'Kurt, ik ben nu op de eerste, en ik denk dat ik maar beter de personeelstrap naar boven kan nemen, dan hoort ze me niet. Ik kom door de deur bij HSBC weer naar buiten.'

'Dat is prima, dan kom je vlak voor haar uit – mocht ze wegrennen, dan kun je haar nog te pakken krijgen.'

Kurt draaide de camera een heel klein beetje, zodat de spiegeldeur waardoor Scott tevoorschijn zou komen in een hoekje van de opname met het meisje te zien was. Hij had het gevoel dat hij haar in de steek had gelaten omdat hij haar de laatste keer niet had kunnen vinden, hij had het gevoel dat hij haar iets schuldig was; hij wilde haar helpen. Hij wachtte vijftien, twintig, dertig seconden, en toen ging langzaam de deur open en verscheen Scott vlak voor het meisje. Ze verroerde zich niet. Ze leek hem amper te zien, hoewel zijn bijna honderd kilo zware gestalte niet gemakkelijk over het hoofd te zien was. Kurt merkte dat hij zat te beven. Scott leek te aarzelen. Hij zette een paar stappen in haar richting en bleef toen staan. Kurt zag dat hij zijn radio naar zijn mond bracht en vroeg zich af waarom hij zijn tijd verspilde.

'Kurt, wat meer info graag.'

'Zeg eens wat tegen haar, wat dacht je daarvan?'

'Waar is ze? Ik bedoel, welke kant is ze op gegaan?'

'Ben je blind? Ze staat vlak voor je.'

Ten slotte liep Scott een paar meter naar voren, totdat hij op een paar centimeter afstand van het meisje stond, dat zich nog steeds niet had bewogen.

'Nou, daar heb je haar al. Vraag eens hoe ze heet, of alles in orde is. Ze lijkt aan de grond genageld.'

Maar Scott zei niets tegen het meisje. In plaats daarvan draaide hij zich om, alsof hij bang was dat hij zich te snel zou bewegen, hief zijn gezicht op naar de camera en zei: 'Er is hier niemand, man.'

24

Ze hield haar voet op het gaspedaal en liet de motor brullen, ook al stond het verkeer al minutenlang stil. De motor was erg gevoelig, bijna hysterisch, en vroeg voortdurend om bevestiging. De minste vermindering van druk op het gaspedaal betekende al dat hij zich zou terugtrekken uit de onderhandelingen en zou afslaan. Je moest hem op zijn gemak blijven stellen: zie je wel, er is genoeg benzine, hier heb je nog wat, en nog wat... weg van de afgrond. Daardoor werd remmen een crime. Lisa was een meester geworden in een soort haperend halt houden, waarbij ze haar voet snel liet wisselen tussen het rem- en het gaspedaal en de auto bij een hoog toerental liet afremmen.

Ze zag de gele klodder van de lichtreclame van Millennium Balti langzaam oplossen en langs haar voorruit naar beneden glijden. Hadden ze gisteren die ellenlange discussie over Terry-Thomas gevoerd? Of was dat eergisteravond geweest? Ze wist nog dat Matt bijna had gekrijst 'Dat is verdomme zonder koppelteken!' maar verder kon ze zich niet veel meer herinneren. Flarden van een gesprek over honden dat ze op de wc had gevoerd, maar ze wist niet meer met wie of waarom. Dan had op een bepaald moment gedaan wat hij als beste vriend van Lisa vond dat hij moest doen en zijn gebruikelijke preek over Ed gehouden: waarom verspilde ze haar tijd aan een luie leugenaar die vooral vol was van zichzelf? Dat was althans de rode draad die ze zich wist te herinneren. Ze verdedigde Ed altijd, maar wist nooit antwoord te geven op de vraag waarom ze met hem samen was. Nu merkte ze dat haar gedachten telkens afdwaalden naar de bewaker en hun nachtelijke wandeling door het centrum. De ruitenwissers veegden de uitlopende kleuren weg en Millennium Balti was weer in zijn oude glorie hersteld.

Ze zou geen whisky meer drinken. En omdat ze wodka en gin al eerder had afgezworen, betekende dat dat ze nu haar toevlucht zou moeten nemen tot exotischer drankjes als rum en cognac. Witte rum. Dat was toch niet zo raar, of wel? Een bacootje – een beetje begin jaren tachtig, dat wel, maar dat gaf niet. Hadden ze bij The Eagle wel Bacardi? Havana en The Eagle leken haar onverenigbaar.

The Eagle was een grote bungalow van beige baksteen, gebouwd in de jaren zestig, waar door middel van kathedraalglas en dunne balken was getracht de sfeer van een landhuis op te roepen. Die poging werd ernstig ondermijnd door de enorme adelaar in reliëf die de gevel van de kroeg domineerde en rechtstreeks uit het Derde Rijk leek te komen. Het was meer Berchtesgaden dan dorpscafé. Hier in de oranje achterkamer kon je altijd een groot deel van het personeel van Your Music aantreffen. Niemand anders leek de kroeg ooit te bezoeken. De plaatselijke bevolking was weggebleven zodra een goedkope keten van cafés een filiaal in Green Oaks had geopend. Het personeel van Your Music kwam er omdat het de enige kroeg binnen een straal van een kilometer rond het winkelcentrum was en omdat er een reusachtige en enigszins wonderlijke jukebox stond waarover ze konden ruziën. Professor Longhair en dan Esther Williams en de Louvin Brothers...

Een halfjaar geleden had Lisa in een zeldzaam moment van vastberadenheid besloten een lijstje te maken van dingen die nuttiger waren dan de hele avond in The Eagle zitten. Het luidde:

1 afspreken met vrienden die niet bij Your Music werken

2 een boek lezen

3 naar de film gaan

4 vrijwilligerswerk doen

5 me beter concentreren en onthouden wat ik bij het wakker worden denk maar meteen vergeet

6 een taart bakken

7 een ander kapsel nemen

8 een andere baan zoeken

9 bij ouders op bezoek

10 bruine vlek op keukenmuur weghalen waar ik altijd verdrietig van word

11 's avonds door de stad wandelen

12 foto's nemen

13 naar cd's luisteren die ik wel koop maar nooit afspeel

14 aan iets denken

15 met Ed praten

Maar elke avond na weer een klotedag op haar werk dreef een niet te onderdrukken dwang haar naar die oranje achterkamer om zich daar te verliezen in een waas van woorden en gezichten en alcohol. De kamer waar alles zo ontzettend grappig was en waar de tijd tien keer zo snel verstreek als gewoonlijk. Ze deed graag dingen samen met Dan. Niet, zoals Ed soms insinueerde, omdat er iets tussen hen was. Dan was haar oudste vriend en Lisa vond het prettig dat hij haar al had gekend toen ze nog niet bij Your Music werkte. Lisa had het gevoel dat Dan een betere versie van haar kende: iemand met interesses en ideeën en plannen. Alles wat goed was aan Lisa, of goed was geweest, was opgeslagen in Dans geheugen en moest nog worden overgeschreven door een nieuwere, blekere werkelijkheid. Omgekeerd gold hetzelfde. Ze hadden allebei hoge verwachtingen van de ander, zo niet van zichzelf.

Ed kwam nooit in The Eagle. Hij deed net alsof hij immuun was voor Dans afkeer, maar ging hem wel degelijk uit de weg, en Lisa wou dat hij gewoon een keer zou komen en aan Dan zou laten zien dat die het bij het verkeerde eind had. Ed bleef echter liever thuis om met zijn draaitafels te spelen of ging met zijn immer zonnebankbruine vrienden naar disco's die het soort blanke dansmuziek draaiden waar Lisa de pest aan had. En vanavond stond Lisa in de file, maar ze was in elk geval op weg naar huis en zou niet bij The Eagle uitstappen. Thuis, waar Ed, zo wist ze, niet was, en dat was niet erg omdat ze misschien wel een taart ging bakken of een vlek ging weghalen, en daarna kon ze nog ergens over nadenken.

Scott wilde niet meer met hem in de nachtdienst werken. Dat wilde eigenlijk niemand, op Gavin na. Scott was die nacht heel erg geschrokken. Hij wist niet zeker wat enger was geweest: op een paar centimeter afstand van een spook staan of nog vijf uur alleen met Kurt opgesloten te moeten zitten.

Het verhaal had al snel de ronde gedaan onder de andere bewakers en nu deed iedereen alsof Kurt zelf bezeten was. Kurt wist niet wat hij ervan moest denken. Hij was niet bang, maar wel van zijn stuk gebracht. Slechts twee mensen leken totaal niet onder de indruk van het incident (zoals het inmiddels werd genoemd): Gavin, zijn nieuwe maatje voor de nacht, en Jeff, zijn baas.

Jeff had gezegd dat Kurt een paar dagen vrij moest nemen. Volgens hem kwam het allemaal door oververmoeidheid: te veel nachtdiensten achter elkaar. 'Soms ben je zo moe dat je denkt dat je wakker bent, dan lijk je ook gewoon wakker, maar eigenlijk zit je gewoon te dromen. Mijn vrouw heeft dat ook. Ik heb haar weleens midden in de nacht op zien staan om het eten klaar te maken. Je kunt gewoon tegen haar praten, en ze lijkt helemaal wakker, maar je weet dat ze heel ver weg is. Laatst zaten we in bed heel normaal over onze verbouwing te praten toen ze opeens riep:

"Het was Wogan! Hij heeft al die erwtjes opgegeten, ik heb die gulzigaard wel gezien!" en pas toen besefte ik dat ze allang onder zeil was.'

Kurt begreep heel even hoe erg het leven voor de vrouw van Jeff moest zijn. Ze waren al anderhalf jaar met een aanbouw aan hun huis bezig. Jeff had het er zo vaak over dat Kurt heel goed begreep dat mevrouw Jeff haar toevlucht in dromenland zocht.

Jeff vervolgde: 'Het stelt allemaal niet zoveel voor. Je hebt gewoon zitten slapen, zitten dromen. Let maar niet op de anderen. Scott is een beetje van de kaart, dat is logisch. Ik word er soms ook bang van wanneer ze in de klerenkast naar een lamsbout staat te zoeken.'

En dus bleef Kurt een paar dagen thuis. Met tegenzin aanvaardde hij Jeffs theorie. De herinnering aan het kind dat hij nu twee keer had gezien had niets van de wazigheid of ongewone besef van tijd dat bij dromen hoorde, maar Kurt wist hoe bedrieglijk die konden zijn. In het verleden had hij droom en werkelijkheid vaker door elkaar gehaald; de artsen hadden gezegd dat dat wel meer gebeurde. De nerveuze opwinding die hij had gevoeld toen hij haar zag, had inderdaad een beetje aan een nachtmerrie doen denken. Het verontrustte hem dat dit soort dingen hem nog steeds overkwam. Hij vroeg zich af of hij zijn slaapproblemen van de afgelopen jaren wel echt had overwonnen. Hoe vaak had hij geslapen maar herinnerde hij zich dingen alsof hij wakker was geweest?

Thuis besloot hij te gaan doen wat hij zich eerder had voorgenomen, maar weer was vergeten: hij zou een andere baan gaan zoeken waar hij niet zo alleen was en niet in ploegendienst hoefde te werken. Hij was het zat zich in Green Oaks te verstoppen voor het echte leven. Dat was niet goed voor hem.

En dus bracht Kurt de nachten nu met Gavin door. Gavin was net zomin als Kurt 'een van de jongens': hij ging geen biertje drinken, hij zoomde niet in op de borsten van vrouwen, hij zei weinig en ging elke avond naar huis naar zijn vrouw. Gavin zag eruit alsof zonlicht hem niet bereikte. Zijn haar was dun en rossig en zijn huid was wit als melk. Zijn starende blauwe ogen deden Kurt aan Jerry Lee Lewis denken. Hij keek altijd alsof hij elk moment ofwel in woede kon uitbarsten ofwel iets heel gevats zou gaan zeggen, maar dat gebeurde nooit. Kurt had hem eigenlijk nooit iets horen zeggen tot die eerste avond dat hij met hem moest werken, en toen had Gavin heel veel gezegd. Kurt had zich afgevraagd of Gavin misschien zijn best deed om hem wakker en bij de les te houden. Maar Gavins zachte, amper hoorbare stem en keus van gespreksonderwerpen waren niet bepaald opwekkend te noemen, en Kurt had tijdens de monoloog van de eerste nacht twee keer zitten knikkebollen. Die monoloog werd de avonden daarop met erg weinig variatie op het thema voortgezet. Gavin kon uren blijven praten. Zulke nachten had Kurt nog nooit meegemaakt. De tijd tussen één en vier uur leek dagen te duren. Het maakte niet uit hoe lang hij over de parkeerplaats of door de servicegangen liep, hij wist dat Gavin in de controlekamer op hem zat te wachten, klaar om de volgende zachte, langzame marteling toe te dienen.

Gavin had één onderwerp, één passie, één niet-aflatende fascinatie: Green Oaks.

Kurt ontdekte dat Gavin al sinds de opening in 1983 in Green Oaks werkte. Hij leek zichzelf als een soort curator van het centrum te beschouwen: hij waakte over de geschiedenis, stofte de artefacten af. 'Ik ken al zijn geheimen,' zei Gavin soms, en dan balde Kurt zijn vuist rond een bolletje aluminiumfolie en besefte dat hij die na verloop van tijd ook zou kennen, maar hij wist nu al dat die geheimen niet de moeite van het kennen waard waren.

Kurt kreeg te horen dat Green Oaks een van de eerste moderne winkelcentra van het land was geweest en niet onder één noemer mocht worden gebracht met Arndales (wist hij wel hoeveel Arndale-centra er in het Verenigd Koninkrijk waren?) en Bull Rings, die tot een eerdere generatie behoorden. Hij hoorde dat dit centrum het eerste was dat op een voormalig fabrieksterrein buiten het hart van de stad was gebouwd en dat het ook nu nog dankzij de 140.000 vierkante meter het grootste van het land was. Hij vernam dat in de week voor Kerstmis gemiddeld 497.000 mensen het centrum bezochten. Hij hoorde dat de negentien liften 350 mensen tegelijk konden vervoeren en dat op een gemiddelde zaterdag slechts zes procent van de bezoekers uit ongeschoolde arbeiders bestond. Hij hoorde dat er honderdduizend kubieke meter chemisch afval van het terrein van de oude gasfabriek was afgevoerd. Hij hoorde dat Green Oaks achttien kilometer aan servicegangen telde, en, vlak voordat hij met zoveel feiten om de oren was geslagen dat hij in een algehele verdoving wegzonk, voelde hij een scherpe vlaag van ongeloof toen hij hoorde dat Gavin op een nacht door al die achttien kilometer gang was gelopen en de hele wandeling op video had vastgelegd. In de loop van talloze niet van elkaar te onderscheiden nachten moest Kurt vaak denken aan Gavin en zijn murw gebeukte vrouw die vier uur lang naar opnamen van grijze gangen zaten te kijken, waarbij Gavin af en toe het beeld stilzette om commentaar te geven op zijn favoriete stukje.

Soms praatte Gavin over Green Oaks alsof het een levend wezen was. Alsof het staal, het beton en de mensen bij elkaar iets vormden wat groter was en met ontzag moest worden bezien. Gavin had kopieën van de oorspronkelijke bouwtekeningen, hij had foto's waarop de veranderingen, aanpassingen en verbouwingen in het centrum waren vastgelegd. In de nabije toekomst wilde hij die per se een keer in de centrale hal tentoonstellen. Wist Kurt waarom? Nee, dat wist hij niet, omdat niet veel mensen wisten dat Green Oaks in oktober 2004 drieëntwintig jaar oud zou worden. Niet veel mensen leek dat iets te kunnen schelen. Niet veel mensen kenden al zijn geheimen.

25

Lisa zat in Crawfords draaistoel en zag als een berg op tegen het komende halfuur. Er werd op de deur geklopt en Steve kwam binnen, de wispelturige easy listening-inkoper. Het was moeilijk iemand te bedenken die nog minder bij dit genre paste.

Steve: Lisa, heb je nu tijd om even met me te praten?

Lisa: Ja, Steve. Mike valt voor je in bij de kassa.

Steve: Gaat dit over wat er laatst is gebeurd?

Lisa: Ja, inderdaad.

Steve: Goed, goed. Nou, geef me maar een standje of zo, dat heb ik verdiend. Ik wil mijn baan niet kwijtraken. Ik werk hier hard, ik hou mijn afdeling netjes, maar sommige van die lui, Lies, die spelen een spelletje met ons, weet je wat ik bedoel? Ze nemen ons in de zeik.

Lisa: Ja, ja, dat weet ik. Maar je moet het je niet zo persoonlijk aantrekken.

Steve: Het zal niet meer gebeuren.

Lisa: Nou, dat weet ik nog zo net niet. Het was dan wel de eerste keer dat je echt een klant sloeg, maar het was niet de eerste keer dat je je het bloed onder de nagels vandaan liet halen.

Steve: Ik heb hem niet geslagen. Dat probeerde ik ook aan die zak uit te leggen, maar hij liep al te krijsen dat hij was mishandeld. Ik zei nog: 'Man, als ik je had mishandeld, had je er wel anders uitgezien.'

Lisa: Steve, hoor nu eens, we kunnen er lang of kort over praten, maar feit is dat je in het verleden niet altijd even ontspannen met klanten om bent gegaan, daar moeten we geen doekjes om winden. Vind je ook niet?

Steve: Weet je, Lisa, ik wil best meewerken. Zoals ik al zei, ik hou van mijn werk. Ik vind het fijn dat ik nu met jou mag babbelen en niet met Crawford. Ik weet dat je hem hebt moeten bepraten om te voorkomen dat hij me ter plekke zou ontslaan. Maar ik ben het niet echt met je eens. Ik zou mezelf eerder 'ongewoon meegaand' willen noemen.

Lisa: Steve, we hebben vaak genoeg tussen de middag samen pauze, en dan zit je soms wel een uur lang stoom af te blazen. Kun je je die vent van vorige week nog herinneren?

Steve: Er waren er vorige week zoveel. Elke week verschijnen hier ik weet niet hoeveel kerels die allemaal iets aan Steve duidelijk willen maken.

Lisa: Inderdaad. Nou, ik heb het over die vent die op zoek was naar die cd van Ray Connif.

Steve: O ja, ja, dat bedoelde ik dus.

Lisa: Nee, dat bedoel ík dus. Er was niets bijzonders aan de hand, alleen jij reageerde nogal paranoïde.

Steve: Lisa, hij hield me in de gaten, hij zag dat ik die cd uit het schap haalde en in het krat met retouren legde. Hij zag dat ik dat deed en dat ik daarna nog een paar honderd andere cd's erbovenop legde, en toen zag hij dat ik met die zware krat naar de lift liep en bleef hij nog wachten... en toen ik daar eenmaal stond, met armen die begonnen te trillen omdat dat krat zo zwaar was, toen vroeg hij me of we misschien *The Happy Sound of Ray Connif* van Ray Connif hadden.

Lisa: Steve, ik heb die deuk in de muur van de kantine wel gezien. Je vat het allemaal veel te persoonlijk op. Je moest je knokkels laten verbinden nadat je...

Steve: Ja, nadat ik de muur een stomp had verkocht, en niet hem. 'Ongewoon meegaand.'

Lisa: Het wijst op vreselijk veel agressie, Steve.

Steve: Hoor eens, Lisa, ik kan je nog wel het een en ander over die vent vertellen. Ik zal je vertellen wat er is gebeurd. Ik zweer het je, ik heb hem niet aangevallen. Hij kwam naar me toe en zei dat ik hem waarschijnlijk toch niet zou kunnen helpen, dat het tijdsverspilling zou zijn, maar hij was al jaren op zoek naar een bepaald liedje – dat moet je even onthouden, Lisa, 'al jaren' – een liedje dat zijn vader altijd voor hem zong, telkens weer dezelfde regel. Zijn vader is al jaren dood, en nu wil hij dat liedje voor zijn moeders tachtigste verjaardag kopen, want hij wist dat ze graag het hele liedje eens wilde horen, maar hij wist niet hoe het heette. Dus ik denk nog: aardige vent, die wil zijn moeder een plezier doen. Ik zeg: 'Dus u weet niet van wie het is, of hoe het heet', en hij zegt: 'Nee, ik weet alleen maar die ene regel.' Dus ik zeg: 'Nou, laat die dan maar eens horen,' en hij zegt: 'Die luidt: "Mr. Saturday Dance."'

Lisa: Oké.

Steve: Nou, Lisa, en nu komt het. Dit is de reden dat ik zo gek op mijn werk ben, dat ik er zoveel om geef. Hij had dat aan wie dan ook in de winkel kunnen vragen, of desnoods aan iedereen in heel Green Oaks, en niemand had het geweten. Maar ik wist het meteen. Ik wist niet alleen welk liedje het was, maar ook dat hij het mis had, omdat ik die ene regel ook altijd verkeerd heb verstaan. Het is niet 'Mr. Saturday Dance' maar 'Missed the Saturday Dance'. Snap je?

Lisa: Het zegt mij niets.

Steve: Geeft niet, de meeste mensen kennen het niet. Maar ik ben anders dan de meeste mensen. Ik hou van mijn afdeling, het is het genre waarmee ik ben opgevoed. Dus ik zeg tegen hem: 'Dat liedje heet "Don't Get Around Much Any More", en het is door verschillende artiesten opgenomen. Ik geloof dat we de versie van de Ink Spots op voorraad hebben.' Ik zal het je eerlijk zeggen, ik vond mezelf toen echt wel briljant. Die vent zoekt 'al jaren' naar dat liedje. Zijn moeder zal helemaal uit haar dak gaan. Dus ik pak die cd van de Ink Spots, die staat inderdaad achteraan. En nog goedkoop ook, voor maar vijf negenennegentig. Helemaal goed. Ik geef die vent de cd en hij zegt: 'Zoveel, voor één liedje?' Snap je wat ik bedoel? Niet: 'Bedankt' of: 'Nu kan mijn moeder als een gelukkig mens sterven', maar: 'Zoveel, voor één liedje?'

Lisa: Aha.

Steve: Dus ik zeg: 'Het is niet één liedje, maar een hele plaat. Misschien vindt uw moeder die andere liedjes ook wel leuk', en hij zegt: 'Als het een zwarte groep is? Dacht het niet.'

Lisa: Zwarte groep? Fijn.

Steve: Inderdaad. Dan vraagt hij: 'Heb je er geen singletje van?' Hoor je wat ik zeg? Een halve minuut geleden hing zijn complete geluk nog af van het vinden van dat liedje, en nu wil meneer een single. Dus ik zeg, uiterst kalm: 'Nou, dat liedje is uit 1937, en we voeren geen singles uit die tijd.' En dan begint hij te zieken. Hij lacht, zo'n beetje schamper, en zegt: 'Nou, zo'n megawinkel zijn jullie dan dus ook niet.' Dat is toch niet te geloven, Lisa? Werd hij gestuurd om me een hak te zetten of zo? Dus ik geef toe, ik was een beetje uit het veld geslagen, maar–

Lisa: Een beetje uit het veld geslagen? Meer niet?

Steve: Ja, dus ik geef hem die cd en zeg: 'Neem deze nu maar mee naar de kassa', en die vent zegt: 'Voor die prijs? Dat is gewoon diefstal!' Dus ja, toen duwde ik die cd misschien een beetje tegen zijn borstkas aan – nou ja, iets daarboven misschien, meer in de richting van zijn gezicht – en zei ik, mogelijk iets dwingender: 'Koop hem.' En toen begon hij van alles over mishandeling te roepen en over mijn zogenaamde bedreigende manier van doen te zeiken.

Lisa: Aha. Steve, dat snap ik allemaal best, maar ik ben bang dat het tijd wordt om iets anders te gaan doen.

Steve: O nee, Lisa, alsjeblieft niet. Stuur me niet het magazijn in. Ik ben niet zoals zij.

Lisa: Toe nou, Steve, dan heb je even geen klanten om je heen. Het zal je goeddoen.

Steve: Lisa, ik ben anders dan die debielen daar. Ze kunnen niet eens praten, ze wauwelen maar wat, het is net *One Flew Over the Cuckoo's Nest*. Ik kan goed met mensen omgaan, ik ben de koning van de klanten. Zet me niet in het magazijn.

Lisa: Sorry, Steve, ik kan er ook niets aan veranderen. Het is maar voor een halfjaartje. Hou je maar rustig, het gaat vanzelf voorbij. Ik kom je wel opzoeken.

Steve: O, God sta me bij.

Kurt begon zijn nachtdienst met een patrouille door de belangrijkste gangen van het centrum. Hij had Gavin in het kantoortje achtergelaten, waar hij naar de ruis op de radio kon gaan zitten luisteren. Toen het Kurt voor het eerst was opgevallen dat Gavins radio eigenlijk alleen maar ruiste, nam hij aan dat er iets mis mee was en had hij gezegd dat Gavin een andere moest pakken. Maar Gavin had beweerd dat er niets mis mee was. Sindsdien had Kurt Gavin vaker in het kantoortje zien zitten, volledig verdiept in wat hij blijkbaar in die ruis hoorde.

Nu Kurt met Gavin moest samenwerken, dagdroomde hij steeds meer. Gavin had zijn gespreksonderwerpen onlangs uitgebreid met het thema historische Europese architectuur, maar daardoor ging de tijd niet sneller. Gavin had een jaar eerder een rondreis langs kastelen en kerken in Duitsland gemaakt, en terwijl hij belangrijke details over monumenten en gebouwen spuide, voelde Kurt zijn wil tot leven wegebben. Kurt probeerde ruimte in zijn hoofd te maken waar hij zich kon verstoppen voor de vloedgolf aan feiten. Soms dagdroomde hij dat hij onzichtbaar was, of dat Gavin alleen in zijn verbeelding bestond; vorige week had hij zich af zitten vragen hoe lang hij Green Oaks tijdens een belegering zou kunnen verdedigen. Die fantasie bleek zo'n rijk gedetailleerde afleiding en zo goed bestand tegen Gavin dat hij zich nu elke avond tijdens het patrouilleren verloor in berekeningen en voorspellingen, en zelfs ook wanneer Gavin vanaf zijn draaistoel statistische feiten ten beste gaf. Elke avond voegde hij iets nieuws aan het plan toe, en elke avond duurde het weer iets langer om het plan door te nemen.

Verdedigen kostte heel veel tijd. Alle ingangen moesten worden afgesloten, anders zou de belegering binnen een paar uur voorbij zijn. Hij wist niet zeker of het mogelijk was binnen één nacht alle mogelijke routes af te sluiten, maar hij moest maar aannemen dat dat zo was. Op de een of andere manier zou hij zich van Gavin moeten ontdoen: die zou van zijn luie gat moeten komen en om een of andere dringende reden naar de parkeerplaats moeten worden gestuurd. Een belegering met Gavin in het gebouw was bepaald geen aanlokkelijk vooruitzicht en Kurt bedacht graag manieren om van zijn collega af te komen. In de grote bouwmarkt zou hij alles kunnen vinden wat hij nodig had om ingangen, ventilatieschachten en brandtrappen af te sluiten of van dodelijke boobytraps te voorzien. In gedachten bracht hij uren door met het bevestigen van ingewikkelde vallen aan de grote draaideuren, waarbij Gavin telkens als menselijk proefkonijn diende. Camera's moesten anders worden ingesteld om de mogelijke toegangswegen in de gaten te kunnen houden. Er zou vrede in de vallei heersen. Stilte op het horecaplein. Van alle 140.000 lege vierkante meters zou er eentje worden ingenomen, op die kleine oppervlakte zou Kurt beginnen aan fase twee van zijn plan. Fase twee was een burgeroorlog waartoe Kurt de aanzet zou geven. Hoe kon het centrum zichzelf op de meest meedogenloze wijze om zeep helpen? Hij probeerde manieren te bedenken waarbij elk product en elk levenloos voorwerp in het centrum zou bijdragen aan zijn eigen vernietiging. Hij zou weken, of misschien wel maanden of jaren opgesloten in Green Oaks bezig zijn met het opzetten van een enorm dominoschema waarvan de implosie van het centrum de uiteindelijke bekroning zou vormen. Nee, geen domino, eerder een reusachtige, op schaal nagebouwde versie van een muizenval. Een kettingreactie die duizenden kleine gebeurtenissen met elkaar verbond: kleren doordrenkt met alcohol, stoelen op een brandstapel, de etalagepoppen in de ovens van de bakkerijen. Kurt zou zo snel hij kon in zijn onberispelijke maar inmiddels allerminst modieuze kleren naar de uitgang rennen, voordat alles afgelopen zou zijn.

Hij liep net over het grote binnenplein, over het detailhandelsarmageddon fantaserend toen hij Lisa onder de zakkende rolluiken van Your Music vandaan zag kruipen. Hij bleef even staan en zag haar met een grote sleutelbos worstelen. Hij vroeg zich af of hij iets tegen haar moest zeggen en besloot dat toen te doen.

'Hallo.'

Lisa schrok een beetje en draaide zich om. 'Ik hoorde je niet. Krijg je soms speciale zachte schoenen wanneer je als bewaker werkt?'

Kurt schudde zijn hoofd. 'Nee, die krijg je niet. Ik heb deze zelf gekocht.' Bezorgd keek hij naar zijn schoenen en vroeg: 'Lijken ze op het soort schoenen dat je gratis van je baas zou krijgen?'

Lisa keek ook naar de schoenen. 'Ik ben bang van wel, ja.'

'Zien ze er goedkoop uit?'

'Eh, ja. Sorry.'

'Dat was niet bepaald de indruk die ik wilde maken.'

'Waren ze duur?'

'Nee, ze waren spotgoedkoop, maar ik vond dat ze er duurder uitzagen.' Kurt leek van zijn stuk gebracht.

Lisa probeerde van onderwerp te veranderen. 'Ik heb gehoord dat je dingen ziet.'

'O, dus dat weet je al.'

'Iedereen weet het, geloof ik.'

Kurt voelde zich terneergeslagen. Hij had gedacht dat hij zich laatst, toen hij haar de weg naar buiten had gewezen, tamelijk hoffelijk had getoond en dat hij tijdens hun zoektocht een goede indruk op haar had gemaakt. Dat idee was hem wel bevallen.

'Maar die aap dan? Is dat geen bewijs dat ze echt bestaat?' vroeg Lisa.

'Tja, die valt een beetje in het niet tegenover Scotts verklaring dat er niemand voor hem stond. Ik denk dat de meeste mensen dat overtuigender vinden dan de aap. Het is gewoon toeval. Misschien barst het in die gangen wel van de knuffeldieren, wie zal het zeggen? Het meisje was er niet; ze was gewoon een droom.'

'Maar was je wakker?'

'Nee.' Kurt wou dat hij er niets over hoefde te zeggen. 'Ik dacht dat ik wakker was, zo gedroeg ik me ook, maar ik sliep. Ik heb slaapproblemen.'

'Ben je nu wel wakker? Of ben ik een droom?'

'Dat is moeilijk te zeggen.'

'Kun je het me laten weten als ik opeens vleugels krijg of Russisch begin te praten?'

'Dat is goed. Kunnen we het nu over je sokkenvriendinnen hebben?'

Lisa glimlachte.

Kurt was net op weg terug naar het kantoortje geweest om een boterham te pakken, maar toen hij aan Gavin dacht, vroeg hij: 'Heb je honger?'

'Na mijn werk heb ik altijd honger.'

'Moet je meteen naar huis?'

Ze dacht aan Ed die voor de tv een pizza zat te eten, aan de lucht van salami die in huis hing. Ze schudde haar hoofd.

'Kom maar met mij mee.' Kurt ging haar voor naar het grote binnenplein. Ze namen de roltrap naar de derde verdieping, die voornamelijk bestond uit eettentjes rond een centraal zitgedeelte: een vide of een plein of een terras – hoe je het noemde, hing af van de periode waarin je voor het eerst in Green Oaks was geweest. Toen ze naar boven gleden, vond Lisa het centrum bijna mooi. De enorme hallen, het schemerlicht, de stille bewegingen van de roltrappen; het had bijna iets magisch. Ze legde haar hoofd in haar nek, keek door de glazen panelen van het plafond naar de zwarte hemel boven hen en zag de knipperende lichten op de vleugels van een langzaam passerend vliegtuig.

Kurt wees op een camera en fluisterde: 'Lach even naar Gavin, hij zit naar ons te kijken.'

Toen ze op de bovenste verdieping aankwamen, vroeg hij: 'Waar heb je trek in? Japans, Italiaans, Thais, Mexicaans?'

Lisa glimlachte en vroeg: 'Doe je dit elke nacht?'

'Nee, ik heb het nog nooit gedaan. Ik heb er nog nooit eerder aan gedacht. Normaal gesproken heb ik boterhammen met sardientjes bij me en luister ik naar Gavin die het over de verschillende glazeniers in de geschiedenis van Green Oaks heeft.'

Lisa keek hem aan. De eerste mede-eter van sardientjes op brood die ze ooit had ontmoet – eerlijk en open, zonder de gewoonte om dingen voor zich te houden.

'Wat denk je ervan?' vroeg hij.

Ze dacht even na. 'Waar zouden we een broodje gebakken ei kunnen vinden?'

Hij glimlachte en liep naar de eerste keuken om de ingrediënten bij elkaar te zoeken.

Tien minuten later zaten ze met hun broodjes aan het enige verlichte tafeltje, omringd door opgestapelde stoelen en duisternis. Kurt had een chocolademilkshake voor Lisa gemaakt, maar de verhoudingen klopten niet en ze kreeg hoofdpijn omdat ze zo hard aan het rietje moest zuigen.

Uiteindelijk hield ze ermee op en zei: 'Ik moet telkens aan panda's denken. Ik zag gisteravond een programma over panda's op tv en dat was zo deprimerend.'

'Hoezo?'

'Nou, ze hebben een vreselijk leven, toch? Ze moeten hun hele leven zoeken naar blaadjes en bamboe, maar ze hebben er niets aan als ze dat eten omdat ze het niet kunnen verteren, en ze hebben helemaal geen energie. Ze moeten gaan liggen en uitrusten. Ik word er al verdrietig van als ik erover praat. Ze zijn zo... verloren. Ze wijden hun hele bestaan aan een zinloze bezigheid die ze doodmoe maakt.'

'Dat klinkt bekend.'

'Weet je, ik denk dat het me daarom zo depressief maakt. Ze verspillen al hun tijd aan zoeken naar bamboe terwijl ze meer aan een Mars zouden hebben.'

'Soms stel ik me voor dat ik het onderwerp van een of andere natuurdocumentaire ben. Dat ze zitten te kijken hoe ik mijn hele leven door lege gangen loop en aan afgesloten deuren voel. Ik probeer me het commentaar voor te stellen. Ik denk dat ze er niets van zouden begrijpen.'

Ze zwegen een paar minuten en toen voegde hij eraan toe: 'Weet je, ook als ik niet aan natuurdocumentaires denk, heb ik nog steeds het gevoel dat ik word bekeken. Snap je wat ik bedoel?'

Lisa dacht aan hoe zij zich elke ochtend voelde wanneer ze door de gangen vol camera's liep. 'Ja, soms heb ik dat ook.'

Kurt aarzelde even en zei toen: 'Soms word ik hier bang in mijn eentje. Ik heb het gevoel dat ik in de gaten word gehouden, niet alleen door de camera's en door Gavin. Misschien wel door dat meisje, of door mezelf, dat weet ik niet. Het is gewoon een gevoel dat ik heb. Ik voel me er eenzaam door, alsof iemand afstand van me houdt. Die kijkt wel naar me, maar komt niet dichterbij.'

'Heb je dat gevoel altijd?' vroeg Lisa.

Kurt dacht er even over na en besefte dat hij zich niet zo voelde nu hij hier met haar zat te praten. Ze wachtte op een antwoord, maar hij kon het niet zeggen. In plaats daarvan glimlachte hij, schudde zijn hoofd en zei: 'Kom, dan gaan we taart stelen.'

Onbekende man
Unit 300-380 Marks & Spencer

Zo brengen we tegenwoordig de zondag door. Het is zo'n beetje traditie geworden. Eerst een paar uur lang in bed de krant lezen, en dan gaan we hierheen. Er staat altijd wel iets in de krant: een recensie van een boek, of een cd, of een recept. Zelfs de stukjes die niet op een advertentie lijken, blijken advertenties te zijn. Het zijn niet echt kranten meer, maar eerder catalogi. Maar goed, dat is dus onze missie voor de zondag. Naar Green Oaks om te halen wat we nodig hebben. Misschien zien we dan meteen nog iets wat we willen hebben. En dan naar huis, lekker wat eten, naar de nieuwe cd luisteren, de eerste bladzijden van het nieuwe boek lezen – en weer een weekend voorbij. Altijd een kleine missie, daarna een kleine beloning. Vandaag hebben we niets gevonden wat we willen hebben. We zijn bij alle leuke winkels geweest, maar er was niets wat echt onze aandacht trok. Maar het regent, dus wat kunnen we anders doen? Thuis naar elkaar gaan zitten kijken? Vroeger vlogen we 's zondags altijd tegen de muren op. Godzijdank dat er koopzondagen zijn.

Ze staat nu naar buitenlands brood te kijken en trekt weer dat gezicht, alsof ze wil zeggen: Ik ben eigenlijk doodongelukkig, en dat is jouw schuld, maar ik doe mijn best om het niet te laten merken. Ze doet altijd alsof ze hierboven staat, alsof ze ons leven zinloos of leeg vindt en ik dat niet begrijp. Natuurlijk begrijp ik het. Ik begrijp alles van haar, van ons. Ik ken haar en zij kent mij niet. Ik hou van haar.

26

'My Heart Will Go On', ten gehore gebracht op panfluiten uit een synthesizer, sijpelde uit de luidsprekers. Kurt zat in het café in BHS op zijn zus Loretta te wachten. Zijn schoot deed pijn van de hete thee die bij het inschenken langs de theepot was gelopen. Zijn elleboog rustte in een plasje gesteriliseerde melk dat uit de plastic fles was geschoten toen hij die had geopend. Hij at een stuk koude, kleverige appeltaart die twee vijftig had gekost, en de korst voelde als iets doods in zijn mond. Zijn verwachtingen waren echter laag, en de minderwaardige werkelijkheid kon de luxueuze belofte van 'middag' en 'thee' niet bederven. Net als de acht à tien andere eenzame bezoekers van het café had hij het gevoel dat hij zichzelf verwende.

Hij zag Lottie, zoals ze bij voorkeur werd genoemd, doorgaans één keer per jaar, wanneer hun paden zich tijdens de feestdagen bij hun ouders thuis ongemakkelijk kruisten. Kurt wist dat zijn moeder verlangde naar de hechte band uit hun kinderjaren, maar hem kon het eigenlijk niet zoveel schelen. Zijn zus was in haar tienertijd vervreemd geraakt van haar familie, en hoewel ze zich onlangs, na de geboorte van haar zoontje, weer met haar moeder had verzoend, was het tussen haar en Kurt nooit meer zoals vroeger geworden.

Kurt had zich kwaad gemaakt over Loretta's opstandige pubergedrag, niet alleen omdat het zijn ouders met vreselijk veel zorgen had opgezadeld, maar ook omdat het zo cliché was. Hij was teleurgesteld geweest toen hij had gemerkt dat zijn oudere zus ontzettend egoïstisch en dom was. Het was alsof ze op haar veertiende verjaardag een handleiding had gelezen en daarna elk punt op het afgezaagde lijstje van opstandig tienergedrag had willen afvinken. Ze was een soort punk-volgens-het-boekje geworden, tien jaar nadat alle andere punks het loodje hadden gelegd. Ze had het gebruikelijke kapsel genomen, op de gebruikelijke plekken gaatjes laten prikken, ze had oplosmiddelen gesnoven, ze had geld uit de portemonnee van haar moeder gestolen, ze was met elke jongen in de wijk naar bed geweest en ten slotte op haar zestiende het huis uit gegaan om te gaan samenwonen met een man van dertig die zichzelf Spit noemde. Kurt had hem maar één keer gezien. Spit was Loretta op een avond komen ophalen, en hun moeder, die gek werd van de zorgen en heel graag deed zoals het hoorde, had gevraagd of hij binnen wilde komen voor een kop thee. Spit was op de bank gaan zitten, waarop hij en Kurt senior elkaar twintig minuten lang hadden zitten aanstaren terwijl Pat opgewekt bleef babbelen, alsof Joanie en Chachi even langs waren gekomen voordat ze een hamburger gingen halen en het niet Loretta en Spit waren die hun best deden elkaar met hun sigaretten brandwonden te bezorgen. Toen Pat ten slotte niet langer in staat was het trillen aan de linkerkant van het gezicht van Kurt senior gezicht te negeren, had ze getracht Spit rechtstreeks bij het gesprek te betrekken. Af en toe had ze nerveus naar de witte plastic fles gekeken die aan een ketting rond zijn nek hing. 'Spit, hoe zit dat met je ketting? Wat zit er in die fles?'

Zonder zijn blik van Kurt senior af te wenden, antwoordde hij: 'Kots.'

Op dat moment was Kurt senior, alsof hij op dit antwoord had zitten wachten, opgestaan uit zijn stoel en had gebruld: 'Mijn huis uit!'

Gek genoeg waren Loretta en Spit (of Mark, zoals hij zichzelf tegenwoordig noemde) nog steeds bij elkaar. Ze waren met elkaar getrouwd toen Lottie zeventien was, werkten allebei in de IT, hadden hagedissen als huisdieren, keken graag naar *Buffy* en *Deep Space Nine* en hadden qua kleding een voorliefde voor goedkope gothic.

Kurt snapte niet waarom Loretta met hem had willen afspreken. Er was geen sprake meer van onenigheid, maar ze hadden de ander niets meer te zeggen omdat ze inmiddels vreemden voor elkaar waren. Het zou geforceerd aanvoelen om hun band nu nieuw leven in te blazen en ze hadden er geen van beiden de moed voor.

Toen Kurt eindelijk merkte dat zijn elleboog nat was, kwam Loretta net aangelopen. Ze zag hem de melk uit zijn mouw knijpen.

'Ik vond dat je moest weten dat ma gisteren is overvallen. Ze liep net door High Street toen een of ander lijmsnuivertje probeerde haar tas weg te grissen, maar ze hield die stevig vast. Hij heeft haar tegen de grond geslagen en bleef schoppen totdat ze losliet. Ze wilde niets tegen ons zeggen, dat snap je wel. Ze wilde niet dat we ons zorgen zouden maken. Ik kwam gisteren toevallig even langs om te vragen of ze mee wilde naar de film, en toen zag ik hoe ze eraan toe was.'

Kurt voelde dat zijn maag zich omdraaide toen hij aan zijn moeder met een blauw oog dacht.

'Ik vroeg me af of jij misschien met haar kunt gaan praten, kunt proberen haar over te halen niet meer daarheen te gaan. Ze denkt dat het niets zal veranderen, ze wil daar haar boodschappen blijven doen. "Ze zullen echt niet winnen," zegt ze, alsof het een spelletje is. Waarom gaat ze in die gribus boodschappen doen als Green Oaks om de hoek ligt? Het slaat nergens op.'

Kurt staarde naar zijn thee, dacht aan zijn moeder, wou dat hij nu bij haar kon zijn. 'Als ze zou willen, zou ze wel hierheen komen. Maar ze komt niet, uit respect voor pa. Hij ervaart Green Oaks als een belediging.'

Loretta keek verbaasd. 'Pa heeft geen idee wat er om hem heen gebeurt. En hoezo, belediging? Hij heeft ons verboden hierheen te gaan, maar daar heeft hij nooit echt een reden voor gegeven.'

Kurt voelde de ergernis die hij altijd voelde opwellen wanneer Loretta zich niet in het standpunt van een ander kon verplaatsen. 'Het is ook niet logisch, er is geen reden voor. Het is een gevoel, hij is gekwetst. Zo voelt hij het, en dat beïnvloedt ook de manier waarop ma en ik ernaar kijken. Soms vraag ik me af of hij wel beseft wat ik hem heb aangedaan door hier een baan te nemen.'

Loretta keek Kurt lange tijd aan en nam toen pas weer het woord. 'Op mijn veertiende ben ik voor het eerst in Green Oaks geweest. Dat was toen nog maar een paar maanden open, en ik vond pa's verbod maar belachelijk, het sloeg nergens op. Hij gedroeg zich altijd als een vader van een eeuw geleden, als de morele ruggengraat van de hele wijk, en hij was er altijd als de kippen bij om ons op de vingers te tikken als we iets verkeerd deden. Ik was bang voor hem, maar op mijn veertiende begon ik ook een eigen mening te krijgen, en ik zag er geen kwaad in.

Dus in de vakantie stak ik op een dag de straat over en liep hier naar binnen. Ik was vroeg, zodat ik geen buren zou tegenkomen. Het was nog doodstil, het was kort na openingstijd. Ik kon gewoon niet geloven dat er zoveel winkels waren, dat we al die luxe vlak om de hoek hadden. Het was alsof er opeens een ruimteschip voor de deur was geland. Ik weet nog dat ik uren naar een rozewit gestreept jasje in de etalage van Clockhouse heb staan kijken. Dat wilde ik zo graag hebben. Ik dacht echt dat mijn leven zou veranderen als ik dat jasje zou hebben. Ik stond er zo lang naar te kijken dat mijn blik wazig werd, en op gegeven moment merkte ik dat ik naar mijn spiegelbeeld in plaats van dat jasje stond te kijken, en toen zag ik pa achter me. Hij stond met zijn rug naar me toe. Hij droeg de overall van een schoonmaker en was de vloer aan het dweilen.'

Kurt staarde haar met een wezenloos gezicht aan.

'Hij werkte daar, Kurt. Hij werkte daar als schoonmaker. Hij heeft nooit een baan in een fabriek aan de andere kant van Birmingham gevonden. Toen Green Oaks openging, kon hij daar een baan krijgen, net als de meeste vrouwen en een handjevol mannen uit onze buurt.'

Kurt kon het niet geloven. Dat kon niet waar zijn. 'Pa heeft in Green Oaks gewerkt? Als schoonmaker?'

'Ja, jarenlang. En wat maakte dat uit? Waarom probeerde hij dat te verbergen? Ik bedoel, wat maakt het uit of je in een fabriek aan de lopende band staat, of schoonmaker bent, of bankdirecteur, of putjesschepper – waarom zou je op het een wel trots kunnen zijn en op het ander niet? Hij had altijd heel vreemde ideeën over "echte mannen" en "vrouwenwerk" en zo. Dat besefte ik toen ook wel, maar op je veertiende denk je nog dingen te kunnen veranderen. Je denkt dat je kunt zeggen: "Daar heb ik geen zin in", en dat dat zal helpen. Ik had zo met hem te doen. Ik wilde gewoon tegen hem zeggen dat het niet erg was. Maar goed...' Loretta haalde haar schouders op. 'Zo zag hij het niet. Ik weet nog dat hij me zo stevig bij mijn pols pakte...' Haar stem stierf weg, ze was verzonken in haar herinneringen.

Kurt zat vol vragen. 'Waarom heb je niets tegen me gezegd?'

'O... Hij zei dat hij het niet zou kunnen uitstaan als we hem zouden uitlachen en dat hij voorgoed de benen zou nemen als ik iets tegen jou of ma zou zeggen. Heel overdreven. Ik heb nooit iets gezegd, maar ik vond zijn misplaatste trots steeds belachelijker worden. Ik vond hem belachelijk en probeerde hem steeds vaker uit zijn tent te lokken. Eigenlijk ben ik best dankbaar, ik heb geluk gehad. Hij was niet langer iemand die ik moest proberen te behagen, hij wierp niet langer een schaduw over me. Ik had niet langer het gevoel dat mijn leven, of ikzelf, niets voorstelde.'

Kurt zei: 'Arme ma...'

Maar Loretta onderbrak hem: 'Maak je over haar nu maar niet

druk. Ik denk dat ze er een hele tijd geleden al achter is gekomen. Alleen iemand die zo blind en koppig is als pa denkt zoiets geheim te kunnen houden. Ik weet dat ze zich zorgen maakt over jou. Ze denkt dat je hem aanbidt, dat je beschermd moet worden. Ze probeert te voldoen aan het beeld dat je van haar hebt, het beeld van een liefhebbende, dappere echtgenote – en natuurlijk heeft dat ervoor gezorgd dat ze is beroofd. Ze is bang dat hij jou heeft teleurgesteld, en jij bent bang dat je hem hebt teleurgesteld, en ik vind het allemaal maar een lachertje. Je leeft in een droom, Kurt, en het wordt tijd dat je wakker wordt.'

'Hoi, Lisa, kom binnen. Ik heb Dave gevraagd of hij je even kon missen, zodat we met elkaar kunnen babbelen. Zoals je weet, breng ik vandaag een bezoekje aan de winkel om te kijken hoe het team het maakt en of alle neuzen nog dezelfde kant op staan, maar ik wilde ook van de gelegenheid gebruikmaken om met jou van gedachten te wisselen.

Even tussen jou en mij: ik weet dat de winkel in Fortrell binnenkort een advertentie voor een bedrijfsleider wil plaatsen, en hoewel ik weet dat Dave je liever hier zal willen houden, denk ik dat dit misschien het goede moment is om aan de toekomst te denken. Ik zal er nu niets meer over zeggen, maar ik wil je wel laten weten dat je alleen verder kunt komen en een eigen winkel kunt runnen als je weet waar het allemaal om draait. Dat moet je goed beseffen.

Wacht even, ik weet wat je denkt: Ik ben nu assistent-bedrijfsleider. Is bedrijfsleider echt heel anders?

En ja, dat is dus echt heel anders. We hebben het over een andere planeet, over een andere kijk op zaken, en dat wil ik je nu even duidelijk maken. Als je verder wilt komen, zul je voor heel veel nieuwe uitdagingen worden gesteld, dan zul je een team een nieuwe weg in moeten leiden. En als je stevig in het zadel wilt zitten, zul je de juiste instelling moeten hebben. Je zult een nieuwe pet op moeten zetten, snap je wat ik bedoel?

Zoals je weet, verzorg ik de nodige trainingen voor het bedrijf, en een van de eerste dingen die je als trainer leert, is dat je je trainees nooit met feiten om de oren moet slaan. Als je te veel jargon gebruikt, ben je ze zo kwijt. Als trainer mag je niet vergeten dat de mensen die je moet opleiden helemaal niets van management weten. Dat betekent niet dat ze dom zijn, of dat ze niet pienter genoeg zijn om het te begrijpen, het is eerder... onwetendheid. Ze hebben er nooit eerder bij stilgestaan, ze doen gewoon hun werk. Ze hebben al ik weet niet hoe lang voortgeploeterd. Wat ik wil zeggen, Lisa, is dat ik geen voorkennis van je verwacht. Ik ga je niet overvallen met termen die je niet begrijpt of met ideeën die je toch niet binnen een dag kunt doorgronden, oké? Wat ik wel wil doen, is even twee belangrijke concepten met je doornemen, maar ik ga daar iets voor gebruiken wat we een "gedachteplaatje" noemen – sorry, jargon! Een gedachteplaatje is, in wezen, een manier om een complexe boodschap te vereenvoudigen. Dat idee is al eeuwenoud, denk maar aan Jezus in de Bijbel. In bepaalde opzichten was Jezus ook een soort manager. Een teamleider. Iemand die op mensen viste.

Goed, het eerste plaatje noemen we "De ladder", en daarmee kun je evalueren waar je bent en waar je heen wilt. Ik wil dat je nu even je ogen dichtdoet en aan een ladder denkt. Zie je een ladder voor je? Geen metalen keukentrapje met vier of zes treden – sorry, dat had ik even moeten zeggen. Ik hoop niet dat je daar nu aan denkt, want daar hebben we niets aan. Ik bedoel een lange, hoge ladder, maakt niet uit met hoeveel sporten. Stel je nu voor dat je op die ladder staat. Je kunt de onderkant niet zien, en de bovenkant ook niet, maar je staat ergens op die ladder. Onder je zie je Jim, de teamleider, en onder hem zie je Matt, en daaronder nog heel veel anderen, met waarschijnlijk de nieuwste uitzendkracht helemaal onderaan. En vlak boven je, een paar sporten hoger, staat Dave, en boven hem staat Gordon, en boven hem zie je nog een paar mensen staan die je verder niet herkent, oké? Goed, dit is het gedachteplaatje dat jij en ik samen hebben gemaakt. Nu laat ik dat plaatje bij je achter. Ik ga het niet voor je uitleggen. Ik wil dat je er een paar dagen over nadenkt, over die ladder, en als we elkaar dan volgende week weer spreken, zullen we het misschien over iets heel anders hebben, misschien over de voetbalcompetitie in de derde klasse, en dan zeg ik opeens: "Ladder" en dan ga jij me vertellen hoe je dit plaatje verder hebt uitgewerkt, oké?

Goed, dan kun je nu je ogen weer opendoen, Lisa, doe ze maar open. Mooi, dan ga ik nu iets tekenen en dan mag jij zeggen wat je erin ziet, oké? Daar gaan we dan, zeg maar wat je ziet. Garnaal? Een garnaal? Zoals bij de Chinees? Nee, Lisa, dit is geen garnaal. Ik zal je vertellen wat het is, het is een helikopter. Het is helemaal geen garnaal. Ik wil dat je went aan het idee van een helikopter, want het zal niet lang duren voordat je hier elke dag in zult rondvliegen. Nee, nu niet meteen opgewonden worden, zo goed betaalt het ook weer niet. Aha, je snapt het al, dit is ook weer een gedachteplaatje. Ik weet niet of je ooit in een helikopter hebt gezeten, maar ik wel, en ik kan je vertellen dat je vanuit een helikopter een heel andere kijk op de wereld hebt dan vanaf de grond, snap je dat? Je kunt in je eigen kleine minikopter afdalen naar de werkvloer, en vanaf jouw hoogte kun je je mensen aansturen op een manier die zij niet kunnen begrijpen omdat zij vastzitten op de grond. Ik wil dat je daarover gaat nadenken.

Goh, dat is heel wat voor vandaag, hè? Je ziet eruit alsof het nu wel genoeg voor je is. Kom, dan gaan we een paar klanten blij maken.'

Mysteryshopper
Parkeerplaats West

Winkelcode 359. Filiaal Birmingham-Centrum

Volledig verslag aan de hand van bijgevoegde controleformulieren. Ik heb de winkel midden in de week om ongeveer kwart over elf 's morgens bezocht. Na betreden van winkel binnen zestig seconden personeelslid waargenomen. Personeelslid was in gesprek met klant. Drie leden van het kassapersoneel stonden aan de kassa kleine rij klanten te bedienen. Heb circa vijfentwintig minuten door de winkel gelopen, maar werd gedurende die periode door geen enkel personeelslid benaderd. Heb uiteindelijk zelf personeelslid benaderd met de vraag waar ik de herentruien kon vinden. Personeelslid glimlachte beleefd, maar wees in richting van de betreffende afdeling in plaats van mij persoonlijk naar de afdeling te begeleiden. Hij verzuimde eveneens te vragen of hij me ergens anders mee van dienst kon zijn. Stomme zelfingenomen nicht. Heb me met gebreide trui naar de kassa begeven. Werd bij de kassa niet begroet door de caissière, die de transactie bijzonder kort hield. Ze vroeg niet of ze het kassabonnetje in de tas mocht doen. Ze bedankte me niet voor mijn klandizie. Ze gaf niet aan dat ze hoopte me snel weer te mogen begroeten. Stomme trut. Klanttevredenheidsscore: 27%.

Restaurantcode 177. Filiaal Halesowen, knooppunt A147

Volledig verslag aan de hand van bijgevoegde controleformulieren. Heb restaurant midden in de week om circa halféén 's middags bezocht. Bij binnenkomst begroet door glimlachende serveerster die me binnen zeventien seconden naar tafel bracht. Ze gaf me een menu en verzekerde me ervan dat ze 'binnen een paar minuten' de bestelling voor een drankje zou komen opnemen. Zesenzeventig seconden later keerde genoemde serveerster terug en nam bestelling voor dubbele whisky op. Vroeg tevens of ik iets te eten wilde bestellen of dat ze later terug moest komen. Ik koos ervoor meteen te bestellen. Serveerster deelde me enthousiast en kundig mee wat de dagschotels waren. Ik koos een à la carte-gerecht, waarna de serveerster zich ervan verzekerde dat ik op de hoogte was van elke mogelijke combinatie van hoofd- en bijgerechten. Ze zorgde er tevens voor dat ik tijdens dit hele gesprek tegen haar tieten aan zat te kijken. Serveerster keerde binnen zeven minuten en vijfendertig seconden terug met de gerechten. Ze zette het bord op de juiste wijze neer, bood me een uitgebreide selectie aan sauzen aan, glimlachte en wenste me smakelijk eten. Twee minuten en vijftig seconden later keerde ze terug met de vraag of alles naar wens was. Ik deelde mede dat de maaltijd naar wens was, maar dat mijn pik erg stijf en pijnlijk was, en of ze daar misschien even naar wilde kijken. Binnen zevenentwintig seconden was een bewaker ter plaatse, die me binnen nog eens vijftien seconden uit het pand verwijderde. Geen van de leden van het personeel sprak de wens uit me snel weer te mogen begroeten. Klanttevredenheidsscore: 95%.

Kroegcode 421. Filiaal ringweg Quinton

Volledig verslag aan de hand van inmiddels zoekgeraakte controleformulieren. Rond halftien 's avonds midden in de week kroeg betreden. Naar bar gelopen, maar elf minuten lang zei geen enkele lul hallo, lachte of keek me ook maar aan. Ten slotte aangesproken door dikke zak die niet lachte. Zak nam mijn bestelling op, maar stelde me niet op de hoogte van assortiment borrelhappen en vroeg evenmin of hij me ergens mee van dienst kon zijn. Zat aan vuile tafel met volle asbak, omringd door de lelijkste koppen die God ooit heeft geschapen. Geen enkel personeelslid zag dat ik openlijk inhoud van meegebrachte heupfles in glas bier goot. Tijdens tweede of derde bezoek aan bar vroeg niet-lachende zak of ik dacht dat ik genoeg had gehad. Heb daarna herentoilet aan onderzoek onderworpen. Toilet was halfuur eerder nog gecontroleerd door personeelslid genaamd Tracey, maar trof desondanks een allerminst uitnodigende omgeving om van te braken aan. Door afwezigheid van mijn gebruikelijke partner, het ondankbare secreet, was ik gedwongen tevens damestoiletten te controleren. Boven wastafel waren overal op de wand sigaretten uitgedrukt, en door kotsvlekken zag spiegelbeeld er eng uit. Twee portiers werkten me binnen drie minuten het pand uit. Heb voor vertrek personeel en klanten medegedeeld dat ze geen flauw idee hebben wat klanttevredenheid betekent en dat ik van plan was de hele teringkeet in de fik te steken. Klanttevredenheidsscore: 0%.

27

Toen het pakje kwam, bleek het geen pakje te zijn, maar een platte envelop. Ze herkende het handschrift van haar broer, maar ze zag dat het geen bandje was. Ze wachtte een hele tijd voordat ze de envelop openmaakte en probeerde niet te hopen dat die een brief, woorden, een stem bevatte. Ze pakte een mes en sneed de envelop open.

Lieve Lisa,

Ik merk dat mijn stem een beetje kraakt wanneer ik na al die tijd tegen je probeer te praten.

Ik vraag me af hoe je er nu uitziet. Dat vraag ik me heel vaak af. Heb je nog steeds dat piekhaar? Ben je nog steeds 's morgens tussen negen en elf bezig elk haartje met gel en kammen te bewerken totdat het precies zo zit als je wilt? Ik denk het niet. De tijd tikt door, of dat zou althans zo moeten zijn.

Ik zit vandaag ziek thuis. Heb vorige week een ongelukje op het werk gehad en mijn voet gebroken. Ik zie door het raam een prachtige boom in bloei staan, met op de achtergrond een strakblauwe lucht. Ik blijf er maar naar kijken.

Het is bijna twintig jaar geleden, Lisa, weet je dat?

Ik weet niet wat je van me denkt. Ik weet niet eens of je deze brief wel zult lezen, of dat je hem meteen weg zult gooien. Je vindt me vast een lafaard, of nog veel erger. Ik ben niet lang genoeg gebleven om daarachter te komen. Ik denk dat ik het nu nog steeds niet wil weten.

Het is een hele tijd geleden dat ik voor het laatst aan de gevoelens van anderen heb gedacht. Ik denk dat ik me daar op een bepaald moment voor heb afgesloten... Ik weet niet, ik geloof dat ik me vroeger anders voelde.

Ik lijk altijd alleen maar aan mezelf te denken, en dat is nog een reden waarom ik beter weg kan blijven: ik ben gewoon geen aardig mens, Lisa.

Ben je getrouwd? Ben je met iemand van wie je houdt? Ik hoop het maar. Ik hoop dat je gelukkig bent. Ik hoop dat ik je nooit ongelukkig hebt gemaakt. Ik heb een paar jaar met een vrouw samengewoond. Een aardige vrouw die Rachel heette. Ze was lief en zorgde voor me. Ze zei dat ze van me hield. Ik zei dat ik ook van haar hield. Maar ik denk dat ik haar daar niet van heb kunnen overtuigen (daar lijk ik moeite mee te hebben, om mensen ergens van overtuigen). We zijn inmiddels uit elkaar en ik vraag me af in hoeverre dat aan het verleden ligt.

Ik denk er steeds vaker aan nu ik hier naar die witte bloemen zit te kijken, naar de zwarte takken en de blauwe hemel. Ik kan me nog die tijd herinneren toen de politie iedereen verhoorde, toen het heel erg was en de blikken van mensen allemaal hetzelfde leken te zeggen; toen dacht ik: over twintig jaar kijken we hierop terug en dan moeten we erom lachen. Nou, het is nu bijna zover, en ik merk dat ik dat telkens weer denk en me afvraag wanneer ik me anders zal voelen.

Soms denk ik dat het tijd is om terug te komen en onder ogen te zien waarvoor ik ben gevlucht. Soms word ik 's morgens wakker en denk: vandaag ga ik naar huis. Maar de moed zinkt me altijd in de schoenen.

Deze brief gaat nergens heen, hè? Hij zwabbert net zo als ik de laatste tijd. Ik wilde je alleen maar laten weten dat ik je graag zou willen zien, maar ik ben bang. Jarenlang heb ik geprobeerd het verleden te begraven, maar het lijkt niet te werken. Ik hoop dat je geen hekel aan me hebt, Lisa.

Liefs,
Adrian

Kurt liep de bibliotheek uit en besloot de acht à negen kilometer terug naar huis te voet af te leggen. Het regende de hele weg behoorlijk hard, maar hij wilde de aanval van de druppels voelen. Toen hij thuiskwam, ging hij met zijn jas nog aan op de grond in de woonkamer liggen en vulde het kleine vertrek met de geur van buiten en nattigheid. Zijn doorweekte kleren deden hem beven. Zijn gedachten schoten alle kanten op.

Loretta's verhaal over haar verboden bezoek aan Green Oaks had een lang geleden begraven herinnering in zijn gedachten zwakjes doen oplichten. Hij was in het café blijven zitten en had de rest van de middag koude, te lang getrokken thee zitten drinken, zich afvragend wat die herinnering precies inhield.

Telkens wanneer Kurt iets uit zijn geheugen probeerde op te diepen, had hij het gevoel dat hij blindemannetje aan het spelen was en dat iemand heel ergerlijk 'warm', 'warmer' of 'nee, ijskoud' riep terwijl hij aarzelend om zich heen tastte. Op een keer had hij een kruiswoordpuzzel gemaakt en kon hij maar niet op het woord 'peloton' komen, hoewel hij er uren over had zitten piekeren. Telkens wanneer hij de mogelijkheden in gedachten doornam, had hij 'gloeiend heet' gehoord wanneer hij aan de letter c dacht. Toen hij eindelijk wist welk woord hij moest hebben, kon hij bijna niet geloven dat het niet met een c begon. Hij walgde van zijn eigen verstand en wist niet zeker of dat gewoon gemeen of dom was.

Hij wist dus dat zijn geest hem zelden tot een plotseling inzicht liet komen. Bij hem was het eerder een langzame archeologische opgraving. Vandaag in het café was de herinnering stukje bij beetje in al zijn verontrustende en onaangename details boven komen drijven. Maar zelfs toen hij het zich kon herinneren, verbond hij de herinnering niet met zijn dromen over het meisje op het beeldscherm. Pas nadat hij in de bibliotheek in het archief van de krant had gekeken en de foto had gezien, besefte hij dat Kate Meaney door zijn dromen waarde.

Terwijl hij daar op de kale grond lag, werd zijn geest overspoeld door herinneringen. Hij zat weer aan de keukentafel in het huis waar hij was opgegroeid en zag voor het eerst haar naam.

Hij had haar in Green Oaks gezien. Hij had gemerkt dat zij, net als hij, haar best deed niet op te vallen. Ze probeerde eruit te zien als een kind dat een goede reden had om niet op school te zitten, een kind dat in gezelschap van een volwassene was. Het was hem opgevallen dat ze onopvallend de nabijheid zocht van grote mensen die naar etalages keken en zorgvuldig achter hen aan liep. Kurt was onder de indruk geweest: ze leek geoefend in onzichtbaar zijn. Hij had die ochtend alle volwassen blikken voelen branden. Hij was net op weg naar de uitgang toen hij haar zag. Het was het bezoek aan Green Oaks geweest waarnaar hij zo had uitgekeken, maar hij vond het niet leuk; het was te overweldigend, te riskant. Hij haastte zich terug naar de fabrieksterreinen, waar niemand hem zou zien. Hij was blijven staan toen hij haar had gezien en was even naar haar blijven kijken. Hij had beseft dat volwassenen haar niet zagen omdat ze zo druk bezig waren. Ze zag er niet verdwaald uit, vond Kurt, en ook niet zenuwachtig: ze kwam gedreven, doelbewust over. Er stak een speelgoedaap uit haar tas en ze maakte aantekeningen in een boekje, terwijl ze ondertussen een oogje op iemand verderop hield. Kurt volgde haar blik en zag nog net de rug van een man tussen de spiegeldeuren verdwijnen. Ze keek op en zag Kurt kijken. Haar blik was ondoorgrondelijk; die zei iets, maar Kurt wist niet of het een vraag of een waarschuwing was. Hij vatte het als een waarschuwing op en ging er snel vandoor.

De foto die een paar dagen later op de voorpagina van de krant had gestaan, had niet echt veel op haar geleken – in een jurk leek ze op een klein meisje – maar hij had het gezicht herkend. ONZEKERHEID OVER LOT VERMIST KIND. Zijn moeder stond met haar rug naar hem toe, en hij had voorzichtig de krant half onder zijn stripboek geschoven. Hij bleef zijn Sugar Puffs verdrinken terwijl hij ondertussen vanuit zijn ooghoeken het artikel las:

Kate Meaney is afgelopen vrijdag voor het laatst gezien, toen ze op weg was naar het toelatingsexamen van de vooraanstaande Redspoon School. Daar is ze echter nooit aangekomen. Een woorvoerster van Redspoon heeft bevestigd dat het vermiste meisje geen opgaven heeft ingeleverd. Haar grootmoeder, de weduwe Ivy Logan (77), heeft het kind vrijdagavond als vermist opgegeven. De politie heeft buurtonderzoek verricht en is rondom het huis van Kate en Redspoon, waar het examen werd gehouden, een zoekactie gestart, waarvoor zich tevens verschillende vrijwilligers hebben aangemeld.

Kurt las die zin nog een paar keer. Waarom zochten ze daar? Anderen moesten haar toch ook in Green Oaks hebben gezien? Hij kon niet de enige zijn geweest.

Hij kon onmogelijk toegeven dat hij had gespijbeld. Alles leek beter dan dat zijn vader zou ontdekken dat hij had verzuimd én ook nog eens in Green Oaks was geweest. Kurt wachtte totdat iemand zou melden dat hij haar die dag in Green Oaks had gezien. Hij probeerde te vergeten dat hij de enige was die haar had gezien. Hij probeerde de blik te vergeten die ze hadden gewisseld: de geheime, zwijgende taal van kinderen. De pers besteedde al snel geen aandacht meer aan de kwestie. Het meisje kwam niet uit een doorsneegezin; ze was niet echt geschikt materiaal voor een kruistocht van de sensatiekranten. Haar verdwijning zat

Kurt dwars, hield hem bezig, misschien niet zoveel als zou moeten, en hij dacht er zeker niet zo vaak aan als aan het gezicht dat zijn vader zou trekken wanneer die hoorde dat zijn zoon spijbelde om Green Oaks te kunnen bezoeken, maar tijdens die week toch vaak genoeg om hem dwars te zitten wanneer hij naar *Superstars* keek of tikkertje aan het spelen was. Toen hij op dag acht las dat een buurman van het meisje voor verhoor op het bureau was ontboden, praatte hij zichzelf aan dat hij net de politie had willen inlichten, dat hij net dapper had willen doen en zichzelf had willen opofferen en de gevolgen had willen aanvaarden, maar nu hoefde dat niet meer: er werd een man verhoord; iedereen wist wat dat betekende. Er werd niemand gearresteerd, er werd geen lichaam gevonden, of misschien was dat hem wel ontgaan. En in de maanden daarna legde hij geen enkele keer verband tussen zijn geheim en het gevoel dat het huis hem in de gaten hield. Hij was er vrij zeker van dat hij te jong was om te beseffen wat hij had gedaan. Vrij zeker dat dit geen verstrekkende gevolgen zou hebben. Vrij zeker dat hij in de jaren daarna rustig zou slapen, zonder te worden geplaagd door vreemde dromen.

28

De middag was rustig. Na de drukte van de lunchpauze werd het stil, en voordat de laatste editie verscheen, was er tijd om voorraden aan te vullen, retour gestuurde kranten uit te zoeken en je af te vragen of er tot aan het volgende bezoek aan de bank nog genoeg wisselgeld in briefjes van vijf pond was.

Soms ging er wel een uur voorbij zonder dat er een klant kwam. Meneer Palmer hield zichzelf bezig. Hij zou zijn tijdschriften eens anders neerzetten. Niemand kocht die oude bladen nog. *Woman's Own* en *My Weekly* stonden onaangeroerd in het schap. Cockney Dennis van de groothandel had hem verteld dat de groei in mannenbladen zat.

Meneer Palmer had naar de omslagen gekeken en opgemerkt: 'Zoiets heb ik nog nooit verkocht.'

'Hoe bedoelt u?' zei Dennis. '"Zoiets"? Het zijn geen vulgaire blaadjes, hoor. Dit is eigentijds spul, gewoon leuk, voor jonge kerels.'

'Ik geloof niet dat de dames het leuk zouden vinden. Ze komen langs voor hoestbonbons, kruidensnoepjes, pepermuntjes – ik kan ze toch niet helpen met zoiets op de toonbank?'

Meneer Palmer keek door het glas in de winkeldeur naar het zwerfvuil dat door de wind in kringetjes werd rondgeblazen. Dat gaf altijd aan dat er regen kwam. Vandaag konden de tijdschriften hem niet zoveel schelen. Hij ging zitten en keek naar de rondtollende chipszakjes. De laatste tijd kon niets hem veel schelen. Hij vergat telkens zijn boterhammen mee te nemen naar zijn werk, en als hij dat wel deed, vergat hij ze op te eten. 's Avonds zat hij in de woonkamer naar het tikken van de klok te luisteren en hoorde hij af en toe zijn vrouw in de kamer ernaast rondscharrelen. Eenzaamheid deed lichamelijk pijn. Jaloezie was een nog scherpere pijn. Ze hoefde niet meer met hem te praten, dat wilde ze ook niet meer; ze praatte nu met Jezus.

Afgelopen woensdag was hij zich kapot geschrokken. Er hadden vier of vijf klanten op hun beurt staan wachten. Hij wilde zich net omdraaien om een pakje Lambert & Butler te pakken toen zijn oog op degene achter in de rij was gevallen. Het was Adrian. Hij was dikker geworden, zijn haar juist dunner, maar het was wel degelijk zijn zoon. Een fractie van een seconde keek hij hem recht in zijn ogen, toen draaide hij zich om en pakte de sigaretten. Maar zelfs toen zijn brein hem inhaalde en hij besefte wat hij had gezien, draaide hij zich niet met een ruk om om nog eens te kijken, riep hij niet zijn naam. De tijd strekte zich uit. Hij staarde naar de pakjes sigaretten. Adrian. Hij moest zijn gedachten op een rijtje zien te krijgen. Hij moest de juiste woorden zeggen. Zijn gezicht moest de juiste boodschap uitstralen. Hij pakte het pakje uit het schap en draaide zich om, maar zijn zoon was verdwenen en de klant stak hem het geld voor de peuken toe.

Het begon te regenen, druppels stroomden langs de deur naar beneden. Hij bleef zich maar afvragen waarom hij hem niet achterna was gerend. Waarom had hij die sigaretten niet neergegooid, was hij niet de straat op gerend en was hij zijn zoon niet achternagegaan? Hoe had hij daar de vier vijfenzestig kunnen tellen die hem werd aangegeven en daarna de volgende klant een zakje pepermunt kunnen verkopen terwijl zijn zoon wegliep, bij hem vandaan? Maar hij had gewacht, hij had alle klanten op één na bediend en pas toen gezegd: 'Momentje', en was de straat op gerend, die toen natuurlijk al leeg was. Hij was buiten blijven staan en had als een bezetene alle kanten op gekeken, en toen hij terug de winkel in was gelopen en de tranen op zijn wangen had gevoeld, had hij naar de man geglimlacht en opgemerkt: 'Er staat een straffe bries vandaag.'

Op het dak was het koud en nat, maar het was niet onaangenaam, althans niet voor Kurt. Zijn kleren kleefden aan zijn lijf en de wind blies over zijn klamme huid, maar vanavond moest hij er helemaal niet van rillen. Hij vond het juist prettig dat het zulk slecht weer was en had het gevoel dat de regen de slaap uit zijn ogen spoelde. Hij leunde tegen de reling aan de zijkant en hief zijn gezicht op naar de hemel, zoekend naar sterren, maar tevergeefs. Onder hem lag het uitgestrekte parkeerterrein, waarvan het verregende plaveisel om de drie meter werd verlicht door iele, dunne lantaarnpalen. Achter het parkeerterrein lag het industrieterrein, diep weggedoken, minder goed verlicht maar niet stil, want hij kon zelfs hier de regen op de metalen daken horen vallen. En er was ook nog de duisternis van de verwaarloosde, overwoekerde stukken grond die Green Oaks aan alle kanten omgaven, de voormalige fabrieksterreinen die nog verder moesten worden ontwikkeld. Het land was verstikt door onkruid, lag bezaaid met roestende stukken metaal uit fabrieken die allang waren verdwenen, waaromheen zich metalen draden hadden gewikkeld en waartussen hier en daar een stuk van een zware machine lag.

Kurt kende die braakliggende terreinen goed, maar alles om Green Oaks heen was veranderd toen het centrum verder was gegroeid en de hele omgeving zich steeds meer was gaan richten op die bron van energie. Wanneer hij nu door zijn oude buurt reed, zag hij dat de ooit drukke straten doodlopende weggetjes waren geworden, dat de parken waarin hij als kind had gespeeld werden doorsneden door nieuwe brede wegen. Het verbijsterende stelsel aan nieuwe wegen deelde de buurt in nieuwe, onbekende delen op, en hij verbaasde zich voortdurend over ooit verborgen plekken die nu in het volle zicht lagen, terwijl kruispunten die voorheen van levensbelang waren geweest er nu zwijgend bij lagen, met gras dat omhoogschoot rond de verkeerszuiltjes. Op heldere dagen kon hij vanaf het dak van Green Oaks het dak van het huis zien waarin hij was opgegroeid – het huis dat hem, zo dacht hij, op stille avonden had bekeken. Zelfs nu voelde hij dat het nog steeds naar hem keek, door alle ijskoude regen en duisternis heen.

Kurt moest sinds zijn gesprek met Loretta vaak aan zijn vader denken. Hij probeerde de man in een nieuwe context te zien en nam oude herinneringen onder de loep om te zien hoe anders die nu leken. Vanavond moest hij denken aan een levendige herinnering uit zijn kindertijd: zijn vader en hij hadden op een warme zomeravond op de bus staan wachten. Zijn vader las de krant, Kurt telde in gedachten tot honderd, met de bedoeling de bus precies bij honderd om de hoek te zien verschijnen. Achter hem in de rij stonden twee jongens met elkaar te stoeien. Ze maakten een paar armzalige kungfubewegingen en verloren bij elke scheve hoge trap hun evenwicht. Ze moesten steeds harder lachen en riepen elke keer dat ze de ander misten een vloek. Kurt concentreerde zich nog meer op de bus. Van al die vloeken raakte hij de tel kwijt. Toen ze voor de eerste keer 'Kut' zeiden, kromp hij ineen. Hij wierp een zijdelingse blik op zijn vader, maar die stond verborgen achter zijn krant. Kurt wenste dat de bus zou komen. Een paar weken eerder had er zomaar onverwacht een lelijk woord op de tv geklonken. Het woord was 'Shit' geweest. Kurt senior had zijn krant neergelegd, was naar de tv gelopen, had die uitgezet en Kurt naar zijn kamer gestuurd. Nu waren er veel ergere woorden te horen. Een paar vrouwen in de rij maakten afkeurende geluidjes. Kurt senior las zijn krant. Kurt was negen. Ze gingen naar de film, omdat hij jarig was. De jongens waren een jaar of dertien. Kurt probeerde niet naar hen te kijken. Ze scholden elkaar uit voor de ergste dingen. De bus zou niet komen.

Kurt senior had zijn krant uit, vouwde die dicht en rolde hem op tot een strakke koker. Ondertussen staarde hij voor zich uit naar de horizon, wachtend op de bus. Toen, zonder dat de nietszeggende uitdrukking op zijn gezicht veranderde, draaide hij zich langzaam om, sloeg de jongens een voor een met de koker van krantenpapier in hun gezicht en zei met zijn lage stem: 'Vuilbekken als jullie horen in de goot. Blijf uit de buurt van mijn zoon en deze dames.' En dat deden ze, ze renden weg voordat iemand hun tranen kon zien.

Kurt had nooit kunnen vaststellen of hij die dag trots op zijn vader was geweest of zich juist voor hem had geschaamd, maar deze herinnering had zich diep in zijn geheugen gegrift. Die gebeurtenis leek tot in detail weer te geven wat voor soort man zijn vader in zijn ogen was: angstaanjagend, vastberaden, met onwrikbare ideeën over wat juist was en niet. Nu besefte hij dat het verkeerd was geweest te denken dat hij hem kende, en dat het dom was geweest dat hij zijn leven door die vermeende kennis had laten beïnvloeden.

Het regende nu harder, maar Kurt had niet bepaald haast om terug te keren naar Gavins toonloze voordrachten over Green Oaks. Het was alsof Gavin heel goed wist hoe onmenselijk saai hij was en Kurt gewoon uit zijn tent wilde lokken. Alsof hij gewoon zat te wachten totdat hij door de onzin heen zou prikken en over iets anders zou beginnen. Kurt werd nerveus van hem.

Hij dacht aan Kate Meaney. Hij dacht aan zijn gedachten. Hij dacht terug aan de eerste nacht dat hij haar op het scherm had gezien en vroeg zich af of zijn plan om bij Green Oaks weg te gaan de aanleiding tot die droom had gevormd. Misschien vond hij wel dat het tijd was voor iets anders, maar wilde het centrum hem nog niet laten gaan. En nu wist hij niet goed wat hij moest doen. Naar de politie stappen? Haar zoeken? Daar was het nu echt te laat voor. Hij vroeg zich af of hij haar had kunnen redden – of zou hij ook al te laat zijn geweest wanneer hij het tegen zijn moeder had gezegd zodra hij die krant had gezien? Hij vroeg zich af of het echt zoveel uitmaakte dat hij het niet had gedaan.

Zijn gedachten dwaalden af naar Lisa. Hij vond de manier waarop ze naar hem keek fijn. Dat gaf hem het gevoel dat hij er niet voor niets was. Ze had iets wat hem ertoe aanzette te praten, open te zijn. Hij wilde haar weer zien.

Beneden op de klantenparkeerplaats zag Kurt een handjevol auto's staan. 's Avonds bleven er altijd wel een paar auto's achter – met name van winkelend publiek dat nog uit wilde gaan en de auto hier liet staan, of van mensen die waren vergeten dat ze met de auto waren gekomen, of van mensen die per ambulance naar huis waren gebracht – dat was niet te zeggen.

Kurt had een tijdje geleden heel even een lampje in een auto helemaal aan de andere kant van het terrein zien branden, maar toen hij weer keek, vermoedde hij dat hij alleen maar de regen over de voorruit had zien lopen. Toch besloot hij even te gaan kijken: misschien lag er iemand in zijn auto te slapen, en dat was verboden. Het was zeker tien minuten lopen. Strikt genomen was 'kamperen' volgens de reglementen van Green Oaks niet toegestaan, al kon Kurt zich niet voorstellen dat iemand de betonnen vlakten waar de wind vrij spel had als een geschikte vakantiebestemming zou zien. Darren had hem uitgelegd dat ze natuurlijk zigeuners bedoelden – kampers, woonwagenvolk, tuig, gespuis, dieven in alle soorten en maten – die hier anders hun intrek zouden nemen, overal zouden gaan zitten schijten en je zouden beroven zodra je even niet oplette. Als tweede in de reglementen, na het eufemistische 'kampeerders', werden de 'joyriders' genoemd. Alsof iemand enig plezier zou beleven aan de donkere terreinen rondom Green Oaks. Elke veilige, lege, commercieel uit te baten parkeerplaats in de buurt werd elke avond met hekken afgesloten, zodat autodieven gedwongen waren met levensgevaarlijke snelheden door de smalle straatjes van de nabijgelegen woonwijk te racen. De reglementen verboden voorts elke 'ongeoorloofde aanwezigheid' binnen de grenzen van het centrum.

Kurt bevond zich inmiddels op de begane grond en liep langzaam naar elk van de drie auto's die op het terrein geparkeerd stonden. Hij vond een eenzame auto op een verlaten parkeerterrein 's avonds laat iets droevigs hebben – de eenzaamheid en ruimte leken alleen maar te worden benadrukt. Hij huiverde toen hij opnieuw dat onmiskenbare gevoel had dat hij werd gadegeslagen. Hij vroeg zich af of Gavin de camera op hem had gericht. Toen hij de oude Fiesta in de hoek naderde, dacht hij door de regen heen iemand achter het stuur te zien zitten. Hij ging iets langzamer lopen: hij was bang dat het misschien een stelletje was en wilde niet storen. Pas toen hij een meter of tien van de auto vandaan was, zag hij een slang aan de uitlaat zitten die door het raampje aan de bestuurderskant naar binnen was gestoken. Hij begon te rennen en gek genoeg te schreeuwen. Hij zag het rode gezicht van de man in de auto en wist dat die dood was, maar hij bleef met zijn zaklantaarn tegen de ruit bonzen totdat die brak, stak daarna zijn handen naar binnen en trok het hoofd van de man naar zich toe en hij vergoot zowaar voor het eerst in lange tijd echte tranen toen zijn radio begon te kraken en Gavins vlakke stem zei: 'Dat is dan de derde sinds de opening in 1983.'

29

Ze had al zo'n tijd naar de woorden zitten staren dat ze inmiddels van elke betekenis waren ontdaan. Hobby's en interesses. Wat bedoelden ze daarmee? Strikt genomen was het niet echt een vraag, en slechts de vijf centimeter wit onder de woorden maakte duidelijk dat er een antwoord diende te volgen. Misschien kon ze iets opschrijven wat even dubbelzinnig was, zoals 'Goed', of 'Hallo', of 'Ja'. Het was een strikvraag. Ze mocht geen hobby's en interesses hebben, ze was immers assistent-bedrijfsleider... en toch was daar die vijf centimeter wit, alsof ze wilden of zelfs verwachtten dat je naast je werk ook nog een leven had. Het was een valstrik, maar bij dat soort valstrikken moest je juist doen alsof je niet doorhad dat het er eentje was. Lisa wist bijvoorbeeld dat het te veel voor de hand zou liggen als haar antwoord zou luiden: 'Ik vind dat hobby's en interesses te veel kostbare tijd opslokken die ik beter kan steken in de verfijning van verkooptechnieken.' Ze wist ook dat als ze echt interesses had ze die beter niet zou kunnen noteren omdat men daardoor zou kunnen gaan twijfelen aan haar toewijding aan haar werk.

Nadat ze drieëntwintig minuten naar die drie woorden had zitten staren, kreeg ze opeens inspiratie en noteerde: 'Winkelen en tijdschriften lezen.' Zo eenvoudig. En waar! Ze zouden het geweldig vinden dat haar leven echt zo beperkt was.

Ze las het sollicitatieformulier nogmaals door. Ze hield haar ogen de hele tijd tot spleetjes geknepen, alsof vernauwing van haar blikveld haar op een of andere manier kon beschermen tegen al het naars dat haar netvlies raakte. Toch hechtten kleine deeltjes zich aan haar hersens. Dit was een ondertekende verklaring van onderdanigheid. Elk rottig antwoord was een direct verzoek om meer rottigheid. Ze vroeg zich af wat Dan zou zeggen als hij dit zou zien. Zelfs zijn meest doorwrochte imitaties van het kruiperige geslijm tegen het hogere kader verbleekte in vergelijking met het echte werk. Ze draaide het vel om. Ze wilde nu niet aan Dan denken. Hij was hevig geschrokken toen hij had gehoord dat Lisa naar de functie van bedrijfsleider wilde solliciteren. De kloof tussen de indruk die hij van haar had en wie ze was geworden had zich opeens gapend geopend, en het leed geen twijfel dat hij diep teleurgesteld in haar was.

'Ik kan gewoon niet geloven dat je echt bedrijfsleider wilt worden. Dan moet je met die lamzakken vergaderen. Zeventienjarigen onder druk zetten om onbetaald over te werken. De zweep erover leggen zodat jij je bonus krijgt en een nieuwe auto kunt kopen. Ik kan me niet voorstellen dat je dat wilt. Vind je het zo nog niet erg genoeg? Je gaat helemaal de verkeerde kant op. Je moet zien dat je hier wegkomt, niet dat je er nog verder in verstrikt raakt. Je trapt in de meest afgezaagde valkuil die er is: "designflat." Stommer en nietszeggender bestaat niet. "Het is allemaal de moeite waard als je een mooi huis hebt." Waar heb je het over? Niets is het waard om twaalf uur per dag iets te doen waar je een pesthekel aan hebt. Ik weet nog dat we samen bij Cyclops werkten, toen ging je nog naar concerten, toen was je nog enthousiast over bepaalde platen, toen maakte je echt geweldige foto's. Weet je dat nog? Ooit hadden we betere dingen te doen dan elke avond in The Eagle rondhangen, weet je dat nog? Weet je nog welke plannen we hadden toen we hier net werkten? Ik zei dat ik het een jaar lang zou doen en dan op reis zou gaan. Het is twee jaar geworden, omdat ik tussen de middag broodjes koop die veel te duur zijn, maar ik ga wel. Hoe zit het met die fotografiecursus waarvoor je aan het sparen was? Hoe wil je dat doen als je een hypotheek hebt?

Het was al erg genoeg dat je zo'n rare, doodlopende relatie met een lul van een vent aanknoopte, maar nu ben je helemaal door zijn vreemde ideeën aangetast. Weet je, als ik zou weten dat dit je gelukkig zou maken, dat je hier echt voor hebt gekozen, dan zou het me niet zoveel kunnen schelen dat je je ziel gaat verkopen en naar een dertien-in-een-dozijn-designflatje verhuist, voor mijn part met het gebroed van Satan zelf, maar ik geloof niet dat je hier gelukkig van wordt. Volgens mij loop je alleen maar te slaapwandelen. Je bent nog erger dan die kutklanten.'

Lisa had een hele tijd gezwegen en toen simpelweg opgemerkt: 'Ja, misschien wel.'

En nu ze aan haar keukentafel naar de vloer zat te staren, dacht ze dat weer. Dan had het volkomen bij het rechte eind gehad, maar zijn kritiek betekende niet echt iets. Ze voelde een doffe, verre pijn omdat ze hem teleurgesteld had. Ze wist dat ze hem meer verschuldigd was. Hij was de enige wie het echt iets kon schelen wat ze deed, maar ze was niet in staat zichzelf een doel te stellen. Gelukkig had het hele gedoe in elk geval tot één positief resultaat geleid: Dan had een schop onder zijn kont gekregen. Een dag later had hij zijn baan opgezegd, en nu trof hij voorbereidingen voor de reis die hij al zo lang had willen maken.

Sinds Lisa de brief van Adrian had ontvangen, voelde ze zich steeds meer vervreemd van het leven van alledag. Ze wist dat ze zou moeten stilstaan bij wat ze aan het doen was, maar ze merkte dat ze zich nergens op kon concentreren, alleen maar op de mogelijkheid dat Adrian misschien terug zou komen.

Nadat ze het formulier had ingevuld, deed ze haar best aan Ed te denken, aan het appartement waarvoor ze volgende week het contract zouden tekenen, aan de toekomst, maar wat ze vooral deed, was naar het telkens herhaalde patroon in het tapijt staren en zich afvragen of ze een koekje zou nemen. De vraag waarbij ze bleef steken, luidde: 'Wat vind ik eigenlijk van Ed?', en die wist ze met geen mogelijkheid te beantwoorden.

Ze wist waarom Dan een hekel aan Ed had, dat had hij haar vaak genoeg verteld. De voornaamste reden was dat Ed een luie donder was, en hoewel de meeste mensen die bij Your Music werkten een hekel aan hun baan hadden, werkten ze wel degelijk hard, met name omdat, als ze dat niet deden, een ander dan harder zou moeten werken. Telkens wanneer Lisa dit bij Ed ter sprake bracht, gaf hij haar het gevoel dat ze een loopjongen van het bedrijf was en de bedrijfsleider uithing. Dan zei hij: 'Ze betalen me niet genoeg om hard te werken', waar Lisa het wel mee eens was, maar ze wist dat dat ook voor alle anderen gold. Ed wist zijn luiheid en egoïsme op de een of andere manier als verdediging te gebruiken: als ze allemaal het minimum aan werk verrichten, zou het uiteindelijk voor iedereen beter worden. Na zo'n gesprek had ze altijd een hekel aan zichzelf en aan de houding die ze gedwongen was aan te nemen; ze kreeg altijd het gevoel dat zij ongelijk had en Ed gelijk. Thuis ging het net zo. Ed liet haar opruimen en schoonmaken omdat hij beweerde dat hij zich niet aan troep ergerde. Hij vond het vermakelijk dat ze een middenklasse-verlangen naar schone borden had. Alsof hij boven dergelijke alledaagse zaken verheven was, alsof hij niet afkomstig was uit de middenklasse.

Dan had nog een reden om de pest aan Ed te hebben, en dat was Eds manier van doen, waarvoor Dan een diepe minachting koesterde. De manier waarop Ed 'scotch on the rocks' dronk (en het ook zo noemde), de overdreven manier waarop hij Sinatra aanhaalde, de melancholieke, van zelfmedelijden doordrenkte wijze waarop hij na een paar borrels zinspeelde op een duister verleden, zijn pogingen zich een ondoorgrondelijke, door geheimzinnigheid omgeven persoonlijkheid aan te meten; Dan was er niet bepaald van onder de indruk. Hij zei vaak: 'Jezus, hij komt godverdomme uit Solihull. Wat kan daar nu duister aan zijn?' En Lisa, die aanvankelijk nogal gecharmeerd was geweest van Eds duistere kant, was een tikje teleurgesteld geweest toen ze had ontdekt dat Ed helemaal geen geheimzinnig verleden had. Welgestelde ouders, een knappe zus, goede cijfers voor zijn eindexamen, maar niets duisters. En zijn recente enthousiasme voor een designflat viel ook niet bepaald in die categorie.

Ze bedacht dat ze voor Ed hetzelfde voelde als voor haar baan: een soort afgestompte berusting. Ze bedacht dat je maar zelden de woorden 'afgestompt' en 'berusting' samen op een valentijnskaart zag staan en dat ze er misschien voor de verandering eens eentje zou kopen als het repertoire aan wensen zou worden uitgebreid. De woorden herinnerden haar aan haar vader in zijn bruine vest met leren elleboogstukken. Hij had Lisa nooit enig vaderlijk advies of leiding geboden, hij had nooit gezegd dat ze door moest gaan met fotograferen, had nooit opgemerkt dat ze veel te goed was om weg te rotten in een winkelcentrum. Hij aanvaardde elke teleurstelling alsof hij nooit iets anders had verwacht, en het leek hem op een merkwaardige manier genoegen te doen dat hij gelijk had gekregen. Lisa besefte hoe erg ze op hem was gaan lijken.

'... en dat was de vijfde. De zesde was in 1995, en ze wist niet eens dat ze in verwachting was. Ik kan me haar nog zo goed herinneren omdat ze er zo jong uitzag, ik dacht dat ze twaalf was, maar ze zei dat ze zestien was. Ze is bevallen bij Celebrations, die winkel met wenskaarten, die toen in unit 47 zat maar inmiddels is verhuisd naar unit 231 en nu Happy Days heet. Ik was erbij toen het eruit kwam. Ik heb het allemaal gezien. Haar zakken zaten vol gestolen goed: opwindbare verjaarsdagskaarten, plastic champagneflesjes vol badschuim, en een beertje met "Alan" op zijn buik. Ik had haar al de hele dag in de gaten gehouden. Bleek dat haar neef de vader was, ik kende hem wel omdat hij in het verleden ook al had lopen jatten, en toen de baby eruit kwam, leek die precies op hem en ik dacht: dan zal ik je hier ook wel snel zien, hè? Ik zal op je wachten. Maar natuurlijk was dat niet zo, omdat hij dood was, maar dat besefte ik eerst niet. Dood geboren, helemaal blauw. Maar die neef heette Craig, en niet Alan. Daarna hadden we drie jaar lang helemaal niets, eens kijken...'

Gavin keek in zijn notitieboekje en sloeg een paar pagina's om voordat hij verderging. Het notitieboekje was iets nieuws. Hij had het de vorige avond uit zijn kluisje gepakt om de details van de zelfmoord te kunnen noteren. Op de voorkant zat, een tikje scheef, een labeltje dat met een Dymotang was gemaakt en dat luidde: GREEN OAKS: GEBOORTES, STERFGEVALLEN, INGRIJPENDE INCIDENTEN. Hij had de huivering die hij bij Kurt had waargenomen opgevat als een teken dat hij hem moest vertellen wat erin stond.

Kurts gedachten dwaalden voortdurend alle kanten op. Wanneer hij ze te ver liet afdwalen, zag hij het gezicht van de man in de auto voor zich, en dus haalde hij zijn gedachten snel weer binnen en concentreerde zich op Gavin en zijn zwarte boekje.

Kurt besefte dat het meest verontrustende van alles de details waren waarmee Gavin elk verslag verrijkte, details die niemand kon weten: de gedachten van de lijmsnuivers voordat ze van het dak vielen, de laatste woorden van een vrouw tegen haar vriend, het spontaan gekochte cadeautje dat een echtgenote nooit zou ontvangen, hoe een jongen zich voelde wanneer zijn meisje wegliep, wat de serveerster echt dacht over een raaskallende dronkenlap, de stem in zijn hoofd die hem dwong hierheen te gaan, het rare gevoel dat haar plaagde sinds ze die aardappel had gegeten, de angst die ze in de adem van de deejay had geroken, dat in de winkel haar lievelingsliedje te horen was toen ze de baby kreeg, het gezicht van de ambulancebroeder dat hem aan zijn vader deed denken, de hevige schaamte die hij voelde omdat hij in zijn broek had geplast, de plotselinge herinnering aan het haar van zijn vrouw. Misschien had Gavin dat allemaal maar verzonnen. Misschien verzon hij alles. Misschien was het boekje leeg.

Kurts gedachten dwaalden af. Overmand door verdriet. De man had overmand door verdriet geleken. Het gezicht was een gruwelijke afspiegeling van verlies geweest, alsof uit dit leven stappen hem zelfs al te veel was. Als hij naar de man toe was gegaan zodra hij dat lampje had zien branden, had hij misschien nog met hem kunnen praten, had hij misschien kunnen zeggen dat hij nog geen afscheid hoefde te nemen. Misschien had hij tegen hem kunnen zeggen dat hij na de dood van Nancy ook zo vaak afscheid had willen nemen maar het nooit had gedaan, en moest je hem nu eens zien, moest je hem nu eens zien...

'... maar hij was niet dood. Hij brak bijna alle botten in zijn lijf, maar aan zijn hoofd mankeerde niets, terwijl volgens mij dat juist zijn doel was geweest. Ik denk dat zijn hoofd de oorzaak van al zijn problemen was, maar hij voelde zich raar, of misschien zou je normaal gesproken zeggen dat hij geluk had gehad, en nu wil hij niets liever dan het nog eens proberen, maar goed, daardoor was de galerij dus drie maanden lang afgesloten, en natuurlijk heeft de Mulberry Tree, die tearoom, in 1997 plaatsgemaakt voor...'

Nancy's gezicht had er anders uitgezien, niet overmand door verdriet; er was geen emotie geweest die hij had kunnen benoemen, ze had er gewoon anders uitgezien, haar gezicht had in niets geleken op de gezichten die ze altijd trok, dus hoe zou hij kunnen zeggen hoe ze zich had gevoeld? Tijdens de identificatie was hij niet ingestort. Ze hadden geprobeerd haar na de botsing te fatsoeneren. De huid rond haar ogen was wat verkleurd, maar haar gezicht en hoofd vertoonden geen zichtbare wonden. Hij identificeerde haar, wist dat zij het was, maar voelde geen pijn van herkenning, geen kreet die aangaf dat dit het einde was. Het besef dat dit het einde was, kwam langzaam.

'... Maar in dat eerste jaar ging er niemand dood, werd er niemand geboren, probeerde niemand zelfmoord te plegen, zag er niemand spoken, probeerde niemand ons op te blazen, spoot niemand lijm in onze sloten, deed niemand...'

Onbekende man
Bankje voor Next

Goed, dit is het dan.

Nog tien minuten, hoogstens een kwartier. Ik moet hier weg. Als ik hier niet wegga, ga ik iemand slaan, ik voel het vanbinnen. Ik ken inmiddels de signalen. Hoogstens een kwartier. Ze kan dan maar beter klaar zijn. Ze weet hoe ik ben. Ik mag me niet zo opwinden. Ze is altijd de eerste die hysterisch wordt als het misgaat, maar ze zorgt er zelf voor dat het zover komt. Ik heb zo de pest aan deze plek.

Waarom neemt ze me mee hierheen? Ze gaat niet graag alleen, zegt dat er ooit iemand is beroofd, dus ik moet haar beschermen. Soms wil ze dat, maar andere keren begint ze weer te schreeuwen wanneer ik tegen andere kerels zeg dat ze op moeten rotten. Ik wil niet dat ze wordt beroofd, dus wat kan ik anders doen? Ze zegt: 'Als je er eenmaal bent, vind je het heus wel leuk. Jij kunt naar de video's bij Your Music gaan kijken.' Godskolere, ik maak mezelf nog liever van kant dan dat ik daar naar binnen ga. Ben je daar weleens binnen geweest? Gewoon de hel, een legbatterij voor mensen. Ik kan niet tegen zoveel lui om me heen, en dat weet ze.

Ik vind het hier vreselijk. Ik vind het vreselijk dat iedereen zo naar je kijkt. Daar op dat bankje aan de overkant zit een vent die ik met liefde in mekaar zou willen rossen. Hij denkt dat hij heel wat is, maar ik zal hem weleens laten zien dat dat niet zo is. Wie denkt hij wel niet dat hij is?

Dit gebouw is ziek. Het heeft dat syndroom. Ik heb er echt last van. Het is de stank of het licht of de muziek, dat weet ik niet. Ik heb altijd het gevoel dat ik migraine krijg – dan word ik misselijk en voel ik me zo raar – dat voel ik nu al aankomen. Zulke gevoelens zijn niet normaal, dat weet ik nu wel. Ik ben ziek, in een ziek gebouw. Dat ik dat inzie, is de eerste stap, maar daar heb ik weinig aan als ik hier niet weg kan. Ik word helemaal geschift van die muziek. M People, godbetert, daarvan krijg je toch echt zin om er eentje op zijn bek te slaan? Ik wou dat die vent oprotte. Ik kan nu naar hem toegaan en hem voor zijn kop rammen zodat hij niet meer zo verwaand kan gaan zitten lachen naar iedereen die langsloopt. Ik heb hem vaker bij ons in de buurt gezien. Daar stelt hij niks voor, echt helemaal niks. Daarom is het hier zo'n klotezooi, omdat hij hier denkt dat hij iets voorstelt. Ik wil hem zo graag laten zien dat dat niet zo is.

Ze heeft nog vijf minuten, en dan zal iedereen weten wat er aan de hand is, want ik hou het niet meer. Jezus, kijk nu toch eens. Waarom lopen hier zoveel dikzakken rond? Zulke vetkleppen zouden niet eens buiten mogen komen. Ik word er gewoon beroerd van. Ja hoor, ga maar naar het horecaplein om nog meer vet in dat bolle lijf van je te proppen. Er is er niet een die niet dik, dom of lelijk is. Kijk eens naar die koppen. Niet te geloven. Het lijkt hier wel een varkensstal. Jezus, als ik een pistool had... God, waar blijft ze nou? Hoeveel kleren kan een mens passen? Denkt ze dat het mij iets kan schelen waar ze in rondloopt? Misschien is het niet voor mij. Jezus, zoals ze soms in de British Oak tegen een andere vent aan staat te rijden als ze toevallig op weg naar de plee is. Soms denk ik dat ze alleen maar met mij is om me dwars te zitten. Ik word gestraft omdat ik zoveel slechte dingen heb gedaan.

O jezus nog aan toe, die lul probeert nu een of andere griet te versieren, en ze is nog onder de indruk ook. Kun je nagaan hoeveel er niet klopt hier. Ik doe mijn ogen dicht.

God, schiet alsjeblieft op. Ik hou het niet meer.

30

Ed stond in de lege woonkamer op en neer te springen. Toen hij daarmee klaar was, ging hij op de grond liggen en drukte zijn oor tegen het parket. Daarna begon hij vrolijk tegen de muren te tikken. Lisa had geen idee waar hij mee bezig was. Ze vermoedde dat hij dat zelf ook niet wist.

Ze voelde zich niet lekker. Alles in de flat was gloednieuw en de geur van plastic en stof deed haar denken aan de warme zomermiddagen die ze als kind op de achterbank van haar vaders auto had doorgebracht. De plotselinge herinnering aan door de hitte zacht geworden snoepjes maakte haar misselijk.

'Het lijkt me allemaal in orde, Lies,' zei Ed.

Lisa staarde hem aan. Ze had geen idee waar dit allemaal vandaan kwam. Ze had hem nog nooit zo enthousiast gezien.

Hij pakte de brochure van de makelaar. 'Ik krijg hier maar geen genoeg van: "Gloednieuw, luxueus appartement op verder te ontwikkelen toplocatie biedt wonen aan het water en het winkel- en zakencentrum Green Oaks ligt op slechts een paar honderd meter afstand. Grote ouderslaapkamer met aangrenzende eigen badkamer. Volledig uitgeruste keuken met de modernste inbouwapparatuur en woon-/eetkamer met balkon en indrukwekkend uitzicht over het water."'

Lisa ging op het metalen balkonnetje staan en zag een koffer op het olieachtige oppervlak van het kanaal drijven. Het was uiterst sinister.

'Hier kunnen we voor gaan. Kun je je voorstellen dat je hier woont? We zouden hier kunnen wonen. Als jij die baan bij Fortrell krijgt, redden we het makkelijk. Goed, dan zou je wel wat verder moeten reizen, maar je zei zelf al dat je liever niet vlak naast je werk woont.'

Lisa probeerde zich op de koffer te concentreren en niet te denken aan hoe het zou zijn om in de schaduw van het ene winkelcentrum te wonen en elke dag twee uur op en neer te reizen naar een ander. Hoe langer ze naar beneden keek, des te banger ze werd van de toenemende aandrang om naar beneden te springen. Ze probeerde haar hoogtevrees te verdrijven door naar de horizon te kijken. In de verte zag ze de torenspits van het Friends Meeting House, dat met zijn rode victoriaanse bakstenen afstak tegen de grijze blokken eromheen. Ze was er een keer geweest toen ze een jaar of zes, zeven was. Haar moeder had haar meegenomen toen ze in de stad ging winkelen. Lisa kon zich nog goed herinneren dat ze een oranje, dun geribbeld poloshirt had gedragen. Dat shirt had ze altijd leuk gevonden, maar toen was het de eerste keer dat ze het droeg sinds een jongen op school had gezegd dat ze net een kakker leek. Dat sloeg nergens op, en niemand moest lachen, want daar leek ze helemaal niet op ('Kakkers lopen volgens mij niet in een spijkerbroek, Jason'), maar toch wilde ze het eigenlijk niet meer aan. Een vrouw met een klembord kwam naar haar moeder toe en vroeg haar iets.

Toen boog ze zich voorover. 'Dag Lisa, je moeder zegt net dat je een erg lief meisje bent en misschien wel een paar vragen voor ons wilt beantwoorden. Het is niet eng, je kunt het niet fout doen. We willen alleen dat je een nieuw toetje proeft en zegt of je het lekker vindt.'

Haar moeder keek haar aan en zei: 'Die mevrouw doet marktonderzoek, Lisa.' Lisa had geen idee wat dat was. Ze wist niet wat je kon zoeken tussen die kraampjes met groente en fruit, en mannen die iets over nylon blouses riepen.

De vrouw nam hen mee naar een grote zaal in het Friends Meeting House, waar lange tafels stonden. Her en daar zaten kinderen een gekleurd toetje te eten. Het leek een beetje op pudding. Op school moesten ze ook pudding eten, en Lisa vond het niet lekker. Toen bedacht ze dat haar moeder dat misschien niet wist omdat ze dat thuis nooit aten.

Haar moeder voelde dat ze in haar hand kneep en zei: 'Heb jij even mazzel! Je mag zomaar een lekker toetje proeven.'

De vrouw kwam terug met een plastic schaaltje met iets roze erin. Lisa voelde dat het zweet op haar voorhoofd stond. Ze probeerde rustig te blijven. Ze moest soms dingen eten die ze niet lekker vond. Ze had een keer bij haar oma thuis een Jaffacake gepakt, in de veronderstelling dat het een gewoon chocobiscuitje was. Ze had moeten doen alsof ze de combinatie van oudbakken zacht deeg, bittere chocolade en sinaasappeljam lekker vond, in elk geval totdat haar oma zich omdraaide en ze het vieze ding in haar zak kon stoppen. Nu moest ze dapper zijn, beleefd.

'Toe, Lisa, proef eens, dan mag je zeggen wat je ervan vindt.'

Ze deed een heel klein beetje op het lepeltje en stak dat in haar mond. Het smaakte vreselijk, net als dat spul op school, maar hier zaten ook nog rare klonten in. Ze slikte het door, nam snel nog een hapje en schoof het schaaltje toen opzij.

'Lekker,' zei ze, ineenkrimpend. Ze pakte het glas water en dronk in één keer de helft op.

'Is dat alles?' zei haar moeder. 'Lekker, meer niet?'

'Lekker, dank u wel,' zei Lisa.

'Dus je vond het lekker?' vroeg de onderzoekster.

Lisa aarzelde even. Misschien zou ze nog meer moeten eten als ze ja zou zeggen, maar toen zag ze dat de vrouw het schaaltje wilde weghalen. 'Ja.'

'Wat voor cijfer zou je het geven, van een tot tien?'

Lisa nam aan dat ze een goed cijfer moest geven. 'Een acht.'

'Acht? Dat is goed, hè?'

'Ja. Dank u,' zei Lisa nogmaals.

De vrouw pakte glimlachend het schaaltje en Lisa wilde opstaan.

'Nou, zullen we dan even kijken of dit de lekkerste van onze vijf smaken is?'

Het was een vreselijke middag geweest waaraan maar geen einde kwam. Elke keer wanneer er een nieuwe en nog viezere smaak op tafel werd gezet had ze de randen van de tafel stevig vastgepakt. Ondanks de groeiende frustratie van de vrouw kwam ze niet verder dan 'Lekker' en 'Een acht'. Ondanks het toenemende ongeduld van haar moeder, die graag naar huis wilde, reageerde ze steeds langzamer. Ze was beleefd, ze had gedaan wat er van haar werd verwacht, en het was allemaal verkeerd geweest.

Nu besefte ze dat Ed het over de fitnessruimte in het souterrain had. Ze keek hem recht aan. 'Ik vind het helemaal niks.'

'Wat niet, die fitnessruimte?'

'Nee, deze flat. Ik vind er niks aan.'

'Nou, Lisa, het is nu een beetje laat om –'

'Wacht even... Er is nog iets. Ik hou niet van je, Ed, dat heb ik nooit gedaan.' Het was gemakkelijker om dat te zeggen dan ze had verwacht. 'En je houdt ook niet van mij, ik weet niet eens zeker of ik je wel aardig vind. Waar zijn we mee bezig? Wie proberen we te zijn?'

'Hoe kun je zoiets zeggen?'

'Het is waar, en als ik het nu niet zeg, wordt het alleen maar erger. Je moet meteen nee zeggen, anders komen ze alleen maar met nog meer schaaltjes aanzetten.'

Kurt zag dat Gavin 7-Up in een beker schonk en die in de magnetron zette. Gavin liep in zichzelf te neuriën. Kurt probeerde de krant te lezen. Hij had net een vijfendertig minuten durende verhandeling over kasteel Vestenburg in Duitsland uitgezeten. Gavin had heel veel foto's van gangen van grijs steen die heel veel leken op de gangen waarin hij hier elke dag surveilleerde, maar dan ouder en verweerder. Hij zei dat het kasteel geheimen had, net als Green Oaks. Kurt moest op een zeker moment een zakdoekje uit zijn zak halen; hij verveelde zich zo dat het huilen hem nader stond dan het lachen. Hij had nooit kunnen denken dat zoiets hem ooit nog zou overkomen. De magnetron zei ping en Kurt zag dat Gavin een theezakje in de kokende frisdrank doopte en daarna, nog steeds hetzelfde non-deuntje neuriënd, een troebel flesje gesteriliseerde melk uit zijn kluisje pakte en een flinke scheut in zijn beker deed. Kurt wendde snel zijn blik af toen Gavin naar zijn favoriete draaistoel liep, van zijn thee dronk met het zakje er nog in, en ingespannen naar Kurt staarde. Dat deed hij wel vaker. Kurt had ontdekt dat Gavin zijn monologen alleen kon houden als hij oogcontact maakte, en daarom moest hij zijn gezicht zoveel mogelijk verbergen achter een krant, of zijn notitieboekje, of desnoods achter een pak Nice 'n' Spicy Niks Naks. Maar Gavin, die zich een grootmeester toonde tijdens elk gruwelijk zwijgend samenzijn, had geleerd deze zet te pareren door naar Kurts hoofd te staren. Daarmee kon hij hem altijd schaakmat zetten. Kurt was nog niet met een tegenzet op de proppen gekomen. Hij kon Gavins kille blik hoogstens twee tot drie minuten verdragen voordat hij letterlijk de druk van die ogen in zijn vlees voelde. Dan leken de gedrukte woorden voor hem van de pagina te glijden en nam Gavin, zodra Kurt opkeek en zijn nederlaag toegaf, wederom het woord.

'Vraag je je ook niet vaak af wat de toekomst voor Green Oaks in petto heeft?'

'Nooit,' antwoordde Kurt zonder aarzelen.

Gavin negeerde hem. 'We zitten nu in Green Oaks Fase Vijf, en ik denk dat we allemaal staan te popelen om te zien hoe het nu verdergaat. Ik bedoel, waar kunnen we heen? Fase Een was natuurlijk het oorspronkelijke centrum, dat in 1983 is geopend. Het besloeg slechts een belachelijk kleine oppervlakte van achttienduizend vierkante meter, dus in feite alleen het noordatrium. Het marktplein beneden, een paar filialen erboven. Heel veel rookglas en bruin marmer. Wij van de bewaking waren toen maar met ons zessen, dat was gemakkelijk verdienen. Kinderen durfden nog niet te stelen. Ze waren gewend aan gewone winkels; daar pak je wat je wilt hebben, ren je naar buiten en ben je weg. Hier kun je wel de winkel uit gaan, maar ben je nog steeds binnen. Vroeger dachten mensen dat de rolluiken buiten vanzelf naar beneden kwamen zodra er een alarm afging – ze dachten dat dit een soort ruimtestation was. Ze dachten waarschijnlijk dat we gewapend waren – overal hingen camera's – en ze waren doodsbang. Het eerste halfjaar was voor ons een makkie. Af en toe een spijbelaartje, maar niet te vergelijken met zoals het nu gaat. Geen jeugdbendes, geen messen, geen gewelddadige gekken. Geen mysterieuze waarnemingen van kleine meisjes in camouflagejassen. Het was mijn eerste baan. Ik was trots op mijn uniform.'

Op dat moment snoof Kurt onbedoeld. Gavin ging er niet op in.

'Vergeet niet dat Green Oaks ons wel aannam, terwijl anderen ons niet moesten. Ik had op school voor problemen gezorgd – en daar heb ik vaak genoeg de prijs voor moeten betalen, bij mijn maatschappelijk werkster en bij de deskundige van de psychiatrische hulpdienst.'

Kurt kromp ineen. Gavin legde de klemtoon in 'psychiatrische' op de tweede i-klank, en dat was een van die dingetjes die Kurt op de zenuwen werkten. Hij had een hekel aan dat zinspelen op het verleden. Hij wist dat Gavin wachtte totdat Kurt zou vragen wat hij op zijn kerfstok had, maar hij wist dat hij, zodra hij dat zou doen, een antwoord te horen zou krijgen in de trant van 'daar kan ik beter niks over zeggen'. Gavin was in dat opzicht al net zo erg als de andere bewakers, ze lulden uit hun nek en deden allemaal alsof ze vroeger geen lieverdjes waren geweest.

'12 maart 1986, het begin van een nieuw tijdperk. De geboorte van Green Oaks Fase Twee, misschien wel de meest ambitieuze fase. De eerste steen wordt gelegd voor drie nieuwe hallen. Een heel ander ontwerp, en natuurlijk is C E Glaistow deze keer de aannemer. Na die problemen met de ventilatie in de servicegangen konden McMillan and Askey de klus wel op hun buik schrijven. Glazen daken, spiegelwanden, afwerking met chroom: een veel luchtiger sfeer, geënt op het Müller Einkaufszentrum in Duitsland. Nu vindt iedereen het noordatrium vreselijk; zelfs na de renovatie ziet het er bruin en oud uit. Ik weet nog dat de glazen liften werden geplaatst, die kwamen rechtstreeks uit de Verenigde Staten. Je kreeg de kinderen er bijna niet meer uit. Jij bent een paar jaar daarna begonnen. Heb je enig idee hoe hypermodern de bewaking toen was? Echt het nieuwste van het nieuwste. Besefte je wel hoeveel mazzel je had?'

'Ik voelde me een gezegend mens,' zei Kurt vanachter zijn handen.

'En nu zijn we toe aan Fase Vijf: de nieuwbouw langs het kanaal, Wharf Edge. Het complete lifestyleconcept: winkelen, wonen, ontspannen. Als je hier werkt, kun je die huizen daar natuurlijk niet betalen... Wij komen hierheen om te werken, zij gaan hiervandaan naar hun werk. Het is net *Upstairs Downstairs*, maar dan zoveel jaar later. Mevrouw Bridges de kokkin, Gavin de bewaker, Asif de schoonmaker, Sayeed de magazijnbediende – ze geven ons werk genoeg.'

Gavin zweeg even en keek naar Kurts gesloten ogen. 'Je houdt niet van de doodlopende stukken, hè?'

Kurt was er opeens weer helemaal bij. 'Wat?'

'De doodlopende stukken. De gangen die zomaar eindigen, de servicegangen die nergens heen gaan. Daar hou jij niet van. Je wilt ze niet je rug toekeren. Je... hoe zeg je dat? Je trekt je terug, ja, dat is het, je loopt achteruit totdat je bij de bocht komt, en dan draai je je pas om en loop je weg. Nou, de enige reden om achteruit te lopen is volgens mij dat je bang bent om je om te draaien. Waar ben je bang voor?'

'Dat jij me in de gaten zit te houden, en dat is blijkbaar terecht.'

'Voor mij hoef je niet bang te zijn.'

'O nee?'

'Welnee, voor mij hoeft niemand bang te zijn. De muren daarentegen... Weet je, je mag wel blij zijn, er zijn nu veel minder doodlopende gangen dan vroeger. Ze worden dichtgemetseld zodra duidelijk wordt dat ze niet langer nodig zijn. Zodra ze zeker weten dat daar niets meer zit wat vanaf deze kant moet worden bediend, gaat de boel dicht. Dus achter sommige van die muren waar we langs lopen, zit dode lucht. Kleine kamertjes met niks erin. Maar dat wist je al.'

Kurt wendde zijn blik af. 'Misschien heb ik het al eens eerder gehoord, ja. Het is vast moeilijk te geloven, maar ik onthoud dat soort details niet.'

Gavin keek hem met zijn priemende blik aan. 'Je hebt gelijk. Dat is moeilijk te geloven.'

31

Lisa zag Martin aan de andere kant van de winkel staan. Ze wilde hem net aflossen op de afdeling Klassiek. Ian, de vaste verkoper daar, had een vrije dag. Martin stond niet achter de kassa, maar bij de glazen deur van de afdeling en keek nerveus door de rest van de winkel, zoekend naar degene die hem zou komen vervangen. Hij zag eruit als een hond die moest worden uitgelaten. Het was echt een meelijwekkend gezicht.

Zodra Lisa de deur opendeed, schoot hij nog voordat ze over de drempel had kunnen stappen al langs haar naar buiten. Lisa slaakte een zucht en liep naar de kassa. Gelukkig waren er geen klanten.

Afgesloten door glazen deuren, met wanden van namaak-notenhout, leren leunstoelen en zachte muziek, oogde de afdeling als een oase van rust. Een plek waar gespannen zenuwen na een dag achter de singles-kassa tot bedaren konden komen. Die indruk was echter onjuist. Eigenlijk was de afdeling Klassiek de hel in een doos.

Alle afdelingen trokken bij tijd en wijle een excentriekeling aan, een klant die het personeel zwaar op de proef stelde, maar Klassiek lokte de elite van gekken alsof het bijzonder sterk kattenkruid was dat zijn geur over de stad verspreidde. De openlijk geobsedeerden, de verontrustend vreemden, de pijnlijk pedanten – ze stroomden allemaal in groten getale richting de glazen doos. Lisa koesterde de fantasie dat ze de deur op een dag van een drukventiel zou voorzien, waardoor klanten wel binnen konden komen, maar nooit meer weg konden gaan, en als de afdeling eenmaal vol zou zitten, zou ze pectine naar binnen gieten en hen allemaal in een dikke jam conserveren.

Ze begon de rotzooi achter de kassa op te ruimen. Onder stapels cd's van Deutsche Grammophon en exemplaren van *Private Eye* die niet op volgorde lagen, vond ze her en der een lege fles. Het was geen geheim dat Ian dronk. Een fles whisky, een enorme kennis van het klassieke repertoire, een bijtend sarcasme en bijzonder licht ontvlambaar temperament waren de enige middelen waarmee je een hele dag in de glazen doos kon doorkomen. Aan Ians pensioen, dat nu hij achtenvijftig was met rasse schreden naderde, durfde eigenlijk niemand te denken.

Terwijl ze de componisten op alfabetische volgorde zette, piekerde ze over haar vader.

Nu Ed was vertrokken, was ze eindelijk begonnen aan het afwerken van haar lijstje. Ze was afgelopen zondag bij wijze van uitzondering eens bij haar ouders op bezoek geweest en was nu kwaad op zichzelf omdat ze dat zo lang had nagelaten. Ze maakte zich geen zorgen over haar moeder. Die had Lisa het hele bezoek lang verteld over artikelen die ze in vlekkerige fotokopietjes van pamfletten over het Einde der Tijden had gelezen. Maar toen Lisa was vertrokken, had ze op het gezicht van haar vader een droefheid gezien waar ze een rotgevoel van had gekregen. Ze had haar vader altijd een beetje de schuld gegeven van Adrians verdwijning, maar de laatste tijd vroeg ze zich af waarom eigenlijk. Ze had gedacht dat haar vader zich erbij had neergelegd, dat hij beter zijn best had moeten doen om Adrian duidelijk te maken dat ze achter hem stonden. Maar nu vroeg ze zich af wat hij eigenlijk had kunnen doen. De brief die Adrian haar had gestuurd, had haar doen beseffen dat Adrian uit eigen beweging was vertrokken, en als hij ooit terug zou komen, zou dat ook uit eigen beweging zijn. Haar vader was niet verantwoordelijk. Ze dacht aan hem, zoals hij daar thuis met haar moeder en haar pamfletten zat, en vroeg zich af of hij zich weleens eenzaam voelde. Ze besloot op weg naar huis even langs te gaan en te vragen of hij zin had ergens een borrel te pakken.

Ze vroeg zich net af waar ze hem mee naartoe zou kunnen nemen toen ze de onmiskenbare geluiden hoorde die de komst van meneer Wake aankondigden. Meneer Wake verplaatste zich in een elektrische rolstoel die hij met geen mogelijkheid kon bedienen. Zijn komst ging onvermijdelijk gepaard met een opgewekt gefluit en het geluid van omvallende stapels cd's.

'Goedemorgen, Lisa. Hoe gaat het ermee?'

'Goed hoor. En met u, meneer Wake?'

'Ach ja... ik leef nog. Lisa, ik geloof dat jullie vandaag weer een bestelling binnen zouden krijgen... Is het gelukt?'

Het was niet te geloven dat meneer Wake nog steeds wachtte op de cassette die hij drieëntwintig maanden geleden had besteld. Maar toen hij het ragdunne, gescheurde en versleten formulier voor speciale bestellingen openvouwde, zag Lisa dat hij nog steeds onverminderd optimistisch hoopte dat de *Hoornconcerten* van Mozart op een dag zouden opduiken. In gedachten vervloekte ze Ian. De bestelling kwam natuurlijk nooit meer, die was al lang geschrapt. Ze had geprobeerd hem duidelijk te maken dat cassettes uit de handel waren genomen – alles verscheen tegenwoordig op cd – maar dat maakte niet uit. Meneer Wake had gelezen dat de cassette was verschenen en dus kwam hij drie keer per week vragen of die er al was, elke keer met hetzelfde onverminderde optimisme dat steevast werd gevolgd door hartverscheurende teleurstelling. Ian genoot ervan. Hij werd het nooit moe hetzelfde toneelstukje op te voeren, waarbij hij in dozen keek en deed alsof hij de cassette eerder die dag nog had gezien, en altijd eindigend met een glimlach en de opmerking: 'Nou, meneer Wake, morgen misschien. Ik weet zeker dat het niet lang meer kan duren.' Hij ontleende er een genoegen aan mensen te kwellen. Toen hij een keer bijzonder slechtgeluimd was geweest, had hij zelfs tegen meneer Wake gezegd dat de cassette wel was binnengekomen, maar per ongeluk aan een andere klant was verkocht. Lisa had gewoon niet het hart of de kracht nogmaals tegen meneer Wake te zeggen dat ze het jammer vond dat de cassette er nog niet was.

Hij was een klein mannetje met een opvallend klein hoofd, alsof de schaal boven zijn schouders enigszins was aangepast. Vandaag had hij ook nog eens gekozen voor een grote pet met kleppen, alsof hij zijn ingevallen schedel wilde benadrukken. Lisa was zo verdiept geweest in zijn meelijwekkende formulier voor speciale bestellingen dat het haar nu pas opviel dat er een opengeslagen buspasje op zijn pet geprikt zat. Ze besefte dat hij dit waarschijnlijk had gedaan om beide handen vrij te hebben, zodat hij bij het in- en uitstappen van de bus zijn onhandelbare elektrische strijdwagen beter kon bedienen. Het was een vernuftige oplossing.

Zodra Lisa zag dat het een buspasje was, wist ze dat ze in geen geval naar de pasfoto mocht kijken. Ze wist dat kijken naar de foto gevolgen zou hebben. Op de foto mocht zelfs geen vluggе blik worden geworpen, want zelfs een vluggе blik kon al een reactie oproepen die ze niet zou kunnen beheersen. Het licht viel op het pasje, maar Lisa hield haar blik ononderbroken gericht op het onderpetse gezicht van meneer Wake. De bovenkant van de pet vormde de loodlijn; wanneer ze die dwars door haar blikveld zag lopen, moest ze haar blik afwenden, want anders zou ze de foto zien en dat mocht beslist niet gebeuren.

Een paar minuten lang verliep alles voorspoedig omdat ze op de computer de onvermijdelijke afwezigheid van de cassette kon controleren. Maar toen ze zich weer tot meneer Wake wilde wenden, moest hij net hoesten, waarbij zijn hoofd sneller boog dan Lisa had kunnen voorzien. Ze had haar ogen moeten losrukken, maar het was al te laat, ze had de foto gezien. Ze staarde ernaar, niet in staat met haar ogen knipperen.

Het grootste deel van de foto werd in beslag genomen door het gordijn dat de achterwand van het pasfotohokje vormde. Maar in de hoek linksonder, ineengedoken langs de rand van de foto, stond meneer Wake. Hij was ineengekrompen, alsof hij voor een vuurpeloton stond en aan de kogels probeerde te ontkomen door zich plat te drukken tegen de harde kunststof wand van het hokje. Zijn kleine hoofd verhief zich trillend boven zijn samenge-trokken schouders, zijn ogen waren ontzet opengesperd. Hij probeerde niet in de flits te kijken, hij dook naar achteren om het licht de ruimte te geven, maar aan zijn ontstelde gezicht te zien had de flits hem al gevonden. Boven zijn gezicht kaatste het licht terug naar de camera en werd het schijnsel van de witte explosie gereflecteerd door het geopende buspasje op zijn pet. En op dat buspasje stond een ander pasje, waarschijnlijk met een oudere foto die Lisa niet goed kon zien, maar waarvan ze zich voorstelde dat die een soortgelijke opname bevatte, en misschien was het die herhaling, die eindeloze reeks van steeds kleiner wordende me-neren Wake, die ervoor zorgde dat iets in haar knapte.

Een tijdlang stond ze als verlamd naar de foto te staren. Ten slotte hoorde ze meneer Wake haar naam noemen en kwam ze weer tot zichzelf.

'Lisa, Lisa, gaat het? Is het gelukt? Is hij er?'

Lisa staarde weer naar meneer Wake, en toen liep ze zonder iets te zeggen naar de rekken met cd's, pakte Mozarts *Hoornconcerten* 1-4, liep naar het schap met toebehoren voor een onbespeelde cas-sette van zestig minuten, ging terug naar de kassa, stopte cd en cassette in de geluidsinstallatie en zei: 'U hebt hem binnen tien minuten.'

Het was tijd om op te stappen.

Anonieme vrouw

Parkeerterrein van Sainsbury's

De zondagen zijn het ergst. En elke zondag is weer erger dan de vorige. Ik zit de hele dag in een leeg huis. Ik loop van de ene kamer naar de andere, van de ene stoel naar de andere. Ik denk dat ik wel trek heb in thee en ga water opzetten, maar vervolgens besef ik dat ik geen thee wil en doe ik het gas weer uit. Ik denk dat ik iets van de kruidenier nodig heb, maar ik kan niet bedenken wat. Ik kijk uit verschillende ramen en zie alle andere ramen in de straat, maar verder kijkt er niemand naar buiten. Ik zie nooit een gezicht. Ik vraag me af wat andere mensen op zondag doen. Ik sta daar door de vitrage naar andere vitrage te kijken en de tijd gaat heel langzaam voorbij.

Ik vond dat ik maar eens naar het winkelcentrum moest gaan. Dat doen mensen op zondag. Ik heb ze voorbij zien rijden, in de bus. Ik wist dat het hier een drukte van belang zou zijn. Het is moeilijk om hier geen doel te hebben. Ik ben naar Sainsbury's gegaan. Ik heb een dikke vrouw eerst een karretje laten loswrikken voordat ik probeerde er eentje te pakken. Iedereen duwde tegen me aan en pakte er een, maar ik bleef op die vrouw wachten, ik wilde niet voordringen. Ten slotte had ze een karretje te pakken en liep ze recht tegen me aan. Ze leek me helemaal niet te zien. Ze reed over mijn voet.

Ik sta hier nu al een hele tijd. Ik lijk me niet meer te kunnen bewegen. Ik weet dat ik in de weg sta. Ik kan mensen horen mompelen. Misschien moet ik om hulp vragen, maar ik weet niet zeker of ze me wel zouden horen.

Soms denk ik dat het beter zou zijn als ik niet zou bestaan, maar aan de andere kant heb ik op zondag toch al het gevoel dat ik niet besta.

Het was een vergissing om hierheen te gaan. De zoveelste. Ik heb daar eigenlijk wel genoeg van.

32

Lisa kon die avond niet meer bij haar vader langsgaan. Toen ze uit haar werk kwam, stonden er twee agenten op haar te wachten die haar meteen meenamen naar het politiebureau. Lang had het niet geduurd. Ze was voor donker weer thuis. Ze kwam binnen in een koude woning. Nu Ed er niet meer was, had het geen zin de hele dag de verwarming aan te laten staan. Ze had honger, maar de gedachte aan koken of zelfs het binnengaan van de keuken was haar al te veel. In plaats daarvan ging ze in het wegstervende licht in de woonkamer zitten. De schemering zoog overal de kleuren uit en liet alleen schaduwen en omtrekken achter. Ze bleef dood-stil zitten en voelde dat ze deel van de kamer werd, niet meer dan een vorm. Ze dacht dat ze misschien wel altijd zo wilde blijven zitten.

Ze bleef heel lang naar de donkere omtrek van de telefoon sta-ren voordat ze die oppakte. Ze wilde een nummer kiezen, maar de twee eerste pogingen mislukten. Eerst kreeg ze een ingesprek-toon, daarna bleef een vrouw die blijkbaar nogal in de war was net zo lang 'Kaz?' roepen totdat Lisa ophing. Het zou gemakkelij-ker gaan als haar handen niet zo trilden. Ze koos voor de derde keer het nummer, en nadat de telefoon een paar keer was overge-gaan, nam Kurt op.

'Hallo, ma,' zei hij.

Lisa was hierdoor nogal van haar stuk gebracht, en toen ze

weer iets probeerde te zeggen, merkte ze dat haar stem na urenlang zwijgen alleen maar kon kraken: '...'

'Ma? Ik probeer je al de hele tijd bereiken –'

'Met mij, Kurt. Met Lisa.'

'O... Hallo.' Er viel een korte stilte. 'O, nou, weet je, mijn moeder is de enige die me weleens belt.'

Daar ging ze verder niet op in. 'Ik heb je nummer van je baas gekregen. Ik hoop niet dat je dat erg vindt.'

'Nee, ik vind het leuk dat je belt. Hoe is het met je?'

Lisa gaf geen antwoord, ze wist niet wat ze moest zeggen. Ze bedacht dat het niet te laat was om nu nog terug te krabbelen, dat er geen logische reden was om door te gaan, maar in plaats daarvan zei ze: 'Ik moet je persoonlijk spreken.'

Hij was blij dat hij geen sporen van een vriendje zag. De woning rook en zag eruit alsof er onlangs nog was schoongemaakt. Lisa zag er moe uit toen ze de deur opendeed, en naarmate de avond vorderde, viel het Kurt op dat ze minder opgewekt was dan tijdens hun eerdere gesprekken. Hij nam aan dat dat door de drank kwam. Hij had een fles Dalwhinnie meegenomen die ze, ondanks Lisa's aanvankelijke bezorgde vermoeden dat ze misschien op het punt stond ziek te worden, vrij snel soldaat hadden gemaakt. Kurt had hem meegenomen om zijn zenuwen tot bedaren te brengen: hij kon zich niet herinneren wanneer hij voor het laatst met iemand had zitten drinken. Hij kon zich niet herinneren dat hij dat ooit had gewild. Hij wist nog niet wat Lisa hem wilde vertellen, al moest het iets zijn wat dieper ging dan het oppervlakkige gebabbel over films en muziek waarmee ze zich tot nu toe hadden beziggehouden. Het enige wat hen met elkaar verbond, was het meisje – misschien had Lisa iets ontdekt. Langzaam werd het gesprek steeds minder neutraal, steeds persoonlijker, en terwijl de tijd vorderde, zaten ze samen whisky te drinken en elkaar verhalen over het verleden te vertellen.

'Je had vroeger een oude vent die her en der in de stad gitaar-speelde. Ik denk dat hij een soort straatmuzikant was, maar hij legde nooit zijn pet op straat en had nooit geld. Hij probeerde zichzelf niet te verkopen. Soms zag ik hem zomaar ergens staan, in een portiek of bij de kerk of bij de bushalte. Hij speelde ont-zettend langzaam, echt ontzettend. Het duurde echt uren voor-dat hij zijn vingers op een andere plek op de hals had gezet. Maar hij speelde nooit de eenvoudige, langzame deuntjes die je zou verwachten; zijn repertoire bestond uit ingewikkelde, technisch moeilijke stukken, die hij zo langzaam speelde dat je vaak min-stens vijf tot tien minuten moest luisteren voordat je herkende wat het was. Het was alsof hij een noot pas wilde laten gaan wan-neer hij alle mogelijke nuances ervan had verkend. En vaak stond ik wel een uur lang te luisteren. Ik was niet erg geïnteresseerd in het liedje, maar vond het prettig mezelf in de noten te verliezen, die waren een kunstwerk op zich. En het gezicht van de man was niet vertrokken van inspanning of frustratie terwijl hij zijn vin-gers in de juiste stand dwong; hij keek juist innig tevreden, alsof hij boven zichzelf uitsteeg, helemaal gelukzalig en was zich abso-luut niet van zichzelf bewust. Ik vond het echt prachtig, al denk ik dat hij zich evenmin bewust was van mijn bewondering als van de hoon van anderen.

Op een kille dag zag ik hem bij de oude bioscoop. Hij speelde een eindeloos kronkelend arpeggio. Hij droeg een bivakmuts, zonder opening voor de mond, en voor hem op de grond lag een wit kaartje met de tekst: "Alphonso in concert. Vanavond liveop-treden in de Black Horse, 9 uur." Tot dan toe had ik nooit gewe-ten hoe hij heette.

Bij zijn optreden was nog één ander iemand aanwezig. Een vrouw met donkerrood haar die die hele twee uur stond te dan-sen, al had ik het vermoeden dat het hele optreden slechts uit één liedje bestond. Ik zat aan een klein tafeltje met daarop een brandende kaars, en tegenover me stonden nog een tafeltje en een stoel, alsof hij al die tijd al geweten dat er maar twee bezoekers zouden komen. Aan het einde van het liedje schudde Alphonso lichtjes met zijn hoofd en leken we hem pas voor het eerst op te vallen. Een moment lang heerste er even een gênante stemming, en ik wist niet of ik moest vertrekken of moest blijven zitten totdat hij het podium verliet. De vrouw bleef aan de andere kant van de zaal staan en we bleven doen alsof we elkaar niet hadden gezien. Toen zei Alphonso, op een toon alsof hij het tegen een groot publiek had: "Ik wil het volgende nummer graag opdragen aan de twee jonge geliefden die hier vanavond zijn", en hij zette een oud nummer van Django Reinhardt in dat hij adembenemend vloeiend en bedreven speelde; hij huppelde door die halsbrekende zigeunerjazz heen en zong met een prachtige breekbare stem.

Wat konden we doen? We zijn samen dronken geworden. Ze heette Nancy. Daarna hebben we de volgende vijf jaar elke avond samen doorgebracht. We hebben Alphonso nooit meer gezien of gehoord.'

TWEE UUR 'S NACHTS – LISA

'De laatste tijd vraag ik me weleens af of mijn hersens misschien een beetje stuk zijn. Ik geloof niet dat ze doen wat hersens zouden moeten doen. Het viel me een paar weken geleden op toen ik stond te wachten totdat de computer de omzet van die dag zou uitbraken. Ik stond al zeker een minuut of tien naar de muur te staren toen ik besefte dat alles wat ik in die tien minuten had gedacht eigenlijk te onbeduidend voor woorden was: ik dacht dingen als "muur", "prikbord", "grijs", "papier", "bruine vlek" – niet eens echt gedachten, meer dingen die ik als vanzelf herkende. Dus ik deed mijn best om aan mijn gedachten in het algemeen te denken en besefte dat ik eigenlijk nog maar zelden ergens aan dacht. En het ontbrak me niet alleen aan gedachten, maar ook aan enthousiasme en gevoelens en verlangens en dergelijke. Ik weet niet zeker hoe lang dat al zo is. Ik rijd elke ochtend naar mijn werk met het voornemen me in iets te verdiepen, en soms kom ik er zelfs toe een bepaalde vraag te formuleren, maar een paar minuten later is het dan niet meer dan "verkeerslichten", "blauwe auto", "grijze lucht". Ik lijk niet meer abstract te kunnen denken, mijn synapsen lijken niet beter dan die van een slak. Het doet me denken aan wiskunde op school. Ik was vreselijk slecht in wiskunde. Telkens wanneer ik me op een bepaald concept probeerde te concentreren, werd mijn hoofd leeg, letterlijk helemaal leeg. De tijd verstreek, de blaadjes werden opgehaald. Ik heb vijf jaar langer onderaan gebungeld, en dat was precies hoe het voelde. Alsof ik ergens helemaal onderaan hing en niet naar boven kon komen. Maar het punt is dat ik dat lege hoofd alleen op bepaalde momenten had, wanneer ik aan vectoren of differentiaalrekenen moest denken. Nu heb ik steeds vaker een leeg hoofd.

En dat drong laatst tot me door. Ik kon me ook herinneren dat ik als kind niet te stuiten was. Ik weet nog dat ik altijd ergens mee bezig was, altijd iets te doen had, altijd op zoek was naar dingen... meestal naar muziek. Mijn broer was een stuk ouder dan ik, maar zag geen reden waarom een klein meisje niet elke fase van de carrière van Lee Scratch Perry kon kennen, of weten vanaf welk jaar David Bowie alleen nog maar kutmuziek heeft gemaakt, waarom Johnny Cash geweldig was en The Doors lachwekkend, waarom Bob Dylan de vijand was. Hij maakte altijd verzamelbandjes voor me waar hij altijd expres een paar slechte nummers op zette om mijn kritisch vermogen te testen. Ik bedoel, ik was acht, en hij veranderde me in een monster. In het begin zei ik dat ik alles op het bandje leuk vond, maar na een tijdje begreep ik welke nummers stom waren, en het eindigde ermee dat hij steevast moest lachen omdat ik idioot doorwrochte en bijtende kritiek begon te geven op de nummers die hij leuk vond, en soms wist ik hem er zelfs van te overtuigen dat het nummer in feite een slap aftreksel was van eerder werk waarbij het eigenlijk niet in de schaduw kon staan. Op die leeftijd maakt muziek denk ik meer indruk op je dan later ooit nog het geval kan zijn. Ik kon helemaal opgaan in het landschap van een elpee of een single, daar dompelde ik me helemaal in onder. Ik nam de bus naar de stad en hing uren rond in de oude winkel van Virgin, waar ik de bladen las, naar aanwijzingen zocht, grondig songteksten doornam, op zoek ging naar tekens. Mijn broer nam me mee naar optredens – dat moet een vreemd gezicht zijn geweest, hij was tweeëntwintig en ik was dertien – maar dat was zo'n fijne tijd, eigenlijk de beste jaren van mijn leven. Ik denk niet dat ik me ooit nog zo zal voelen, zo geconcentreerd op één ding, zo betrokken bij iets als toen we samen naar concerten gingen. Dat lijk ik nu helemaal te zijn verleerd, en ik mis het. Ik maak werkdagen van twaalf uur en mijn hersens zijn stuk en ik lijk helemaal geen muziek meer te horen.'

DRIE UUR 'S NACHTS – KURT

'Ik rouwde al voor haar dood. Drie maanden voordat de auto haar raakte. Soms denk ik dat de auto de hele tijd al dichterbij kwam, langzaam meer vaart kreeg, sneller ging rijden om mijn verlies compleet te maken. Op een dag word je wakker en dan is alles anders... Zo gaat het echt. Het kan echt gebeuren dat 's nachts, als je allebei ligt te slapen, opgerold in elkaars armen, alles voor altijd verandert. Ik merkte het aan de vorm van haar rug toen ik wakker werd, die leek iets vreemds te hebben, hoekig, anders. Ze was jarig en ik haalde de cadeautjes onder het bed vandaan en legde die om haar heen. Ik wilde dat ze omringd door pakjes wakker zou worden, en dus legde ik ze voorzichtig op de door de zon verwarmde deken al had haar houding iets wat me deed vermoeden dat ze waarschijnlijk al wakker was. Maar ik fluisterde haar naam en ze gaf geen antwoord. De zon scheen fel op het bed en ze zou over een paar minuten wel wakker worden. We werden altijd een paar minuten na elkaar wakker. Maar ze verroerde zich niet. Ik dacht aan de volgorde waarin ik haar de cadeautjes wilde laten uitpakken, waarbij ik het beste tot het laatst wilde bewaren. Ik denk dat er wel een uur verstreek, en toen draaide ze zich opeens om, en haar ogen waren open en ik wist dat ze al de hele tijd wakker was geweest, misschien al urenlang, van me afgewend, starend naar de muur, en natuurlijk wist ze dat ik dat wist. En zo snel en meedogenloos ging het. Ze hield niet meer van me. Ze heeft nooit iets gezegd. Ik denk dat zij net zo was geschrokken als ik. Ze bleef doen zoals ze altijd had gedaan, zei dat ze van me hield, misschien in de hoop dat het gevoel dan weer zou terugkeren. We zeiden geen van beiden iets. Soms kon ik me 's nachts niet beheersen en dan bleef ik maar huilen en hield ze me vast, zonder dat we er iets over zeiden, en dan begroef ik me diep in haar armen, drukte mijn lichaam steviger tegen haar aan, steeds harder knijpend, in een poging die zekerheid, die volledigheid, van vroeger te voelen, maar er was niets.

Zo ging het drie maanden lang. Ik vraag me af hoe lang het zou hebben geduurd als ze was gebleven. Hoe vaak zou ik dan teruggevallen zijn en hebben vergeten dat ze niet meer van me hield? Hoe lang zou het hebben geduurd voordat ik daar niet meer aan hoefde te worden herinnerd? Na drie maanden vaagde die auto haar volledig weg, en opeens was mijn verdriet gerechtvaardigd en niet iets waarvoor ik me hoefde te schamen, het was tragisch en niet banaal. En op de begrafenis zei iedereen tegen me: "O, ze hield zoveel van je, je was alles voor haar, echt alles", en ik knikte en zei: "Ja, ja, dat weet ik. Het was perfect."

En ik begroef het, ik begroef het zo diep als ik kon door te slapen en te dromen, denkend dat ik die laatste paar maanden misschien ook had gedroomd, dat er tot aan het einde toe liefde was geweest. Ik dacht dat iets wat zo echt en groot was onmogelijk voorgoed kon verdwijnen, ik probeerde tegen mezelf te liegen... maar nu ken jij de waarheid, en die moet je voor me onthouden. Het kost me soms moeite die te onthouden, ik bedoel, het valt niet mee om aan zoiets te denken, maar ik wil niet dat je het me laat vergeten. Je moet mijn hand vasthouden, zoals je nu doet, je moet mijn hand in jouw ijskoude hand houden zodat ik weet dat het echt is gebeurd en ik er deze keer niet doorheen zal slapen.'

VIER UUR 'S NACHTS – LISA

'Ik had om acht uur met mijn broer in de Wimpy afgesproken. We gingen altijd samen naar de stad, maar die avond had hij eerst nog een paar andere dingen te doen en dus ging hij al vroeg de deur uit. Mijn vader bracht me naar de stad. Ik was dertien en hij had liever niet dat ik 's avonds alleen de bus nam. Maar de Wimpy was een veilige plek – wat kan er voor naars gebeuren in een hamburgertent? Ik zat daar aan mijn sinas en keek voor de honderdste keer naar onze kaartjes. We gingen naar Kraftwerk... en dat was bijna sciencefiction voor me. Ik was meer dan opgewonden, ik was bijna misselijk, ik kon gewoon niet geloven dat we er echt heen gingen, dat we ze in levenden lijve zouden gaan zien, of in draden of waar ze ook uit bestonden. Kraftwerk was een plaats in mijn gedachten, een sfeer, een bepaald gevoel. Het idee dat Kraftwerk daarbuiten echt bestond en – en dat voelde nog gekker – dat andere mensen in de stad hen ook kenden en naar hun muziek luisterden was gewoon niet te geloven... en eigenlijk vond ik het ook een beetje vervelend. Dus ik keek uit het raam en probeerde te raden welke mensen ook naar het concert gingen, maar het werkte niet. Dit waren mensen met boodschappen en paraplu's en wollen jassen, mensen met bruine krullen en broekklemmen, mensen met draagtassen. Die werelden waren niet met elkaar te verenigen. Mijn hersens deden pijn omdat het allemaal zo moeilijk te geloven was, of misschien kwam het wel doordat ik zo vol verwachting was – ik wilde het publiek net zo graag zien als Kraftwerk zelf. En die avond was het echt een trage, vreselijke marteling om de wijzers van de klok te zien voortkruipen en mijn broer nooit te zien verschijnen. Ik had geld voor maar één drankje, ik had niet eens genoeg geld om te bellen. Altijd wanneer ik nu sinas en geplastificeerd karton proef, voel ik weer die hulpeloosheid en paniek en teleurstelling. Om de paar minuten nam ik me voor alleen te gaan, maar dan stelde ik me voor dat mijn broer naar het spiegelende raam zou rennen en me daar niet zou zien zitten, en ik kon het niet. Het is heel gek; hij is nooit naar dat raam toe komen rennen, maar dat beeld zit in mijn hoofd alsof het echt is gebeurd. Ik zie het geschrokken, verontschuldigende gezicht dat hij trekt. Uiteindelijk was mijn vader degene die me kwam ophalen.

Mijn broer werd vastgehouden op het politiebureau. Vlak bij de plek waar mijn broer werkte, was een meisje verdwenen dat Kate Meaney heette, en blijkbaar was mijn broer de hoofdverdachte, hoewel hem nooit iets ten laste is gelegd. Niemand is ooit iets ten laste gelegd, er is nooit een lijk gevonden. In de weken daarna verhoorde de politie me over mijn broer, over onze "relatie" – wat bedoelden ze daarmee? We waren familie van elkaar, ja en? Ze vroegen me vreselijke dingen. Ze bleven maar zeggen dat ik wel blij mocht zijn dat ik een broer had die zoveel aandacht voor me had, maar dat meenden ze niet, dat begreep ik zelfs toen al. Ze hadden totaal geen verstand van muziek. Toen ik terugkwam van het politiebureau wilde ik hem vertellen wat ze allemaal voor onzin tegen me hadden gezegd, dat een van hen "Craft Work" in plaats van Kraftwerk op zijn notitieblok had geschreven, dat ze helemaal opgewonden werden toen ik zei dat we altijd samen de NME gingen halen omdat ze dachten dat dat een of andere geheime code voor iets was – gekker kun je het toch niet bedenken? Maar mijn broer zei bijna niets tegen me, hij kon me zelfs niet aankijken. Hij was bang dat ze me ik weet niet wat hadden wijsgemaakt, en ik had toen meteen tegen hem moeten zeggen dat dat niet zo was, maar dat leek me wel duidelijk: als ik dat zou zeggen, zou het net lijken alsof ik aan hem twijfelde, en dat heb ik geen moment gedaan. Voor mij veranderde er niets, maar hij kon niemand meer vertrouwen. Het was heel moeilijk voor hem, want de buren scholden hem uit, mijn vader zei helemaal niets en mijn moeder liep de hele tijd te janken, maar ik was er wel, zijn kameraad, maar hij deed net alsof ik onzichtbaar was.

Hij ging weg. Ik denk dat hij eerst alleen maar van plan was uit de buurt te blijven totdat dat meisje weer zou opduiken, of totdat iemand een bekentenis zou afleggen, maar natuurlijk gebeurde dat niet, en hij is nooit meer teruggekomen. Ik heb hem al twintig jaar niet meer gezien. Hij is verdwenen, net als dat meisje. Ik vraag me nog steeds af hoe hij dat kon doen. Hoe kon hij zo weinig vertrouwen hebben? Hij vertrouwde me niet eens genoeg om me recht aan te kunnen kijken. Hoe kon hij oprecht vertrouwen belonen door me in de steek te laten?'

Het was vijf uur 's morgens. Buiten was de lucht van zwart naar blauw verkleurd en hadden de vogels daar nog steeds iets over te zeggen. Kurt kon Lisa niet aankijken. Hij voelde zich misselijk. Whisky vermengd met schaamte en ontzetting. Wist ze het? Besefte ze dat het zijn zwijgen was dat ervoor had gezorgd dat haar broer verdacht was gebleven? Zijn hoofd tolde.

Lisa was moe, maar haar hoofd was helder. Dit leek haar het juiste moment om te zeggen wat ze wilde zeggen. 'Jij hebt vorige week iemand op het parkeerterrein gevonden die zelfmoord had gepleegd, hè?'

Kurt knikte, maar hield zijn blik op de vloer gericht.

Ze voelde dat de tranen van haar gezicht op haar schoot drupten, maar ze wachtte totdat haar stem vast genoeg was voordat ze weer iets zei.

'De politie is bij me langs geweest. Blijkbaar heb je mijn broer Adrian gevonden.'

Kurt schoof zijn stoel naar achteren en vluchtte.

Anonieme jongen
Dak van Sainsbury's

's Avonds gaat de grote poort op slot, maar het is zo simpel om binnen te komen. Je loopt gewoon over het parkeerterrein naar de UCI, alsof je naar de film wilt, maar dan steek je vlak voor de bioscoop de andere parkeerplaats over naar het winkelcentrum. Je hoeft alleen maar over een paar heggen te springen, echt een makkie. We weten waar de camera's hangen; de bewakers, daar moet je voor oppassen. Een van hun honden heeft me een keer te pakken gehad toen ik zeven was, mijn hele been lag open. Nu heb ik een mes bij me, dus als er ooit weer eentje bij me in de buurt komt, steek ik hem zo in zijn bast. Jason is bang voor honden, en we lopen hem graag te stangen en zeggen dan dat er ergens een Duitse herder zit, en dan moet hij lachen en zegt dat we moeten optiefen, maar hij begint toch altijd te rennen.

Ik weet nog dat we een keer in de lift die naar het dak ging stonden en dat Tracey allerlei onzin op de wand begon te schrijven. Iets over haar en Mark 'voor altijd' en toen vroeg ze welke dag het was, zodat ze dat eronder kon zetten, en ik keek op mijn horloge om te zien wat de datum was, maar toen ik weer naar haar keek, stond Mark haar te zoenen. Maar goed, zodoende weet ik nog dat het tien voor halfacht was.

Zondagen in de zomer, die zijn het best, want dan hoeven we niet tot het donker te wachten. Het personeel is om halfzes al weg. We gingen naar het dak en het leek wel middag, en Rob rende alle kanten op en keek over de rand om te zien of hij bewakers en honden zag. Jason had de lijm bij zich en we moesten allemaal lachen omdat hij zoveel had gejat. En Craig pakte zijn aanstekervloeistof, want hij houdt niet van lijm.

Ik weet niet hoe lang we daar hebben gelegen. Ik keek net naar een wolk die op een tank leek. We zaten op het hoogste gebouw, niemand zat hoger dan wij. Toen kwam Jason aanrennen met een boodschappenkarretje dat hij bij de lift had gevonden. We duwden het een voor een over het dak, en toen zei Rob laten we eens kijken met hoeveel we erin passen. Dus Mark en Tracey gingen op de bodem zitten, en Craig en Jason op de rand, en Rob ging over de bovenkant liggen met zijn hoofd naar voren, net als dat hondje dat voor op een Jaguar zit. Ik kon er niet meer bij, dus toen zei Jason: 'Jij mag duwen, Steve', en ik begon ze heen en weer te duwen. Ik zag dat Traceys gezicht vanbinnen tegen het metaal werd gedrukt, en ze moest lachen, en ik dacht eraan hoe het was toen wij nog verkering hadden. Ik had koppijn van de zon en de lijm en ik werd doodmoe van dat duwen, maar het voelde lekker omdat ik moest denken aan hoe Tracey me altijd zoende. Ze zei dat het voor altijd was, maar het duurde maar zes weken. Ik rende met dat karretje heen en weer en vond het opeens heel stom dat ik ze moest duwen, ik vond het stom dat ik met Tracey rondhing terwijl ze nu met Mark was, ik vond het stom omdat iedereen in dat karretje zat en ik niet, en daarom stopte ik. Maar het karretje rolde nog verder, ik denk omdat het zo zwaar was, en ik riep nog want het rolde steeds harder naar beneden, maar ze lachten zo hard. Ik zag dat de voorwieltjes de rand raakten en ik begon te schreeuwen, en toen het naar voren kantelde, werd alles net een foto. Mark en Tracey zaten nog steeds in het karretje, maar dat hing nu op zijn kop, Rob hing nog steeds recht naar voren in de lucht, zonder te bewegen, en Craig en Jason staken hun handen omhoog, alsof ze zich ergens aan vast wilden houden. Ze bleven allemaal zo staan totdat de foto in mijn hoofd was ontwikkeld, en toen waren ze weg.

33

Het huis was smetteloos, daar had ze wel voor gezorgd. Ze stofzuigde en dweilde en stofte elke dag af, maar één keer per week hield ze grote schoonmaak. Een voorjaarsschoonmaak, maar dan elke week. Dan gingen de gordijnen eraf en werden ze gewassen, dan werd de binnenkant van de oven geschrobd, werden de kruimels achter de koelkast opgeveegd en werd het peper-en-zoutstelletje afgewassen en opnieuw gevuld. Het duurde een dikke zeven uur, en nu zat ze met een puzzelboekje aan haar eettafel van teakfineer. Het huis rook naar Glassex en ze zag de vitrage en lakens woest wapperen aan de waslijn in de tuin. Het gaf haar zo'n gevoel van vrijheid om die stof bol te zien staan en heen en weer te zien zwaaien; ze kon de wind bijna door haar heen voelen blazen, haar aan stukken scheurend.

Ze liep naar de keuken en zette een kop thee voor zichzelf, precies zoals ze het lekker vond. Ze vond het nog steeds fijn dat ze dat kon doen. Niemand fronste toen ze een tweede schep suiker nam. Ze sneed een flink stuk van de cake af die ze de vorige avond had gebakken. Ze zou gaan zitten, haar cake opeten en haar thee drinken en vragen over sterren beantwoorden. Niemand zou haar een rotgevoel aanpraten. Het huis was stil. Hij zat in zijn gebruikelijke stoel voor het raam aan de voorkant. Zij bleef achter in de woonkamer aan tafel zitten, buiten zijn zicht. Ze was volmaakt gelukkig.

Nadat Kurt senior door een hersenbloeding was getroffen was het aanvankelijk heel zwaar geweest. Ze had Kurt thuis nodig gehad, zodat hij haar kon helpen Kurt senior te voeden, te verschonen, te wassen. Haar kon helpen aan die starende blik te wennen. Maar naarmate de tijd vorderde, werd het steeds gemakkelijker, en het duurde niet lang voordat ze besefte dat ze veel gelukkiger was nu hij in deze toestand verkeerde. Jarenlang was ze net een vogeltje geweest dat zenuwachtig om hem heen had gefladderd en tevergeefs had geprobeerd het goed te doen. Nu was zijn kille afkeuring verdwenen en kon ze haar eigen gang gaan, ook al was het niet veel spannender dan suiker in haar thee doen of af en toe een tijdschrift kopen.

Het was waar dat ze nog steeds geen boodschappen in Green Oaks deed, maar dat had niets met hem te maken. Natuurlijk wist ze dat hij over zijn werk had gelogen. Een van de buren had hem kort nadat hij in Green Oaks was begonnen daar gezien, maar ze was zo verstandig niet te laten merken dat ze het wist. Ze vond het er gewoon niet prettig, ze begreep niet waarom mensen daar hun spullen wilden kopen. Begreep niet waarom ze daar in drommen heen gingen en de buurtwinkels, waar iedereen wist hoe je heette en ze vroegen hoe het met je gezin ging, links lieten liggen. De beroving had haar laten schrikken, maar ze liet zich niet wegpesten.

Ze waste haar kopje en bordje af en keek naar haar spiegelbeeld in het keukenraam. Net Gregory Peck, had ze gedacht toen ze hem voor het eerst had gezien. Hij was lang en donker en somber. Toen ze pas met elkaar gingen, had ze hem als een echte romantische held gezien. Ze dacht dat er achter dat ernstige uiterlijk heftige hartstochten verborgen zaten. Ze dacht dat ze tijdens de huwelijksnacht misschien de sleutel kon zijn die die passie zou bevrijden. Ze wist hoe trots en gelukkig ze zich zou voelen omdat iemand die zo ernstig was zich helemaal aan haar wijdde en dol op haar was. Maar ze had zich vergist. Achter het strenge uiterlijk school alleen maar meer strengheid en vreugdeloosheid. Tijdens hun huwelijksnacht had het geleken alsof hij een gebruiksaanwijzing opvolgde. Hij leek haar amper op te merken toen hij mechanisch duwde en manoeuvreerde. Toen het voorbij was, was zijn enige commentaar dat hij niet snapte waarom iedereen er zo'n heisa over maakte.

Ze waren in een patroon vervallen waarbij zij elke dag haar best deed het hem naar de zin te maken en hij elke dag liet merken dat het hem niet zinde. Ze dacht dat het misschien anders zou gaan als ze eenmaal kinderen hadden, maar de kinderen leerden ook snel dat ze hem zo min mogelijk in de weg moesten lopen. Kurt stotterde als kind en Loretta verstopte zich onder tafel. Ze kon alleen maar opluchting voelen toen Loretta ging rebelleren. Andere moeders zouden zich waarschijnlijk kapot hebben geschaamd voor zo'n dochter, maar Pat was alleen maar trots. Ze maakte zich wel zorgen over Kurt: hij leek te veel op haar, streefde te veel naar de goedkeuring van zijn vader, verspilde zijn leven aan het zoeken naar iets wat niet bestond.

Zoals wel vaker gebeurde, dacht ze net aan Kurt toen de bel ging en hij bij haar op de stoep stond. Hij leek op zijn vader zoals die er al die jaren geleden uit had gezien.

'Dag lieverd, ik moest net aan je denken.'

Kurt staarde haar aan. 'O ma, wat zie je eruit! Waarom heb je niets tegen me gezegd?'

'Je had niets kunnen doen, je had je alleen maar zorgen gemaakt. Waarom zou je de mensen met slecht nieuws lastigvallen?'

Dat had hun familiespreuk kunnen zijn, dacht Kurt. Hij keek naar zijn vader – hij had hem door de ramen zonder gordijnen met zijn felle blik naar buiten zien staren.

'Hoe is het vandaag met hem?'

'O, het gaat. Hij deed vanmorgen moeilijk bij het ontbijt.'

'Hoe gaat het met jou?'

'Heel goed, jongen, heel goed. Maak je maar geen zorgen over die blauwe plekken, die trekken wel weer weg. Ik laat me echt niet bang maken door een stel van die jochies. Ik weet hoe ze heten, dat heb ik ook tegen de politie gezegd. Ik ben heus niet bang voor ze.'

Kurt glimlachte. 'Je bent een ijzeren Hein, hè?'

'Ja, maar jij bent zo te zien van suiker. Wat zie je eruit, jongen. Eet je wel goed? Slaap je een beetje redelijk?'

'Het gaat best, ma. Ik slaap de laatste tijd niet zo best, maar het gaat wel.'

'Ik maak me zorgen over je, dat weet je toch.'

'Ja, dat weet ik.'

'Ik hou van je.'

'Ik weet het, ma.'

'Als er iets mis is, dan zou je het me wel vertellen, hè?'

'Waarom zou je de mensen met slecht nieuws lastigvallen?' zei Kurt op de toon die zijn moeder altijd bezigde.

Ze moest lachen. 'Ik moet nu even naar het postkantoor, dan kan ik nog voor sluitingstijd zijn geld halen. Blijf je eten?'

'Ja, tot straks.'

Pat liep naar buiten en deed de deur dicht, en Kurt pakte een stoel en ging voor zijn vader zitten. Hij keek hem lange tijd recht in zijn ogen, langer dan hij doorgaans kon volhouden. Toen begon hij te praten, met zachte stem.

'Ze is meer dan je verdient, meer dan je ooit hebt verdiend. Heb je haar gehoord? Niets kan haar tegenhouden. Ze is een ijzeren Hein... en wij?

Ik doe geen oog dicht, pa. Nog geen tel. Ik lig maar wakker en kijk naar de bundels licht van koplampen die langs het plafond strijken. Ik moet steeds denken aan hoe ik ben en dat jij me zo hebt gemaakt. Ik heb ook aan jou zitten denken.

Weet je dat je nooit echt met me hebt gepraat toen ik nog klein was? Je commandeerde me alleen maar in het rond. Je gaf bevelen. Ik denk niet dat dat je tot een goede vader maakte. Ik geloof niet dat je een goede of sterke man van me hebt gemaakt. Moet je me nu eens zien, ik ben gewoon een slappe zak geworden.

Ik heb Loretta laatst nog gesproken. Ze vertelde dat je vroeger stiekem een baantje als schoonmaker had – ik moest er gewoon om lachen. Je hebt gelogen en de waarheid verborgen gehouden, allemaal voor niets. Maar dat is niet de reden waarom ik een hekel aan je heb. Ik heb een hekel aan je omdat je die zwakheid op mij hebt overgedragen. Omdat je me zwakke genen hebt gegeven. Ik heb de waarheid jarenlang verborgen gehouden, zo diep dat ik hem bijna was vergeten. Ik probeerde niet te denken aan de schade die ik daardoor had opgelopen. Ik was altijd banger dat ik jou zou teleurstellen.

Ik zie het oranje licht langs het plafond schieten en vraag me af of ik het tegen haar moet zeggen. "Waarom zou je de mensen met slecht nieuws lastigvallen?" zeg ik tegen mezelf. "Daar komt haar broer niet door terug." Maar dat denk ik niet echt. Ik denk eigenlijk dat ik haar heel leuk vind, en ze maakt me blij en ik wil niet het risico lopen dat ik dat verlies, daar ben ik te zwak en te egoïstisch voor. Ik kan maar beter mijn mond houden.

Ik ben net zoals jij, pa. Een leugenaar, een lafaard. Ben je daar trots op?'

34

Lisa keek naar kartonnen borden in een ruimte die naar spekkies rook. Gavin had toestemming gekregen in een of andere vergeten unit in een doodlopende zijtak van het centrum zijn tentoonstelling '21 jaar Green Oaks' te organiseren. Ze had om zes uur met Kurt bij de fontein afgesproken. Hij had haar gebeld en gezegd dat hij haar wilde spreken. Zij wilde hem ook spreken. Ze wilde vertellen dat ze haar baan had opgezegd, dat hij dat ook moest doen; ze wilde hem vertellen hoe ze zich voelde. En nu, terwijl ze probeerde de tijd tot aan haar afspraak met Kurt te doden, was ze op de tentoonstelling van Gavin beland. Dat leek haar een gepast sombere manier om voorgoed afscheid van Green Oaks te nemen.

Ze had al afscheid genomen van Dan. Ze had hem nog gezien voordat hij naar het buitenland was vertrokken, en had gezegd dat hij in alle opzichten gelijk had gehad: wat betreft haar baan, haar woning, Ed. Hij had moeten lachen toen ze had verteld dat ze ontslag had genomen op dezelfde dag dat Gordon Turner eindelijk had besloten de winkel te bezoeken. Ze had hem een rondleiding gegeven, ervoor gezorgd dat hij had gezien dat de nooduitgangen geblokkeerd waren en dat de damestoiletten vol voorraad stonden – en bij wijze van bonus waren ze ook nog eens Graham de magazijnbediende tegen het lijf gelopen, die van Crawford de uitdrukkelijke opdracht had gekregen zich tijdens het bezoek verborgen te houden. Dan had tegen Lisa gezegd dat hij het nodige onderzoek had verricht en wist welke landen hij moest vermijden om te voorkomen dat hij naar huis terug zou keren met dreadlocks, gestreepte broeken of etnische sieraden van welk soort dan ook. Hij zei dat hij voor de zekerheid ver uit de buurt van de kust van de Stille Oceaan zou blijven. Hij beloofde dat hij nooit met dolfijnen zou gaan zwemmen.

De unit waar de tentoonstelling werd gehouden, was ooit een chique snoepwinkel geweest, waar je vijftien keer zoveel als in een gewone winkel betaalde voor alledaagse snoepjes die ze voor je in een glanzende roze zak met strepen stopten – maar de enige klanten die ooit in de schamel verlichte doodlopende gang terecht waren gekomen, waren verdwaald en hadden geen zin om vijfentwintig pence voor een dropje te betalen, ze wilden alleen maar naar de wc. Lisa voelde dat er iets onder haar schoen zat en zag dat het een oud schuimpje was. Ze besloot het te laten zitten en te kijken hoeveel zoetwaren ze tijdens het bekijken van de tentoonstelling kon verzamelen. Ze vond het wel een leuk idee om met verminkte winegums en colaflesjes rond te lopen.

Gavin, die snipperdagen had opgenomen om over zijn verzameling te kunnen waken, zat in de hoek. Kurt had Lisa voor hem gewaarschuwd en daarom had ze een walkman opgezet om zich tijdens het bekijken van een eindeloos aantal foto's en blauwdrukken tegen zijn commentaar te beschermen. Ze wist dat het voor Gavin een uitnodiging zou zijn om naar haar toe te komen en een gesprek te beginnen als ze iets te lang bij een bepaald voorwerp zou stilstaan. Ze luisterde naar Smog en vond de bittere wanhoop van Bill Callahan goed passen bij de sombere afbeeldingen.

De dood van haar broer had haar een nieuwe kijk op verdriet gegeven. Ze merkte nu dat verlies verschillende gradaties kende, die zo subtiel waren dat ze de meeste mensen ontgingen. Iemand verliezen ten gevolge van zelfmoord gaf het verdriet een andere kleur dan wanneer iemand zomaar was verdwenen. Ze wilde er met iemand over praten. Ze wilde met Kurt praten. Ze wist niet waarom hij laatst haar woning zo plotseling had verlaten. Voor haar voelde het alsof ze opnieuw begon, alsof ze voor het eerst in jaren weer wakker was. Ondanks alles voelde ze in haar binnenste een hevig fel licht branden wanneer ze bij Kurt was, en nu ze zachtjes meeneuriede met Bills bariton, leek het alsof ze voor de allereerste keer muziek hoorde.

Ze liep van foto naar foto. Sommige foto's waren officiële pr-opnamen, andere kwamen duidelijk uit Gavins eigen archief. Ze liep naar een bijzonder slaapverwekkend hoekje dat uit foto's van de servicegangen bestond. Het viel haar op dat de gedeeltes aan de achterkant vroeger, voordat de deuren en leidingen een likje verf hadden gekregen, nog somberder hadden geoogd. Het verbaasde haar niet dat er aan de afdelingen voor het personeel pas iets was gedaan toen het centrum zijn deuren al lang had geopend. In Gavins kinderlijke blokletters stonden zelfs de onbeduidendste details vermeld: HOEWEL HET WINKELGEDEELTE AL ZEVENTIEN KEER IS GERENOVEERD, WERDEN DE PERSONEELSAFDELINGEN SLECHTS ÉÉN KEER GEVERFD, IN 1984. Een man in een witte overall was bezig een gang te schilderen. Lisa dacht aan de grijze verf die ze op de rug van het aapje had zien zitten. Het was een schok dat de aap daar twintig jaar had zitten wachten totdat iemand hem vond. Terwijl ze naar de foto's keek, voelde ze een steeds grotere afkeer jegens Green Oaks opwellen. Beeld na beeld openbaarde zijn kwaadaardigheid zich in talloze verschillende facetten. Voor een soort kerstgrot hield een ambulancebroeder een gewond kind in zijn armen. De burgemeester, een dame in een lichtblauw broekpak, knipte het lintje voor de tweede uitbreiding door. Een lint van de politie op het dak, daar waar een stel lijmsnuivertjes naar beneden was gevallen. Een twee meter hoge Bugs Bunny met zijn armen rond een kind met grote ogen voor de winkel van Warner Brothers. Een verre opname van een vage gestalte in de lift. Keith Chegwin, met opgestoken duimen, omringd door personeel dat was verkleed als vuilnisbakken. Een korrelige foto, waarschijnlijk een still van een beveiligingscamera, van Kurt die over een donker parkeerterrein liep.

Ze wilde buiten in het licht zijn. Ze wilde nu weglopen en nooit meer terugkomen. Ze draaide zich om, klaar om weg te rennen, en zag niet eens dat Gavin ook was verdwenen.

35

Kurt zag dat er aan de onderkant van alle gebouwen vage vlekken zaten omdat de honden ertegenaan hadden gepist. Hij was blij dat dat hem normaal gesproken ontging. Er kwam iemand langs met een hond, die aan zijn riem trok om aan een verse vlek te kunnen snuffelen, en Kurt vroeg zich af of de hond weleens opkeek en de gebouwen boven de vlekken zag.

Hij zat in een café tegenover het politiebureau thee te drinken en het moment waarop hij daar naar binnen zou gaan uit te stellen.

Twee dagen geleden had hij Lisa gesproken en haar verteld dat hij Kate op de dag van haar verdwijning had gezien. Hij had zich niet bewust voorgenomen het haar te vertellen, maar het licht veranderde en de woorden rolden zomaar over zijn lippen. Hij had haar gebeld en gezegd dat hij haar wilde spreken. Ze liepen door het bos in Sutton Park toen de zon vanachter de wolken tevoorschijnkwam en er overal op de grond in het bos schaduwen te zien waren. Kurt bleef staan en kuste Lisa. Hij zei dat hij van haar hield. Hij zei dat hij altijd bij haar wilde zijn en zei toen dat hij verantwoordelijk was voor de dood van haar broer. Hij voelde een vreemde mengeling van euforie en ontzetting. Ze gingen op een stapeltje boomstammen zitten. Hij pakte haar hand, maar ze wendde haar blik af. Hij zag de schaduwen van de takken over haar huid kruipen.

Ten slotte nam ze het woord. 'Dus ze is nog gezien nadat Adrian haar alleen had gelaten. Als je toen de waarheid had verteld, zou Adrian niet langer verdacht zijn geweest. Dan had hij nu waarschijnlijk nog geleefd.' Ze veegde een mier van haar arm. 'Ik weet niet wat ik moet zeggen. Ik kan geen woede voelen. Ik weet niet waarom. Ik wou dat ik dat wel kon. Ik heb naar je geluisterd en gewacht totdat ik iets zou voelen, maar er is geen woede. Ik weet niet of dat komt doordat je nog een kind was, of doordat ik me gewoon geen ander verleden kan voorstellen. Of misschien is het omdat ik me, na wat je hebt gezegd nadat je me kuste, gewoon geen andere toekomst wil voorstellen. Ik voel me verdrietig. Ik wou dat we dit een maand geleden hadden geweten. Ik wou dat we het twintig jaar geleden hadden geweten. Maar ik wist dat dit op een dag zou gebeuren, dat er bewijzen zouden zijn. Het lijkt alleen niets voor me te veranderen.'

Kurt zag de mieren over zijn gympen marcheren. 'Ik ben van plan naar de politie te stappen. Misschien helpt dat.'

Lisa zuchtte. 'Als je dat wilt, zal ik je niet tegenhouden, maar je moet niet op een warme ontvangst rekenen. Ze zijn nogal gehecht aan hun huidige theorie.'

Nu zat hij in een witte ruimte en bedacht dat ze het bij het rechte eind had gehad. Het ging niet zoals op tv. Niemand bood hem thee aan. Niemand pakte een bandrecorder. Hij moest eeuwen wachten voordat er een rechercheur met hem wou praten, en toen er eindelijk eentje verscheen, leek die snel afgeleid en ongeïnteresseerd. Na een tijdje hield hij op met verveeld doen en reageerde hij simpelweg onaardig en beschuldigend.

'Dus je komt nu melden dat je Kate Meaney op de dag van haar verdwijning hebt gezien?'

'Dat klopt.'

'En volgens jou is die aap het bewijs dat ze in Green Oaks is geweest.'

'Ja, die is daar gevonden, in de servicegangen.'

'En hoe weten we dat die aap iets met Kate Meaney te maken heeft?'

'Omdat ik nog weet dat ik haar die dag met die aap heb gezien.'

'En die aap is gevonden door Lisa Palmer, de zus van een verdachte in deze zaak?'

'Ja.'

'En Lisa Palmer is je vriendin?'

'Ja.'

'En onze vrienden willen we allemaal graag helpen, nietwaar?'

'Hoezo helpen? Haar broer is dood. Ik lieg niet.'

'Hoor eens, dat haar broer nu dood is, daardoor komt het allemaal weer terug, hè? Het staat weer in de krant. Natuurlijk wil ze daar niet voor eeuwig aan worden herinnerd. En jij denk ik ook niet.'

'Gaat u altijd zo met getuigen om?'

'Ik zorg er altijd voor dat niemand mijn tijd verspilt.'

'Dat doe ik niet. Onderzoekt u die aap maar, kijk of er vezels op zitten, of vingerafdrukken, doe een koolstofdatering... Ik weet niet wat u allemaal kunt, maar u moet kunnen vaststellen dat ik niet lieg.'

'O, dat kunnen we best.'

Ze staarden elkaar in de ogen totdat de rechercheur opstond.

'Wacht even. Ik haal wat formulieren die u moet invullen.'

De deur viel met een klap achter hem dicht en Kurt sloeg met zijn hoofd tegen de tafel. Hij had de pest aan zichzelf omdat hij zo lang zijn mond had gehouden. Hij vond het vreselijk dat hij de onderzoekers in hun nare vermoedens had gesterkt. Maar hij vond het vooral erg wat hij Lisa had aangedaan.

De rechercheur kwam weer binnen, met een nog steeds geëergerd gezicht. 'Nou, Kurt, ik ben bang dat je nog even moet blijven wachten. We mogen ons vandaag echt gelukkig prijzen. Blijkbaar heeft de hoofdinspecteur van je verhaal gehoord, al mag God weten hoe. Ze is op weg hierheen. Ze wil je spreken.'

1984

In de stad blijven

36

'Hoe lang wachten we nu al?'

Kate keek op haar horloge. Het was het horloge dat haar vader haar tijdens de laatste kerst voor zijn dood had gegeven. Het was digitaal. Het had vierentwintig functies. In het donker gloeide de tijd rood op zwart. Kate vond het ideaal voor nachtelijke surveillances.

'Zevenentwintig minuten.'

Adrian slaakte een zucht. 'De 966. We hadden het kunnen weten. Neem dit van mij aan, Kate: pak nooit een bus met een nummer hoger dan 200.'

'Hoezo niet?'

'Omdat die maar één of twee keer per dag rijden. Omdat ze naar plekken gaan waar niemand heen wil. Plekken waar rare mensen wonen. Ze gaan naar het platteland, Kate.'

Kate trok haar neus op. 'Ik geloof niet dat ik het platteland leuk vind.'

'Je zou wel gek zijn. Het is er bruin en het is er somber. Modderige akkers. Grijze luchten. Mensen met afgeknepen gezichten. Hoogspanningsmasten.'

Kate dacht even na. 'Ik denk dat lui die mensen met bijlen afslachten daar ook wonen. Dat heb ik volgens mij ergens gelezen, misschien wel in mijn boek.'

'Ik denk dat dat weleens waar zou kunnen zijn. Lui met bijlen.

Met pistolen. Die petten dragen. Koeien. Het is er vreselijk. En weet je wat ook zo erg is? Ze hebben er geen winkels.'

Kate dacht weer even na en zei toen: 'Er moet toch wel iets zijn? Waar kopen ze anders hun spullen?'

'Nee, ze hebben geen winkels. Ze hebben iets wat de Spar heet. Die ziet er wel uit als een winkel, maar er worden hoogstens koolrapen en pakjes pudding verkocht. Als je om iets anders vraagt, trekken de eigenaars hun wapen.'

'Dat geloof ik niet,' zei Kate.

Adrian nam niet de moeite te antwoorden, want daar werd hij nog neerslachtiger van. Hij wreef in zijn handen om ze warm te maken.

Kate keek weer op haar horloge. Stel dat ze te laat zou komen voor haar examen? Of het helemaal zou missen? Dan zouden al haar problemen opgelost zijn. Maar ze had tegen haar oma gezegd dat ze zou gaan en ze hield zich altijd aan haar beloften. Vandaag was het vrijdag en het examen zou de hele ochtend duren. Kate barstte bijna uit elkaar van spanning. Ze bracht alle doordeweekse avonden en alle zaterdagen door met het wachten op of observeren van haar verdachte. De afgelopen week hadden zich bijzonder spannende ontwikkelingen voorgedaan – ze wist dat het nu elk moment kon gaan gebeuren. Ze had besloten na het examen niet terug naar school te gaan. Ze zou zeggen dat ze de bus had gemist. Ze moest naar Green Oaks. Die ochtend was ze in de oude camouflagejas van haar vader naar buiten gegaan. Ze wist dat zo'n jas niet de beste keus was voor wie onopvallend door een winkelcentrum wilde lopen, maar ze kon de zakken goed gebruiken voor haar camera, cassetterecorder, notitieboekje en vele pennen. Mickey zat veilig in haar canvas tas. Toen Adrian had gehoord dat ze in haar eentje met de bus zou gaan en twee keer moest overstappen, had hij haar per se willen brengen. Normaal gesproken zou Kate hebben gezegd dat ze zich uitstekend zelf kon redden, maar nu was ze blij dat ze niet alleen was. Ze wilde echter niet dat hij zou blijven wachten totdat ze klaar was met het examen. Ze wilde daarna meteen door naar Green Oaks en dat mochten alleen zij en Mickey weten. Ze maakte Adrian duidelijk dat ze gerust alleen terug kon gaan naar school.

Na nog eens een kwartier wachten kwam de bus langzaam in zicht. Adrian en Kate gingen boven voorin zitten, maar het weidsere uitzicht vanaf die plaatsen stemde hen alleen maar neerslachtiger. Kate zag dat de stad steeds verder uitdunde en langzaam in naargeestige bruine akkers veranderde. Ze wist dat belangrijke bewijzen haar ontgingen omdat ze nu hier wagenziek zat te zijn tijdens een eindeloos lange busrit. Ze stelde zich voor dat ze in een school zou wonen. Ze stelde zich voor dat ze ergens zou wonen waar geen winkels en straten en blokken met flats waren. Ze stelde zich voor dat Adrian en Teresa niet in de buurt zouden wonen. Ze deed haar ogen dicht om te voorkomen dat ze zouden gaan tranen, en na een tijdje viel ze tegen Adrian aan in slaap. Ze droomde over de verdachte. Ze volgde hem door een gang. Hij had een grote zak bij zich waaruit geld viel, en elke keer wanneer Kate zich bukte om het op te rapen, veranderden de bankbiljetten in bladzijden uit haar notitieboekje. Ze deed haar uiterste best bewijsmateriaal te verzamelen, maar haar verdachte ging ervandoor. Opeens voelde ze iemand aan haar trekken, en toen ze haar ogen opendeed, zag ze dat Adrian was opgestaan en zachtjes aan haar arm trok.

'Kom, Kate. We zijn er.'

37

Adrian nam aan het begin van de oprit afscheid. Of eigenlijk nam hij geen afscheid, maar zei hij: 'Vecht door, zuster. Vergeet niet dat de revolutie niet op tv komt.'

Kate had geen idee wat hij bedoelde, maar ze beschouwde het als een soort vaarwel. Ze glimlachte zwakjes en liep door de poort. Terwijl ze door de regen over de oprit sjokte, werden de gotische vormen van de school duidelijker zichtbaar en steeds intimiderender. Passerende auto's spatten haar nat, schijnbaar zag niemand haar. Op de parkeerplaats aarzelde Kate even en zocht beschutting onder het afdak van de fietsenstalling. Ze zag hoe stationcars en Range Rovers werden geparkeerd. Opgewonden ouders gebaarden zenuwachtig tegen hun kinderen dat die naar binnen moesten lopen, een gouden toekomst tegemoet. Kate keek naar de andere meisjes in hun pastelroze kleertjes met pomponnetjes erop en kreeg het gevoel dat ze tot een andere soort behoorde. Hadden zij niet alleen de bus kunnen pakken? Ze keek naar de lege gezichten en zag het antwoord. Voor de zeventiende keer die ochtend vroeg ze zich af of ze weg moest rennen, maar ze had een belofte gedaan. Of beter gezegd, daar was ze toe gedwongen, en die mocht ze niet verbreken.

Kate liep de hal in en kwam midden in een chaos terecht. Gespannen, zelfverzekerde stemmen van ouders ketsten af tegen de verwrongen akoestiek van de houten vloer in de hal. De kinderen stonden barstend van de zenuwen aan de kant, terwijl de ouders woedend heen en weer beenden om te zien op welke tafel hun naam stond. Kate liep naar de voorste rij tafeltjes en zag dat de plaatsen op alfabetische volgorde waren verdeeld. Ze liep met opzet in een wijde boog heel langzaam richting de M. Cund, Duck, De'Ath, Earwaker, Onions, Spammond. Ze vroeg zich af hoe het zou zijn om hier elke morgen te zitten en iemand een presentielijst vol buitenaardse wezens te horen voorlezen. Haar gedachten kwamen tot stilstand toen ze de tafeltjes met Mauld en Mongah bereikte en daartussen geen Meaney zag staan.

Overal rond de kleine surveillant verdrongen de ouders zich en riepen om aandacht.

'Mijn dochter heeft geen potlood.'

'Het is O'Nions, niet Onions.'

'Ze moet elk uur de gelegenheid krijgen het toilet te bezoeken, daar moet u haar aan herinneren, zelf zal ze er niet over beginnen.'

'Waar mag ik wachten?'

Ten slotte, nog maar een paar tellen voordat het examen zou beginnen, kreeg Kate de kans een examinator aan te spreken. 'Ik kan mijn plaats niet vinden.'

'Heb je al gekeken?'

'Ja, daardoor weet ik dat ik hem niet kan vinden. Ik heet Meaney, maar het gaat van Mauld naar Mongah.'

'Tja, nou, je bent niet de enige.'

'O. Goed.' Kate kon merken dat de vrouw haar hoogstens vijf procent van haar aandacht gaf.

'Ja, er is dit jaar iets misgegaan met de inschrijvingen, mevrouw Breville is wat dat betreft nog niet jarig. We hebben een lijst van scholen die kandidaten hebben aangemeld, maar we weten niet hoe de kandidaten heten, en daar zouden we meer aan hebben, denk je ook niet? Op welke school zit jij?'

'St. Joseph's.'

De vrouw keek op haar lijst. 'Ja, we hebben één kandidaat van St. Joseph's.'

'Oké.'

'Ja.'

Er viel een stilte, en toen zei Kate: 'Waar mag ik gaan zitten?'

'Eh ja, nou, je moet maar net zo doen als de andere meisjes en een plaatsje in de achterste rij zoeken en nu even een inschrijfformulier invullen. Dat wordt aan je examenopgaven geniet.'

Kate liep langzaam naar de achterste rij. De ouders waren inmiddels verdwenen, en terwijl ze naar de laatste onbezette plaats liep, waren alle andere meisjes helemaal verdiept in het invullen van hun naam.

Ze wilde niet naar Redspoon. Dan zou ze naar saaie hockeywedstrijden op modderige velden moeten kijken terwijl Tamara Onions haar potlood zocht. Ze stelde zich de koppen over een miljoenenroof in Green Oaks voor. Ze herinnerde zich dat ze haar oma had beloofd dat ze haar best zou doen en voelde zich misselijk. Nu ze de andere meisjes had gezien, twijfelde ze er niet aan dat ze hier een plaats zou krijgen als ze een beetje haar best deed. Ze pakte haar pen en begon het formulier in te vullen. Huidige school. Naam van de kandidaat. Adres. En toen ze de naam van St. Joseph's noteerde, werd het haar opeens allemaal duidelijk. Ze zou zich aan haar belofte houden, ze zou niet naar Redspoon gaan, ze zou doen wat voor iedereen het beste was. Naast 'Naam kandidaat' schreef ze in blokletters: TERESA STANTON.

2004

Op de uitkijk

38

Ze was een keer midden in de nacht wakker geworden en had Kate aan het voeteneinde van het bed met een verwonderd gezicht naar de kaptafel zien staan kijken. Teresa had bijna haar hand kunnen uitsteken om haar aan te raken, maar in plaats daarvan maakte ze haar man wakker en vroeg of hij haar ook zag. Natuurlijk niet.

Hij ging in zijn bespottelijke zijden pyjama rechtop zitten en zei: 'Je gelooft toch niet in spoken?'

Dat was eens te meer bewijs dat ze niet bij elkaar pasten. Ze was het al een tijdje aan het verzamelen.

Ze geloofde niet in spoken. Ze geloofden in haar.

Kate was altijd bij haar. Ze zat achter haar wanneer ze in een file op de ringweg stond. Ze zat een tikje links van haar, net buiten het schijnsel van de bureaulamp, wanneer ze rapporten aan het lezen was. Ze was de geur van geslepen potloden die Teresa opviel wanneer ze moe was. Kate geloofde in haar.

Ze liet haar hoofd tegen de hoofdsteun van de achterbank rusten en keek op naar de stad die langs de raampjes van de auto voorbijgleed. Licht en vorm zoefden langs haar heen: verlichte vierkantjes in donkere kantoren, mensen die de kroeg uit stroomden, in de steek gelaten hijskranen, klokken die stil waren blijven staan. Ze hoefde er niet over na te denken en het niet te verwerken. Ze wilde altijd wel passagier zijn.

De auto daalde af naar de Queensway en de met vuil besmeurde lampen in de tunnel weerspiegelden heel even in haar ogen voordat die langzaam dichtvielen. Ze dacht aan de man met zijn roze gezicht die ze in zijn auto hadden gevonden. Ze kon niet langer in de spiegel kijken. De waarheid had hem kunnen redden, maar de waarheid was geen vriend van haar, die had haar niet gebracht tot waar ze nu was.

Ze had altijd al geweten dat Adrian Palmers versie van de waarheid de juiste was geweest.

De rechercheurs die op de zaak waren gezet, hadden gedacht dat hij hun man was. Ze dachten dat de zaak gesloten was. Ze had wel honderd keer naar de dossiers gekeken, en elke keer ergerde ze zich meer aan hun slordigheid, hun onvermogen, hun aannames. Ze hadden Kate door de mazen van het net laten glippen en Teresa had elke keer wanneer ze die rechercheurs bij de koffieautomaat zag staan of op hun overschoenen door de gangen zag slenteren haar woede en minachting moeten onderdrukken.

Natuurlijk had ze altijd een voordeel ten opzichte van hen gehad, bewijs dat zij niet hadden, bewijs dat ze verkoos achter te houden. Ze wist dat Kate het examen op Redspoon wel had afgelegd.

De auto volgde de grote achtbaan die de ringweg van Birmingham was, dook op en neer door tunnels en daarna over viaducten. Teresa was moe maar opgewonden – gespannen voor het gesprek dat haar wachtte.

Er was eens een meisje met blauwe plekken, een meisje dat kliekjes moest eten, een meisje dat de regels niet kende.

Kate had dat meisje een kans gegeven en ze had die met beide handen aangegrepen, ze was ermee weggerend totdat ze iedereen achter zich had gelaten. Na de particuliere school volgde de universiteit en daarna haar loopbaan bij de politie. Journalisten kwamen haar interviewen. Ze was nieuws. Haar huidskleur. Haar sekse. Haar rang. De combinatie bleef hen fascineren. Ze was een inspiratiebron, een stralend baken. Niemand bij het korps boekte zulke goede resultaten als hoofdinspecteur Stanton, maar journalisten vroegen nooit naar het ene resultaat dat er echt toe deed – dat bleef verborgen. Ze vroegen haar wat haar dreef – maar ze antwoordde nooit dat het spoken waren. Ze vroegen haar hoe ze zo was geworden – maar ze zei nooit dat het door geheimen kwam. Ze vroegen haar wie – maar ze antwoordde nooit dat het Kate was. In plaats daarvan was het saaie pr voor plaatselijke persmuskieten in lelijke leren jasjes. Teresa nam aan dat ze hen heel veel tijd en ruimte in de krant zou kunnen besparen als ze de waarheid zou spreken. Het was een artikel van één regel: ze had één doel, één streven, één schuld te betalen – ze zou haar vinden.

Maar ze had nooit een doorbraak geboekt. Ze had gezocht, ze had verhoord, ze had informanten het vuur na aan de schenen gelegd, maar niemand had haar gezien: Kate was het onzichtbare meisje. Teresa volgde al twintig jaar lang hetzelfde doodlopende spoor. Kate had na het examen haar pen neergelegd en was in het niets verdwenen.

Tot aan vandaag. Teresa had een tip gekregen. Er was een man met een knuffelaap in zijn handen een politiebureau binnengewandeld. Hij had al die tijd de waarheid voor zich gehouden en dat kon Teresa hem eigenlijk niet kwalijk nemen. De chauffeur wachtte totdat de slagboom van het parkeerterrein van het bureau omhoog zou gaan en Teresa voelde een vlaag adrenaline opwellen omdat ze wist dat de waarheid boven tafel zou komen. Kate kwam bovendrijven.

39

Het onderzoek richtte zich op het personeel dat ten tijde van Kates verdwijning in Green Oaks werkzaam was geweest. Volgens Kurts verse ooggetuigenverslag was Kate iemand de servicegang in gevolgd, en dus werden er lijsten van personeelsleden geraadpleegd, werden er namen gecontroleerd op strafbladen, werd er op deuren geklopt. Een onfortuinlijk stel rechercheurs mocht Kurt senior ondervragen en vond dat even zinloos als Pat al had voorspeld.

Gavins naam sprong er van het begin af aan uit. Hij had als minderjarige een paar keer de wet overtreden, maar dat was zo lang geleden geweest dat het een baan als bewaker in het winkelcentrum niet in de weg had gestaan. Als tiener had hij een fase gehad waarin hij bij mensen inbrak. Hij stal nooit iets en richtte geen schade aan: hij vond het gewoon fijn bij anderen binnen te zijn, hij keek graag rond. Maar nog belangrijker was dat hij op de dag na Kates verdwijning zonder toestemming een snipperdag had genomen.

Toen Teresa hem zag, gingen de haartjes in haar nek overeind staan. Dat gebeurde altijd wanneer ze het zeker wist. Voor het verhoor had ze de video bekeken die hij van de servicegangen had gemaakt. Ze had de band mee naar huis genomen en hem daar bekeken. De camera bewoog bibberend door de lege gangen. Soms was Gavins ademhaling te horen, soms gaf hij miniem commentaar, maar meestal waren slechts zijn voetstappen op de harde vloer hoorbaar. Teresa merkte dat ze naar het scherm werd getrokken. De beelden toonden niet langer betonnen gangen, maar gaven haar het gevoel dat ze een immens organisme werd binnengezogen. De voetstappen leken de hare te zijn en ze had geen invloed op waar die haar heen voerden.

Toen de band was afgelopen, bleef ze met een glazige blik naar de tv staren, die nu sneeuw liet zien. Gedachten aan Kate en haarzelf op tienjarige leeftijd vulden haar hoofd. Achteraf gezien leek het alsof ze even fel als de zon hadden gestraald – zoveel licht en energie dat niets of niemand hen ooit zou kunnen doven. Afwezig staarde ze naar de vormen op het vage grijze scherm en besefte dat zij degene was die was vervaagd, die al jaren aan het vervagen was. Kate was, net als een ster, misschien wel jaren geleden al gestorven, maar haar flikkerende licht wist Teresa nog steeds te bereiken en te leiden.

Ze had misschien een minuut of twintig in gedachten verzonken voor de tv gezeten toen de sneeuw op het scherm opeens in golvende lijnen veranderde en er een beeld door de sneeuw heen drong. Het waren wederom de servicegangen – ze zag een doorgang die niet meteen te herkennen was – maar deze keer bevond Gavin zich voor de camera. Hij lag op de betonnen vloer, met de zijkant van zijn gezicht tegen de grond gedrukt, en staarde voor zich uit. Teresa keek met tranen in haar ogen toe en wist dat ze Kate had gevonden.

40

'Ik had haar eerder naar me voelen kijken. Daar was ik niet aan gewend. Ik deed mijn hele leven niets anders dan naar mensen kijken. Niemand keek ooit naar mij.

Ik voelde dat iemand naar mijn rug keek en wist dat ze ergens
achter me zat. Ik wist niet wie ze was of wat ze wilde, maar ik wist
dat ze me had uitgekozen.

Ik leek altijd net even anders te denken dan anderen. Zelfs toen
ik nog een kind was – ik week altijd af. Dat maakte het leven op
school erg zwaar.

Surveilleren is een goed voorbeeld. Je hoort altijd over "slachtoffers" van stalkers, of over prooien en jagers. Zo zie ik het niet.
Wanneer je iemand in de gaten houdt, heb je geen invloed op
waar die heen gaat. Ze kunnen doen wat ze willen, en jij kunt alleen maar vanuit de schaduwen toekijken. Het is een gevoel van
machteloosheid. Maar wanneer iemand jou in de gaten houdt,
heb je de macht. Als jij beweegt, bewegen zij ook. Heeft iemand u
ooit zo in de gaten gehouden? Weet u hoe het voelt?

Ze leek er altijd te zijn. Ik zat bij het speelplaatsje naar de kinderen te kijken. Ik kon daar uren zitten, niemand leek het erg te
vinden. Na een tijdje voelde ik haar blik op me rusten. Ik voelde
dat ik scherp in de gaten werd gehouden, dat mijn bewegingen
niet onopgemerkt bleven, dat ik niet langer onzichtbaar was. Ze
begon me door het centrum te volgen. Ik ving af en toe een glimp

van haar op in een winkelruit of een spiegel. Het leek wel alsof ik elke dag meer macht over haar kreeg. Elke dag volgde ze me nog meer, en steeds langer. En toen liep ze op een dag door de spiegeldeuren achter me aan de servicegangen in.'

Er viel een lange stilte, maar Teresa zweeg en wachtte totdat hij verder zou gaan.

'Ik had geen idee waar ik heen ging. Ik dacht er niet bij na, ik had alleen het gevoel dat ik haar aan een draad met me meevoerde door de bochten van de gangen. Ik hoorde haar voetstappen achter me. Ik heb me nooit omgedraaid, ik wilde de betovering niet verbreken.

Ik liep door de nooduitgang aan de westkant, boven, naar buiten en ze volgde me nog steeds. Ze bleef bij de deur staan, en heel even was ik bang dat het voorbij was, maar ik denk nu dat ze haar knuffeldier ergens verstopte, de aap die dat meisje heeft gevonden. Dat had ik moeten zien, maar dat deed ik niet.

U weet het waarschijnlijk niet, maar toen was het hele terrein aan die kant nog een bouwplaats. Daar wilden ze het centrum uitbreiden, maar ze waren nog maar amper begonnen. Het viel niet mee om daar te bouwen. Op sommige plaatsen moest het terrein worden afgegraven om de fundering te kunnen storten, maar op andere plekken moest het juist worden opgehoogd. Het werk was op dat moment helemaal stil komen te liggen omdat het winkelcentrum niet zo succesvol bleek als gehoopt en de eigenaren de nieuwe investeringen niet zo goed aandurfden.

Het voelde raar om weer buiten te staan en te weten dat ze nog steeds achter me stond. Ze kon zich daar nergens verstoppen, ze kon nergens heen. Als ik me om zou draaien, zou ik haar zien, maar dat wilde ik niet. Ik wilde doorlopen en haar altijd achter me hebben. Ik klauterde naar beneden, totdat ik op het niveau van de fundering was aanbeland. De bodem was erg glad en ongelijk, maar ze bleef me volgen. Ze had geen keus.

De fundamenten waren enorm, en in het midden waren een

paar lagere delen die nog verder moesten worden verhoogd. Ik liet me op een ervan zakken en weet nog dat daar een plaat hout en een paar stenen lagen. Iets lokte me erheen, en toen ik daar beneden stond, schoof ik het hout met mijn voet opzij en zag dat er nog iets onder zat: een soort diepe kelder van de oude fabriek, die lager lag dan al het andere. Aan één kant van de nauwe schacht zat een ladder die naar de duisternis beneden voerde. Ik denk dat ik graag in het donker wilde zijn, ik denk dat ik wilde weten of ik daar nog steeds haar ogen op me zou kunnen voelen, maar misschien bedenk ik dat nu alleen. Ik weet niet zeker wat ik toen dacht. Het was alsof we allebei waren geprogrammeerd om te doen wat we deden: zij moest volgen, ik moest leiden. Ik denk niet dat we een keus hadden.

Ik daalde de ladder af en strompelde wat rond totdat ik op een muur stuitte. Ik ging er met mijn rug tegenaan zitten en wachtte totdat ze naar beneden zou komen. Ik vond het een fijn idee dat ik haar langs de ladder kon zien afdalen, maar dat ik voor haar onzichtbaar zou zijn.

Ik hoorde haar voetstappen dichter bij het gat komen. Ik wist dat ze naar beneden zou komen, de band tussen ons was niet te verbreken. Ik zag dat ze haar rechtervoet langzaam over de rand bewoog en op de ladder zette, en daarna wilde ze haar andere voet op de sport eronder zetten. Maar haar linkervoet miste die op de een of andere manier. Ik heb dat beeld al zo vaak in mijn gedachten voorbij zien komen. Heel even zag ik haar ontzettend duidelijk toen ze door de straal licht viel, en toen verdween ze in de duisternis onder haar.

Toen ik het geluid hoorde waarmee ze de grond raakte, wist ik dat ze dood was. Ik ging naar haar toe. Ik ging naast haar zitten. Op de plek waar ze lag, was een klein beetje licht. Ze haalde geen adem meer, maar ik kon haar blik nog steeds voelen. Ik legde mijn hoofd op de betonnen vloer, naast dat van haar, en ik wist dat ze altijd naar me zou blijven kijken. Ik keek in haar ogen en de tijd bleef stilstaan. Ik merkte dat het donkerder werd en dat een hele tijd daarna de zon opkwam. Het waren de gelukkigste uren van mijn leven.'

Gavin staarde voor zich uit. De verhoorkamer was vergeten.

Teresa wachtte een paar minuten en vroeg toen: 'Waarom heb je het tegen niemand gezegd?'

Gavin keek haar lange tijd aan. Toen: 'Ze was naar me toe gekomen,' zei hij. 'Niemand zou haar van me afnemen. Ze hield me daar in de gaten, ze was bij me – ze was van mij.

Ik heb wat daar is gebeurd nooit als een ongeluk beschouwd. Ze is om een bepaalde reden gevallen. Ik heb haar om een bepaalde reden daarheen geleid. Zelfs toen de bulldozers kwamen en de lagere delen werden opgevuld, voelde ik nog haar aanwezigheid. Pas nadat dit was gebeurd, kwamen de klanten met duizenden tegelijk naar Green Oaks. Het centrum werd uitgebreid en de verkopen schoten omhoog. Analisten dacht allemaal dat dat door de economische opleving kwam, maar ik wist wel beter.

Wist u dat de bouwvakkers die in de middeleeuwen aan de kerk in het Duitse Vilmnitz werkten de klus maar niet afkregen? Het maakte niet uit wat ze bouwden, het stortte 's nachts allemaal weer in. Dus toen gaven ze een kind een stuk brood en een lichtje, stopten het in een holle ruimte in de fundamenten en metselden de opening dicht. Daarna bleef het gebouw stevig staan. In kasteel Vestenburg is hetzelfde gedaan: een speciaal plekje in de muur voor het kind. Ze moest zo hard huilen dat ze haar een appel gaven toen ze haar inmetselden. In heel Europa vind je ingemetselde kinderen die voorspoed, veiligheid en geluk moesten brengen.

Deze plek heeft mij uitgekozen. Dat wist ik toen ik hier aan de slag ging: ik had het gevoel dat ik een doel had, een missie. Ik liep door de gangen en had het gevoel dat het gebouw speciaal voor mij was neergezet. Alles had het juiste formaat, alles voelde als volmaakt. De muren leken me te horen, de spiegels spraken tegen me. Ik hoorde alle fluisteringen, ik kende alle geheimen. Het heeft mij gekozen, en het koos haar.'

41

TOPGEHEIM. AANTEKENINGEN VAN
DETECTIVE KATE MEANEY

Woensdag 5 december HEEL BELANGRIJKE DAG
Ben tot laat op de avond in Green Oaks gebleven vanwege verruimde openingstijden. Verdachte op gebruikelijke locatie tussen 4 en 5 's middags. Na zijn vertrek ben ik door het centrum gelopen en heb ik gelet op andere signalen van verdachte activiteiten – zag een man in een elektrische rolstoel een reclamedisplay met energiedrankjes omgooien – blijkbaar een ongelukje. Zag verdachte om zeven uur 's avonds door spiegeldeur naast Burger King tevoorschijnkomen – vermomd als bewaker! Mickey was met stomheid geslagen.

Donderdag 6 december
Vanavond geen teken van verdachte – zorgwekkend? Kan de vermomming nog steeds niet bevatten – precies zoals het boek al voorspelde. Ik ben nu echt een misdaad op het spoor. Mickey is mijn enige vertrouweling. Papa zou trots op ons zijn geweest.

Vrijdag 7 december
Na examen van Redspoon zo snel mog. terug naar centrum gegaan. Zag verdachte om twee uur 's middags in vermomming van

bewaker op de vierde surveilleren. Zijn hem onopvallend gevolgd, zoveel mogelijk op afstand gebleven. Wanneer zal hij bank benaderen?

Drie uur 's middags – hebben verdachte net door spiegeldeuren bij de banken zien verdwijnen. Ik denk dat ik hem moet volgen – misschien probeert hij aan de achterkant binnen te komen. Dacht dat hij mijn spiegelbeeld zag toen hij door de deuropening liep, maar hij draaide zich niet om. Speurders moeten dapper zijn. Mickey is bij me en zal op de uitkijk blijven. Ik ga naar binnen.

42

Wanneer ik mijn ogen sluit, zit ik nog steeds op het bureau. Verhoren, de papierwinkel, koppen zwarte thee in kamers vol tl-licht. Druk op STOP, druk op PLAY, luister naar het bandje dat terugspoelt, probeer zijn trillende aarzeling te voorspellen.

Ik zag de bewaker hand in hand met Lisa Palmer weglopen. Ik wilde hem roepen en hem bedanken voor zijn verklaring, maar ik denk niet dat hij zich zou hebben omgedraaid.

Ik moet hier ook weg, er is niets wat me nog hier houdt. Ik ben al heel lang moe. Ik wil weg, ver naar het noorden, waar het nooit nacht wordt en de kou je het gevoel geeft dat je nieuw bent.

Het verkeer is langzaam, maar dat vind ik niet erg. Ik heb een ondertekende bekentenis. Ik heb je notitieboekje. Ik heb je trouwe partner, verzegeld in een plastic zak. Ik rijd naar huis, recht tegen de ondergaande zon in. Die werpt zijn stralen langs de hele M5 door mijn getinte ramen. Het licht is overal om me heen.

Dankwoord

Dank aan Peter Fletcher, Luke Brown, Lucy Luck, Emma Hargrave, Carl de bewaker, heel veel vrienden en mijn familie.